L'ÉVANGILE SELON TINDER

DES MÊMES AUTEURS

Roman

LUCE MICHEL

Lola, sérieux !, Pygmalion, 2018 ; J'ai lu, 2019.
Alice, superbe !, Pygmalion, 2018.
Zoé, fantastique !, Pygmalion, 2019.

THIERRY MAUGENEST

Série historique Carlo Goldoni

La Septième Nuit de Venise, Albin Michel, 2014 ; Le Livre de poche, 2016.
Noire Belladone, Albin Michel, 2015.
La Cité des loges, Albin Michel, 2016.

Autres romans

Venise.net, Liana Levi, 2003 ; Liana Levi poche, 2005.
La Poudre des rois, Liana Levi, 2004 ; Folio, 2008.
Manuscrit ms 408, Liana Levi, 2005 ; Liana Levi poche, 2007.
Audimat Circus, Liana Levi, 2007.
Eroticortex, Hugo & Cie, 2012.
L'Odyssée d'Amos, TohuBohu, 2018.
La Forteresse du Téhama, TohuBohu, 2019.

LUCE MICHEL
THIERRY MAUGENEST

L'ÉVANGILE SELON TINDER

Roman

Robert Laffont

92, avenue de France 75013 Paris
ISBN 978-2-221-25363-2
Dépôt légal : mai 2021

La Genèse

Les yeux de l'un et de l'autre s'ouvrirent,
ils connurent qu'ils étaient nus…

Genèse, 3:7

1

On a toutes une meilleure amie comme Nina. Ou on devrait toutes en avoir une. Se la faire prescrire sur ordonnance pour les jours sans, comme pour les jours avec. Nina est aussi indispensable qu'un tube de rouge à lèvres dans un sac à main, qu'une fouta l'été à la plage, qu'une paire de Ugg l'hiver, qu'une crème hydratante tous les jours que Dieu fait.

Nina, c'est la copine qui ne change pas. Qu'importent les années qui passent, elle reste cette fille libre, drôle, dans son jean et ses baskets, la clope au bec. Qui cumule les aventures, les amants, les week-ends romantiques, les éclats de rire et les gueules de bois. Qui vit dans un désordre qui donnerait des sueurs froides à Marie Kondo (laquelle est au rangement ce que Mozart est à la musique, Van Gogh à la peinture, et Darroze à la cuisine française). Qui se nourrit de Hugh Grant et de Nirvana. Qui fait du vélo en ville et roule en décapotable à la campagne.

Me voilà donc en chemin vers chez elle parce que là, il s'agit d'une urgence quasi vitale, un truc qu'aucun toubib, aussi doué soit-il, n'est apte à régler. Nina sera mon salut.

Son nom s'est imprimé dans mon esprit en néon clignotant de vieux peep-show dès que ma rédactrice en chef m'a collé sur le dos LE sujet que je ne voulais pas traiter : l'amour à l'heure de la rencontre virtuelle. Merci bien, mais le réel me prenait déjà suffisamment de temps pour que je ne m'encombre pas d'aller chercher sur des sites et autres applis l'homme idéal, beau, drôle, l'œil vif et pétillant, l'haleine fraîche et le poil luisant tel un lévrier afghan un jour de concours canin, le QI développé mais pas trop, tout comme des pectoraux qui ne devraient pas leur fermeté à des heures passées en salle en épiant son reflet dans un miroir. Cet homme qui n'existe que dans des pubs pour parfums hors de prix ou dans des vitrines Hugo Boss (j'ai passé l'âge de saliver devant les mannequins Calvin Klein qui, depuis quelques années, ont la fâcheuse tendance à être totalement imberbes et bien trop maigres à mon goût).

Astrid K.

On cherche toujours un homme bourré de qualités, l'homme idéal, quoi ; alors, on fait défiler les profils sur notre écran en espérant trouver la perle rare dont on pourra tomber amoureuse. Mais ça ne marche pas comme ça. Le mec pourra être parfait et on n'éprouvera rien pour lui. Alfred de Musset disait qu'on aime *malgré*. Celui-ci a tel gros défaut, il n'a rien pour me plaire, mais je l'aime malgré tout.

Marion V.

Il y a bientôt huit mois, j'ai pris conscience que l'homme idéal n'existait pas. Enfin, quand je dis qu'il n'existe pas, disons qu'il n'existe pas en une seule pièce. Chaque homme porte en lui une part d'idéal. Il suffit de ne pas tout mélanger. Le bonheur est à ce prix. Après tout, que vous soyez en compagnie de Pierre, Paulo ou Jacky, ça change quoi ? C'est de l'ADN masculin, non ? Alors, quelle différence ? L'important, c'est de choisir le bon, au moment opportun. Tel homme fait très bien l'amour ? Bien. S'il n'est bon qu'à ça, pourquoi se priver de l'excellence au prétexte qu'il n'a pas inventé la poudre ? Tel autre est un être raffiné, doux, cultivé, gardez-le comme ami, comme confident. De tel autre vous êtes amoureuse ? Là, ça se corse. Mais la situation peut se gérer. Persuadez-vous que l'amour n'est qu'un piège dont le but est de vous convaincre que l'homme idéal est fait d'un seul morceau. Vous voulez l'aimer ? Pas de problème. En quoi cela le concerne-t-il ? Aimez-le en secret, en silence, ne l'avouez à personne. Fantasmez sur lui et continuez à fréquenter d'autres hommes. Dans l'ordre qui vous plaira.

2

Le réel m'avait servie, et au-delà de mes espérances les plus folles même, ce qui n'était pas peu dire (comme tout le monde, petite, je rêvais d'un mariage de conte de fées où je serais arrivée à dos de licorne sous un dais arc-en-ciel en barbe à papa, mon prince m'y attendant le cœur battant, le soleil mettant des paillettes dans son regard, etc.). Dans la vraie vie, j'avais rencontré Juan au Costa Rica, épousé Juan sur une plage de sable rose (si, si, ça existe !), fait deux enfants à Juan et divorcé de Juan. Depuis, Juan s'éclatait, revivait, rajeunissait, tandis que j'accumulais rides et vergetures. J'étais devenue la caricature de la mère célibataire débordée, effet masque revitalisant à l'huile de caviar dorée en moins. Je vieillissais à vue d'œil et n'avais pas vraiment le temps de ralentir ce processus en suivant les conseils beauté-jeunesse-séduction qui émanaient de ma propre rédaction à longueur d'année. Dans ma réalité, les licornes s'étaient transformées en métro bondé, le dais arc-en-ciel avait laissé place au gris plombé par la chape de pollution qui pesait sur la capitale, et la barbe à papa se réduisait à des sandwichs industriels avalés à l'arrache entre deux reportages. Histoire que le tableau soit complet, il fallait y ajouter un préado persuadé dans sa tête d'être déjà majeur et une vraie ado qui se prenait pour Nabilla version écolo-bobo-millennial. Si mon bonheur était loin d'être total, mon emploi du temps, lui, affichait un « *sold out* » ferme et définitif.

Bref, à la rédaction, tout le monde m'avait rangée dans la catégorie « MILF ayant perdu tout espoir de vie sexuelle/amoureuse » et, par bonté de cœur, Valérie, la rédac' chef, avait jugé bon de me proposer (comprendre : imposer) ce sujet qui me séduisait autant que, dans « L'amour est dans le pré », un candidat petit, gros, moustachu, avec des nids d'hirondelle sous les aisselles.

Je m'imaginais très bien les conciliabules qu'elle avait eus avec Jacques, gay, métrosexuel, amoureux fou de Vincent Dedienne qu'il suivait activement sur les réseaux sociaux et qu'il avait croisé une fois à une soirée quelconque, ce dont il essayait encore de se remettre, et Alice, sa numéro deux. Air entendu, regards complices. La réputation de pseudo-cool attitude de ces rédactions de magazine mode/people/*real life*/beauté n'était plus à faire. Comme partout, les gens étaient prêts à planter une paille en bambou récupérée à la cantine de quartier végane dans le dos d'une collègue à la réussite insolente. Mais ces luttes de pouvoir et de territoire se déroulaient dans une atmosphère ouatée, emplie de sourires aussi factices que les seins de Kim K. ; rien n'y était pardonné, les succès des uns et les échecs des autres étaient passés au crible devant la machine à café, plus rarement sur le trottoir devant l'immeuble depuis que tout le monde, ou presque, avait cessé de fumer.

Raison pour laquelle je ne racontais rien de mes rencontres et mes aventures, avec pour seul résultat cette perspective glaçante : plonger des heures durant dans les méandres du web presque *dark* et tout sauf *pink*, à étudier des profils de mecs qui avaient peu de chances de me plaire, et à mettre la main sur des hommes et des femmes (merci le réseau de copines de copines) prêts à témoigner dans nos pages de leur quête d'amour ou de l'affirmation de leur liberté sexuelle. Moi, ma sexualité, je la vivais comme je pouvais, quand j'en avais le temps, et sans perdre des heures que je n'avais pas à errer de mecs virtuels en mecs virtuels. J'en rencontrais de temps à autre de chair et d'os. Je couchais avec certains. C'était plus ou moins réussi. Plutôt moins, d'ailleurs, que plus. Et je ne m'attarderai pas sur le manque de romantisme qu'impliquent ces coïts interrompus par un appel urgent de la conjointe de monsieur, ou le retour inopiné d'un enfant à la maison (marre de ces profs absents ! Leur emploi du temps n'est pas gravé dans le marbre, loin s'en faut). Je gardais tout ça pour moi (et mes copines). Si j'avais passé mes week-ends dans des relais & châteaux normands à me faire masser au lait d'ânesse (après un bain de champagne, précision inutile) par un compagnon énamouré, là, peut-être aurais-je partagé l'info avec mes collègues. Jacques aurait alors eu son mot à dire, lui dont l'un des amants lui avait déclaré un jour : « Tu pétilles dans ma vie comme des bulles de champagne, mais notre histoire aura la même durée qu'une flûte. » Depuis, il avait banni toute boisson gazeuse de son existence et fusillait du regard la moindre personne osant une allusion à une coupe de Ruinart ou autre Veuve Clicquot.

Aux yeux de mes petits copains de la rédaction, j'étais donc aussi sage que mes tenues étaient ternes.

Agnès H.

Au commencement, il n'y a pas de verbe. C'est le plus souvent un *Salut*, voire un *Cc* ; parfois, tu auras droit à un *sa va ?* Ce n'est qu'après un premier échange de politesses que de timides tentatives de conjugaison apparaissent sur ta messagerie Tinder.

Hubert D.

Quand tu rencontres une fille sur Tinder et que tu lui demandes si elle a connu beaucoup d'hommes grâce à cette appli, elle te répond toujours non. Elle prétend même ne l'utiliser que très peu et être assez déçue par son fonctionnement. Ça fait trois ans que je suis inscrit sur des sites de rencontre et je n'ai jamais croisé une seule fille qui en dise du bien ! Mais il n'y a pas que de l'hypocrisie là-dessous ; la plupart sont sincères. Au fond, elles n'apprécient pas ce système de foire aux amants ; toutes préféreraient rencontrer quelqu'un par hasard… Un type craquant qui s'arrêterait sous une averse de printemps pour les aider à changer la roue crevée de leur Smart, mais comme ça n'arrive jamais, ce genre de truc, le pragmatisme finit par l'emporter, et elles ouvrent leur appli.

Soia L.

Après avoir rencontré un mec formidable, après une soirée extraordinaire, on ne rêve que d'une chose : en parler à sa meilleure copine… le présenter à ses amies… J'ignore ce que ça cache, c'est un peu comme montrer notre dernière paire de chaussures… Pourquoi ne pourrait-on pas garder ça pour soi ? Non, c'est plus fort que nous, il faut qu'on en parle !

3

Écrasée entre deux touristes britanniques ruisselant de sueur dans la rame de la ligne 2 qui me conduit chez Nina, j'imagine sans peine les dialogues échangés entre mes trois traîtres de collègues.

VALÉRIE (*stylo tapotant ses lèvres charnues légèrement ouvertes, petit coup d'œil à ses troupes au-delà du cercle doré de ses lunettes de vue monture écaille de tortue*) : « Les amis, que diriez-vous de confier à Emma le sujet sexo de l'été ? Sur les sites et applis de rencontre ? »

JACQUES (*applaudissant comme un enfant devant un tour de magie* – Jacques adore applaudir à tout-va en ouvrant grand les yeux, comme ébloui par la beauté du monde) : « Oh oui ! Val, quelle merveilleuse idée ! »

ALICE (*vérifiant son reflet dans la vitre semi-teintée du bureau* – n'importe qui pourrait tenir le rôle d'Alice, c'est l'éternelle numéro 2 qui cherche à être plus élégante, plus mince, plus grande, plus drôle que la numéro 1 sans l'écraser pour autant) : « Mais bien sûr. C'est LA personne idéale pour ça ! »

Et tous trois d'échanger des clins d'œil pleins de sous-entendus, persuadés de n'être guidés que par leur bonté et leur professionnalisme.

Ben oui, cette pauvre Emma. Faudrait quand même qu'elle voie le loup de temps à autre, hein ? C'est pas sain de renoncer à la sexualité ! Bon, elle n'a plus vingt ans, mais raison de plus ! Si elle ne fait rien, l'étape suivante, c'est l'installation d'une sécheresse vaginale que rien ne pourra endiguer (pas sûre que la sécheresse s'endigue, mais le terme « humidifier » me dégoûte, allez savoir pourquoi). Et puis, elle n'aura plus qu'à attendre la descente d'organes, les fuites urinaires et Alzheimer (qui, dans un tel contexte, arrivera comme une bénédiction).

Conséquence directe de leur intérêt à mon égard, je me suis tapé la pire conf' de rédac' de toute ma carrière, et voilà que j'ai maintenant trois mois – TROIS MOIS, BORDEL ! – pour rédiger un dossier digne de ce nom et original (original, vraiment ?) sur les hommes qu'on rencontre en ligne et les femmes qui utilisent ce moyen pour draguer. Comme quoi, jouer la carte discrétion n'est pas forcément une bonne idée. Pour vivre heureux, vivons étalés sur les réseaux sociaux, nouveau dicton de notre monde postmoderne, globalisé, uniformisé. J'aurais mieux fait de me pointer les yeux cernés, les cheveux emmêlés, et de bâiller à m'en décrocher la mâchoire pour affirmer *mezza voce* que, la veille, je m'étais fait « déboîter comme jamais ». Normalement, en présentant les choses avec une telle vulgarité, personne n'a envie de vous demander des détails plus précis sur la manière dont vous avez occupé votre nuit.

Toute l'équipe avait déjà été consultée dans mon dos, et Lilou, la stagiaire-tout-juste-embauchée-mais-qui-continue-à-porter-le-café, s'est vu confier une mission délicate : me faire passer une liste des sites sur lesquels je devrais me renseigner. La pauvre petite m'a tendu la feuille en rougissant. Je la lui ai arrachée des mains d'un geste rageur et lui ai promis de la consulter. À lire certaines explications qui suivaient le nom de sites et applis plus hallucinants les uns que les autres, on aurait dit que je n'avais jamais utilisé Internet. Mes collègues semblaient avoir oublié que je m'occupais, entre autres, de nourrir ce glouton de Twitter pour notre titre.

Assise à mon bureau, j'avais jeté un œil dégoûté à leurs suggestions : sites pour rencontrer des hommes mariés, des femmes, des couples, des jeunes, des vieux, des *sugar daddy*, des juifs, des musulmans, des bi, des célibataires, des sportifs, des intellos, des veufs, des amateurs de tuning, des fans de musique baroque, des fétichistes, des échangistes (encore faudrait-il que j'aie quelqu'un à échanger, ai-je pensé *in petto*) … Ça n'en finissait plus.

Marie-Cécile F.

Des chercheurs ont prouvé que l'état amoureux sollicitait la même aire cérébrale qui réagissait à la cocaïne ou aux amphétamines. Au fond, l'amour n'est qu'une drogue comme une autre. Les applis de rencontre, ce sont un peu nos dealers…

Veronica J.

Il y a tellement de mecs sur ces applis, et ils disent si souvent la même chose dans leurs messages que j'ai fini par arrêter de me creuser la tête pour leur répondre. J'ai un fichier où j'ai classé toutes mes réponses types et je fais des copier-coller à toutes leurs questions. Je gagne un temps fou et je ne me fatigue plus à corriger mes fautes de frappe…

Anne Y.

Un truc qui m'a toujours frappée, c'est la différence entre le premier et le dernier rapport sexuel que tu as avec quelqu'un. Le premier, forcément, tu es au courant, tu sais que c'est le premier. Mais le dernier, pas toujours. Ou du moins l'un des deux amants ignore que ce sera le dernier. Parfois, c'est le premier rapport qui est le dernier, mais l'un ou l'autre des deux amants pense qu'il sera suivi par beaucoup d'autres...

4

Ma dernière rencontre furtive avait sonné le glas de mon mariage qui branlait déjà autant sur ses bases qu'une dent de lait sur le point de tomber. Il s'agissait du plombier, appelé à la rescousse après que Juan avait failli dans la tâche ô combien complexe de réparer la chasse d'eau qui fuyait depuis deux mois.

Le gars n'était pas particulièrement beau, il sentait fort le mâle en rut. Un vrai fantasme pour porno déjà joué et rejoué. Je n'ai jamais prétendu à l'originalité, ma frustration avait atteint un stade critique, et je n'étais plus en état de penser clairement face à autant de testostérone. L'acte manqua de douceur, mais fut accompagné des grognements, gémissements et claques sur les fesses auxquels on était en droit de s'attendre dans de telles circonstances. En revanche, le retour inopiné de Juan n'avait pas donné lieu à une scène à trois des plus torrides mais à des hurlements et des insultes qu'on n'utilise même plus dans les bas-fonds de Barcelone depuis les années trente. Juan, l'honneur bafoué, la queue basse, avait quitté le domicile conjugal en rejetant sur mes frêles épaules l'échec de notre mariage. Six mois plus tard, j'apprenais qu'il me trompait depuis plus d'un an avec la serveuse du bar du quartier où nous brunchions en famille tous les dimanches matin. *No comment.*

Depuis Juan et le plombier, trois années se sont écoulées, et si, en toute honnêteté, je regrette de ne pas faire l'amour plus souvent, ma vie n'est pas non plus un désert sans fin. Il y a eu Franck, rencontré lors d'une interview sur les bienfaits des algues dans l'alimentation quotidienne, et qui sentait la mer; David, le voisin du quatrième, artiste incompris qui vit aux crochets de sa femme, chirurgienne dans une clinique privée dispensant surtout des soins esthétiques, et avec qui j'ai rompu le jour où il m'a dit que j'étais parfaite mais qu'une rhinoplastie ne serait pas du luxe; Kevin, trente-cinq ans, adepte de l'épilation intégrale, venu me livrer des sushis un soir où les enfants étaient chez leur père, et quelques autres rares spécimens dont, je l'avoue, même avec la meilleure volonté du monde, je n'avais pu tomber amoureuse.

Tous avaient malgré tout un point commun auquel je m'accrochais comme un pare-soleil à un rétroviseur : j'avais fait leur connaissance dans la vraie vie, sans besoin de la moindre appli dotée d'un algorithme censé tout comprendre de ma personnalité, de mes désirs, de mes goûts.

La rame bondée dégueula son flot de touristes à Charles-de-Gaulle-Étoile avant de reprendre sa route en bringuebalant. Un changement, quatre stations de plus, et je serai chez Nina.

— Emma, sérieux, je ne te comprends pas ! s'offusque mon amie, tout en pianotant sur son iPhone. C'est quoi, le problème ?

Sa silhouette athlétique se découpe en contre-jour. Un jean, un pull large, une paire de baskets, Nina a revêtu son uniforme habituel. Sa jambe se balance par-dessus l'accoudoir de son vieux fauteuil club au cuir usé et à l'assise avachie. Elle sourit et répond illico au message qu'elle vient de recevoir. D'Igor, sûrement. Son dernier amant en date. Un jeune joueur de water-polo, membre de l'équipe nationale serbe, prêté à un club français pour une saison.

Nina est journaliste sportif. Et a pour habitude de rappeler que ce métier, hyper masculin, lui permet de faire bien des rencontres. Les applis, ce n'est donc pas son truc. Même si elle y a eu recours un soir de déprime à Londres, avoue-t-elle.

— Le type baisait mal, mais connaissait des pubs sympas, ça a compensé, avait-elle commenté à son retour.

— Nina ! Lâche-moi ce téléphone et concentre-toi, merde ! J'ai besoin de toiiiiiii !

Nina finit par poser négligemment son iPhone, se redresse le temps d'attraper une cigarette, puis reprend sa pause alanguie.

— Ça va, je t'écoute…

— Voilà, donne-moi des conseils sur Tinder.

Il faut bien commencer quelque part.

Lola B.

Plus tu es artiste, rêveuse, et plus tu as de risques d'être déçue par les applis de rencontre. Tu as beau savoir que tu as tendance à idéaliser les mecs que tu n'as pas encore rencontrés, c'est plus fort que toi. À partir d'une photo, de quelques mots, tu te fais des films... La solution, c'est de réduire au minimum la période d'échange de messages. Dès que quelqu'un te plaît, il faut faire connaissance le plus vite possible pour éviter à tout prix que se creuse un abîme entre l'image mentale que tu as de lui et la réalité...

Carlo I.

Je me demande ce que cachent vos questions... C'est pour un article, c'est bien ça? Pardonnez-moi, mais je doute que ce soit uniquement professionnel. Vous voulez comprendre vous aussi, n'est-ce pas? Je veux dire : comprendre, pour vous seule, ce que signifie être en couple aujourd'hui. Je ne crois pas que vous faites tout cela seulement pour les lecteurs de votre magazine...

5

Et voilà, je swipe comme une malade. Ou Nina39 s'en charge (oui, ça ne la gêne pas de faire croire qu'elle n'a pas encore franchi le cap de la quarantaine, et, jusqu'à aujourd'hui, personne n'a jamais eu le moindre doute là-dessus).

Nina m'avait pourtant créé un profil, qui, amélioré après plusieurs verres de rosé, nous a semblé parfait; mais je ne me sentais pas encore assez à l'aise – ou suffisamment ivre – pour me lancer, ou plutôt pour lancer Mimi69 dans l'arène. Pourquoi Mimi? Parce que Mia étant mon deuxième prénom, j'avais ainsi la sensation d'être dissimulée derrière suffisamment de voiles pour que personne ne devine jamais ma véritable identité. Certes, il pouvait subsister un doute dans l'esprit du mâle lambda quant au 69 (s'agissait-il de mon âge?) mais Nina m'avait assuré qu'un seul coup d'œil à ma photo convaincrait les plus sceptiques que je n'avais pas encore atteint un tel sommet.

Mimi69, donc, aime la littérature (sans préciser laquelle), les soirées foot-bière-pizza-rebière, la plongée sous-marine, les balades en forêt, les bars à vin. On s'est dit que ça ratisserait large, voire qu'on tenait là le portrait-robot de la femme idéale, surtout si elle avait vingt-sept ans, aucune envie de se reproduire un jour, des gros seins naturels, des cheveux mi-longs blonds et l'œil bleu rieur. Comme il était évidemment impossible de me travestir à ce point-là, on a revu nos prétentions à la baisse.

J'ai retrouvé une vieille photo de vacances passées en Grèce l'année de mon divorce (je n'ai pas tant vieilli que ça depuis ; à condition toutefois de me regarder à une certaine distance, dans la pénombre). On y voit une partie de mes seins, la plus réussie. Mes cheveux (bruns tirant sur le noir ébène, pas blonds, désolée) plaqués en arrière par le vent, je souris à l'objectif. On devine mes yeux gris derrière la bordure de mes Ray-Ban Aviator (la marque est indémodable, ce n'est pas comme avoir des Tom Jones sur le nez, là, on sait immédiatement en quelle année la photo a été prise). Bref, l'ensemble donne une image de liberté, de fraîcheur et de coquinerie, *dixit* Nina. Tout moi, quoi.

Côté loisirs, il fallait faire passer plusieurs messages qui, à mon sens, sont totalement contradictoires, mais qu'importe : qu'on m'imagine sportive, mais pas trop, aimant le cocooning mais aussi les soirées entre amis, que je me montre libre de vivre toutes les folies mais tout en restant digne de respect selon le prisme masculin, que je sois indépendante mais à la recherche d'un partenaire fort qui me protégerait… Franchement, je sais bien qu'on dit que souvent femme varie, mais là, femme fait le grand écart !

Nina a insisté : si je voulais rencontrer des hommes aux profils différents, je n'avais pas le choix. Je devais leur donner ce qu'ils recherchaient, ou alors j'étais bonne pour me démultiplier virtuellement. Je ne m'en suis pas senti le courage : une seule Mimi69, c'était déjà beaucoup.

On a passé le reste de la soirée à faire défiler des profils de mecs dont pas un ne me tentait. Vraiment pas un, c'est dire. Je crois que si mon petit plombier s'était trouvé dans le lot, je ne lui aurais pas même accordé un regard.

On a quand même bien ri devant des photos de gras du bide, de vestes en cuir sans manches ouvertes sur un torse poilu, de bras enserrant amoureusement une moto. Il y avait aussi des sportifs en plein marathon, suant sous un lycra moulant, ou bien posant en combi de ski, combi de plongée, combi de planche à voile ou de parachutisme. Il y avait des intellos, lunettes rondes sur le nez et sac de La Hune à la main, des écolos ravis par la beauté du monde, plantés au milieu d'un champ de tournesols (le colza et le coquelicot semblent avoir tout autant la cote), de vrais surfeurs aux mèches blondies par le soleil, de faux skippers à la barre d'un catamaran encore amarré au port, des papas solo avec leur fille sur les genoux (qu'ils ont probablement forcée à sourire pour décrocher davantage de *crushs*), des rêveurs du dimanche sur le pont des Arts, des pseudos artistes devant un coucher de soleil filtré à mort, des randonneurs sous leur bob Quechua, des cadres en bras de chemise au volant de leur berline allemande… Il y en avait tant et tant que j'en avais le tournis.

Nina s'amusait à en accepter certains, comptait les *matches*, tandis qu'affalée sur le canapé, je maudissais en vrac ma rédactrice en chef, mon ex-mari, les mecs, le rosé traître, les jeudis soir parce qu'on devait se lever le vendredi, Paris et le reste du monde.

Maria T.

Avec Jenna et Dorothée, un samedi, on s'est organisé une soirée Tinder. Comme on a sensiblement le même âge et qu'on est plutôt pas mal toutes les trois, on a fini par avoir des *crushs* avec les mêmes mecs. Qu'est-ce qu'on s'est amusées à lire leurs messages ! Au début, on riait beaucoup, c'était vraiment une super idée, cette soirée. Puis c'est très vite devenu un concours entre nous. À la fin, il y en a un qui nous plaisait vraiment à toutes les trois : Romaric, 29 ans. On a tout fait pour décrocher un rendez-vous la première avec lui. Finalement, c'est cette pétasse de Jenna qui l'a emporté. Du coup, elle nous a laissées en plan pour aller boire un verre avec lui. Comme on était vénères, on lui a pourri son rendez-vous : on a écrit à Romaric pour lui dire de se méfier d'une certaine Jenna, qui demandait du fric à ses *dates*.

Romain O.

Après avoir fait défiler des dizaines de profils de femmes, tu tombes toujours sur la photo d'un homme qui a fait une fausse manip en renseignant sa fiche. Le mec n'est pas homo, il dit même chercher tel ou tel genre de fille, sauf qu'il se retrouve du mauvais côté parce qu'il a cliqué sur la mauvaise case. C'est d'ailleurs le seul moyen pour nous de découvrir nos concurrents. Mais plutôt que de lui envoyer un message, en lui disant qu'il s'est trompé, on rigole et on se dit : « Quel con, celui-là », ça en fait toujours un de moins dans la course...

Matthieu

Et Jésus : l'intelligence vous ferait donc défaut à vous aussi ? Vous ne voyez pas que ce qui entre par la bouche s'en va dans le ventre, avant de finir dans la fosse ? Mais ce qui sort de la bouche vient droit du cœur; c'est par là que l'être humain est sali. Du cœur viennent : les pensées malveillantes, les meurtres, l'adultère, les infidélités, les vols, les parjures, les blasphèmes.

Évangile selon saint Matthieu,
15:16 – 15:19

1

Me voilà donc dans mon salon, le dimanche soir suivant, à écouter FIP en m'émerveillant (si j'étais de nature à m'émerveiller) de la diversité des types physiques. Maintenant que je suis seule, le jeu a pris un tour bien différent. Tout en gardant une approche professionnelle, je ne boude pas mon plaisir en découvrant soudain un troupeau d'hommes de mon âge, plus beaux les uns que les autres. Avant de m'affoler : ils sont où, ces mecs, dans la « vraie vie[1] » ? Serais-je atteinte de cécité précoce quand je me déplace en ville ? Hermétique aux surprises de l'existence ? Une sorte de vieille bique qui avance en regardant ses pieds chaussés de charentaises en fin de vie, et marmonnant dans ses poils de menton ? Pire encore, une blasée, revenue de tout, incapable du

1. J'ignorais à cet instant du récit que l'algorithme de Tinder est ainsi conçu qu'il présente, lors d'une première connexion, les profils les plus likés, donc les plus beaux. Attention, ils ne reviendront pas ! – l'Histoire, pas plus que Tinder, ne repassant les plats.

moindre coup de cœur, claquemurée dans ses certitudes en passe de devenir aigreurs ? Suis-je tellement avalée par mon quotidien (médiocre, cela va sans dire) que j'en oublie d'observer le monde qui m'entoure ?

La tête me tourne, mon cœur s'emballe. Ces inconnus me sourient, citent Bouddha et Baudelaire, me vendent du rêve... Voilà, c'est ça, ils me font rêver. Quand donc un homme y est-il parvenu pour la dernière fois ? Quand donc me suis-je même autorisée à rêver ? Certes, il y a bien eu Paulo, le moniteur de planche au Club Med de Djerba, où j'avais laissé Nina m'entraîner l'été dernier, et sur lequel nous avions fantasmé une bonne semaine avant de conclure qu'il était sûrement gay, puisque insensible à nos œillades et gloussements d'adolescentes. Mais Paulo restait de la « consommation rapide », comme Nina taxe ses rencontres d'un soir. Pas le genre de repas gastronomique dont on rapporte un doggy bag. Plutôt du type kebab avalé rapidement sur un bout de trottoir entre deux rendez-vous. Bien sûr, ces comparaisons déplacées m'ont offusquée, Nina peut se montrer parfois si triviale (même pas vrai, je hurlais de rire, accrochée à ma margharita, pendant qu'elle classait les hommes en menus types).

Je m'attarde à présent sur un profil. L'œil espiègle, Philippe me sourit. Chef pâtissier. Habite dans un périmètre acceptable si l'envie me prenait de sauter dans un jean pour le rejoindre dans un bar du coin (et il faut être sacrément motivée un soir de giboulée de mars). Quarante-neuf ans. Dessert préféré : la meringue. Aime Bashung et Miossec.

Je ferme les yeux, oubliant un instant la journaliste pour renouer avec la femme en moi. Philippe me gave de desserts plus merveilleux les uns que les autres, en mode Top Chef (je préfère la rusticité de son homonyme Etchebest à l'accent de Cyril Lignac, mais je comprends maintenant ce que Sophie Marceau appréciait chez ce dernier) avec en musique de fond « Madame Rêve ». Mieux encore, le voilà qui m'enduit le corps de crème pâtissière avant de…

Un sursaut. Emma, on n'en est pas là, reprends-toi. Mon doigt hésite au-dessus du téléphone. Je frissonne. Et si, tout compte fait, je dénichais ici l'amour ? Si, sous prétexte d'enquêter, je me laissais aller un peu ? À jouer, à séduire, à aimer ? Je tente un petit *like* timide. Et… c'est un *MATCH* ! Le mot clignote en gras et vert sur l'écran, m'éblouit. Philippe aussi me trouve donc à son goût ! Sans aucune retenue, voilà que je me lance dans une imitation de floss qui ferait hurler de rire mon fils et couvrirait de honte ma fille ; mais je m'en fous, la vie est belle, belle, belle. Je ne remercierai jamais assez Valérie ; tiens, elle sera même témoin à notre mariage. Je lui dois bien ça.

Les secondes s'écoulent, je frôle l'infarctus. Aucun homme ne m'a jamais fait un tel effet. Pas depuis mon premier baiser en tout cas (Jean-Marc, sixième 5, sac US délavé, chaussettes Burlington bigarrées, knickers). Mais aucun message de mon futur. Ce n'est quand même pas moi qui vais faire le premier pas, non ? Si ? Hum.

Je passe grignoter deux chips en cuisine, abandonnant l'appli le temps de me retrouver les doigts tout gras. La liste des courses me fait de l'œil sur le frigo. Désert. Mon reflet sur sa surface polie me renvoie l'image d'une femme au profil moins ferme, aux yeux fatigués. Une femme seule.

Gaspard G.

Les femmes sont attirées par mon intelligence, par ma position sociale aussi. Je regrette qu'elles ne soient pas davantage sensibles à ce que je suis vraiment... J'aimerais être aimé pour moi, pour ma simplicité, pour mon humilité surtout.

Mathilde A.

Le premier mec que j'ai connu sur Tinder, j'ai cru que ce serait le bon. Puis j'ai pensé ça du deuxième, puis du troisième, et maintenant j'en suis à mon douzième. C'est toujours la même chose, on a beau se dire de ne pas s'emballer, de se méfier, on ne peut pas s'empêcher de se faire des films. Ce soir, j'ai rendez-vous avec Michaël, mais lui, c'est pas pareil, il est différent, j'ai tout de suite compris qu'on était faits l'un pour l'autre, il se passe vraiment un truc rare entre nous. Et puis on a plein de points communs ! Cette fois, comment vous dire... je suis sûre que c'est le bon !

Zora D.

Je conversais avec une douzaine de *matches* à la fois, toute fière de mon succès, quand j'ai compris que j'étais sûrement, moi aussi, une parmi tant d'autres avec qui ils discutaient. Je me suis dit que j'étais peut-être leur cinquième ou leur huitième choix, et que, s'ils ne parvenaient pas à conclure avec la première ou la deuxième de leur liste, puis pas davantage avec les suivantes, ils se rabattraient alors sur moi. Chaque fois que deux personnes se plaisent et sont d'accord pour se rencontrer, il faudrait que Tinder les prévienne qu'il y a une chance sur mille pour que tous deux soient le premier choix de l'autre parmi les milliers de profils qui ont défilé sous leurs yeux. Il faut bien qu'ils comprennent qu'ils sont le résultat d'un compromis avec ceux qui ne les ont pas likés en retour ou celles qui n'ont pas donné suite à leurs premiers messages… ça éviterait de se faire des films parfois !

2

J'ai passé trois jours rivée à mon téléphone, guettant la moindre notification, sursautant au moindre bip, les mains moites, le cœur battant. Trois jours à attendre un message de Philippe, message que j'attends toujours. C'est long, trois jours, j'avais oublié.

Entre-temps, il est évidemment arrivé tout un tas de trucs fascinants : Valérie a interviewé Jean-Paul Rouve pour la promo de son dernier film, Lucie a recueilli le témoignage de Brigitte, amputée après qu'un train lui a passé dessus alors qu'elle tentait de sauver une portée de chatons abandonnés par un monstre quelconque (tous les chats ont trouvé preneur, l'histoire finit bien grâce à une campagne Facebook relayée au treize heures de Jean-Pierre Pernaud) et on est exclusifs sur le coup. Jacques a reçu une invitation pour un défilé privé Zadig & Voltaire, il sautait partout dans la rédaction en poussant des petits cris et en chantant « *We are the champions* » (il faut dire qu'il avait consacré des semaines à harceler l'attachée de presse de la marque, passant de la flatterie aux menaces, des petits cadeaux aux insultes), et Valérie était très heureuse de nos chiffres de la semaine précédente. La vie, donc, continuait à charrier son lot d'événements, de drames et de joies, tandis que je me morfondais comme savaient le faire les princesses des temps immémoriaux en attendant des nouvelles de leur preux chevalier parti combattre des dragons. À ce rythme-là, je deviendrai plus vite que je ne l'avais imaginé la vieille sorcière d'un conte postmoderne, les doigts crochus sur son iPhone, le cheveu filasse par manque de masque de soins, les jambes recouvertes de dreadlocks à force de négliger l'épilation. Il fallait que je me ressaisisse. Et vite. Le monde de Tinder était rempli de petits poissons, pâtissiers ou pas, prêts à se laisser ferrer – Nina me l'avait assuré.

Le mercredi soir, n'écoutant que mon courage (et la voix de Valérie me poussant à ne pas perdre de temps sur ce dossier qui restait bien trop mince à son goût), j'ai relancé l'appli en espérant que la pêche soit bonne.

Certes, dans la mesure où il s'agissait de travail, j'aurais pu consacrer mes heures au journal à cette enquête. Mais cela m'était impossible. L'expérience du dimanche soir m'avait prouvé que j'étais incapable de maîtriser les sentiments qu'un unique *match* éveillaient en moi. Pas question que mes collègues d'open space (le type qui a inventé ça est un grand malade, pervers et voyeur, j'espère qu'il est interné depuis) soient témoins de mes danses de la joie, ou, pire encore, de mes déconfitures (je préfère éviter le sujet, merci bien).

J'ai pris un long bain (procrastination + détente), enfilé une tenue confortable (pyjama une pièce en pilou rose avec capuche licorne) et me suis calée dans mon lit. Cette fois-ci, pas question de reculer. J'étire mes doigts un à un, referme le poing, recommence… À la dixième fois, je suis en passe d'avoir une crampe au pouce droit, et le boulot n'a toujours pas commencé.

Inspiration. Expiration. #MatthieuRicard. Je suis centrée. Je suis en accord avec le monde. J'aime le monde. J'aime le bruit de la circulation sous la fenêtre. J'accepte ce que je suis. Je suis ce que je suis. Je suis moi. Emma. Femme. Libre. Maîtresse de son corps et de ses désirs. Ouverte à de nouvelles aventures. Prête à découvrir des mondes jusque-là inexplorés. Mère. Toujours à frôler le découvert bancaire. Rêvant de perdre cinq kilos sans jamais rien entreprendre dans ce sens. Sûre d'achever un jour la lecture d'*Anna Karénine.* Avant de se mettre au russe pour en goûter toute la substantifique moelle. Je suis… et merde !

D'un geste rageur, j'ouvre l'application. Et n'en crois pas mes yeux. Quatre-vingt-dix-neuf *likes*? Quatre-vingt-dix-neuf???!!! Je suis abasourdie ! Même sur le dancefloor de la Loco, dans les années 1990, je ne faisais pas autant de ravages. Mon Dieu, il y a là, quelque part dans la ville, quatre-vingt-dix-neuf hommes qui rêvent de me rencontrer, de m'embrasser, de m'aimer ! De quoi reprendre confiance en la nature humaine. Philippe-le-pâtissier peut bien aller se rhabiller, ou bien se déshabiller devant qui il veut, en attendant il ne sait pas ce qu'il perd. Et Valérie va devoir augmenter la pagination pour la sortie du sujet.

Voyons voir.

Ah. Eh bien, je ne vais pas voir grand-chose… Il semble bien que seule ma carte bleue me permettra de découvrir le profil de mes amoureux potentiels. Quelle *lose* !

— Nina ? Tu sais qu'il faut payer pour aimer maintenant ?

Ma meilleure amie éclate de rire.

— Salut, moi aussi, je vais bien, merci. Et toi, tu sais que ce n'est pas nouveau ?

— Heu, pardon, oui, ça va ? *(Je suis décidément autocentrée, égoïste et dépourvue d'empathie, Juan me l'avait bien dit.)* Je suis sur Tinder là : c'est bien ça, faut payer pour voir qui t'a likée ?

— Ne t'embête pas avec ce truc, exploite déjà la version gratuite, envoie un cœur aux mecs qui te plaisent, s'ils ont fait de même, ça matche, et à toi les rencontres !

Il m'arrive de penser que Nina finira par devenir la meilleure amie de ma fille, qu'elles s'écriront sous leurs photos Insta des « Ma pute, t'es trop belle, je te kif' ! » et iront traîner aux Halles ensemble. À la minute présente, je me sens vieille, empotée et dotée du potentiel érotique d'une vieille jument de trait. Idéal pour une soirée drague, même virtuelle.

— Ah, super, merci…

— Tu me raconteras ? *(Un gloussement.)* Je te laisse, je suis avec Igor, là.

— Bonne soir…

Elle a déjà raccroché. Mieux vaut oublier qu'elle se tape, « pour de vrai », un type de vingt ans de moins qu'elle (!) si je veux avoir une chance de ne pas rentrer bredouille de mon aventure Tinder. Et devenir la risée de la rédaction. J'imagine déjà un poster collé à côté des portes de l'ascenseur, avec une reproduction de ma photo de passeport (particulièrement ratée) et une épitaphe de type : « Emma, la seule femme de tout Paris qui n'a eu qu'un seul *match* sur Tinder, après trois mois de fréquentation assidue de l'application. » Remarque, ça ferait un bon sujet pour les pages *real life*, ça. Je n'ai plus qu'à changer de rubrique.

Prise de frénésie, je fais défiler les profils, balançant des cœurs à la terre entière, ou en tout cas aux trois arrondissements de Paris sur lesquels j'ai concentré ma recherche. Pas question, par exemple, de me traîner dans le VIIe, je déteste ce coin, c'est mort et désert, ou dans le XVIe, pour exactement les mêmes raisons. En plus, je ne crois pas que Valérie accepterait une note de frais d'un bar qui doit facturer près de cinq euros le café. Inutile de prendre ce genre de risques, Juan n'étant pas hyper assidu (#euphémisme) en paiement de pension alimentaire. Depuis qu'il s'est lancé dans une nouvelle carrière d'intermittent du spectacle (je n'ai pas encore bien compris s'il était éclairagiste ou preneur de son, mais, à ma décharge, il n'a pas l'air de vraiment le savoir lui-même), on est tous invités à le soutenir moralement et financièrement. Je ne compte plus les cagnottes Leetchi qu'il a mises en place ces derniers mois. Dont l'une, d'ailleurs, était une demande d'aide pour l'éducation de ses enfants. J'ai manqué défaillir en lisant son mail et en voyant la liste des destinataires – mon père et ma sœur en faisant partie.

J'ai donc choisi de me concentrer sur des arrondissements proches, mais pas trop quand même, histoire de ne pas buter toutes les trente secondes sur quelqu'un qui aurait enfin accepté un rencard.

Tout comme, après réflexion, j'ai choisi de ne pas me disperser et de rester sur Tinder. Cela en étonnera peut-être certains, mais je n'ai pas passé les trois derniers jours à seulement attendre un message de Philippe. Eh non. J'ai aussi cogité sur comment opérer. Il faut bien reconnaître que la liste de sites fournie par Lilou m'avait donné le vertige. Et puis, même s'il est soi-disant hyper simple de s'inscrire sur l'un ou l'autre, n'en croyez rien. On vous demande tout un tas de trucs qu'une journaliste sous couverture n'a pas forcément envie de divulguer au monde entier. J'avoue avoir été tentée un instant par Louise, l'application entremetteuse des mélomanes, m'être imaginée sur les bords de Seine au printemps, à discuter sans fin de quelques vers de Souchon avec un amoureux putatif qui partagerait mes goûts, on plongerait nos doigts dans un grand pot de Nutella avant de finir par chanter du Lady Gaga à tue-tête, les touristes nous applaudiraient depuis les bateaux-mouches, on serait heureux, on rirait beaucoup. Avant que n'apparaissent licornes, barbe à papa, etc., je me suis rappelé (une fois encore) que je n'étais pas là pour trouver l'âme sœur mais pour enquêter sur les us et coutumes de mes contemporains en matière de chasse amoureuse.

Il m'aurait donc fallu prétendre être fan de Dany Brillant ou de la Compagnie créole pour élargir le champ de mes investigations et, en toute sincérité, c'était au-dessus de mes forces. J'ai tout aussi rapidement abandonné l'idée de faire un tour sur mygreenlovers : n'importe quel vegan convaincu aurait compris en moins de deux minutes chrono avoir affaire à un imposteur à la lecture de mes messages. Non, je ne passe pas mes week-ends à embrasser le tronc du marronnier dépressif devant la maison. Non, je ne cuisine pas des panais le dimanche midi pour accompagner mes choux de Bruxelles. Non, je n'ai pas un appareil à composter sur le bord de mon évier. Non, mes culottes ne sont pas en coton bio commerce équitable, désolée, pardon, pardon.

Tinder, donc, restera mon cheval de Troie pour pénétrer les arcanes de l'amour virtuel moderne et…

Match, MATCH, MATCHHHHHHHHH!

Mon Dieu, ça bipe et ça tombe comme des mouches !

Tanguy, 43 ans. Sportif, aimant La Casa de Papel, *Godard et la Nouvelle Vague. Je porte mal le bas-de-chausses et la tunique à frou-frou, je ne monte pas à cheval, je ne serai donc pas ton prince charmant… mais si tu en as envie, je suis prêt à t'emporter sur mon scooter blanc dans la nuit parisienne pour aller terrasser quelques dragons.*

Pas de faute d'orthographe. C'est déjà pas mal. Et oui, je le reconnais, l'allusion aux princes et aux dragons me parle. Je repousse rapidement la vision de moi en robe de princesse (j'en avais une magnifique à huit ans, dans un tissu hautement inflammable qui m'obligeait à me tenir éloignée de tout radiateur et adulte fumeur, mais que j'adorais, avec un voile parme à pois roses à travers lequel je ne voyais strictement rien, une aubaine pour mon imagination débordante) pour me concentrer sur la photo dudit Tanguy. Elle montre un type souriant, cheveux poivre et sel, coupés courts. Le regard est malicieux. Les dents blanches (Solal, tu as fait de moi une adepte des dentitions parfaites, à défaut de me transformer en *Belle du Seigneur*). Sur le « sportif », je tique un peu, mais Nina m'a expliqué que c'était aussi une manière de prouver que le mâle était endurant. Soit.

Pour me donner du courage, j'avale une gorgée du pinot noir que j'ai judicieusement placé sur ma table de chevet. Ça y est, je vais franchir le cap. Au diable les convenances, on n'est plus au XXe siècle, rien ne m'empêche de faire le premier pas. Les codes de la séduction ont changé, pas question que le train du progrès de l'égalité homme-femme m'ampute en me roulant dessus ! J'ai raté Philippe, je ne manquerai pas Tanguy.

> Le dernier prince que j'ai croisé avait une épée en carton. Tu ne parles pas de la tienne, qu'en est-il ?

Merde, merde, merde ! Aussitôt le message envoyé, je me rends compte de sa connotation sexuelle. Mais quelle conne !!!

Personne ne s'est jamais plaint ni de mon épée ni de ma faculté à la manier. Tu veux qu'on en discute ou je t'envoie des preuves ?

Ooooooh non !!! Le mec est déjà prêt à me balancer des photos de son sexe ! Voilà que je rougis comme une gamine en relisant son message. C'est pas un peu rapide ça, quand même ? À moins qu'il n'ait fait de l'escrime enfant et que je sois passée à côté de cette information essentielle sur son profil ? Emma, ne te fais pas plus bête que tu n'es ! Tu sais très bien qu'il est sur le point de te faire suivre une *sex-tape* ou je ne sais quoi.

J'hésite. Le prendre au mot ?

Les cours théoriques ne m'ont jamais intéressée, pas plus que les tutos. Tu as autre chose à proposer ?

Visiblement pas. Tanguy ne répond plus. Disparu, lui aussi. Y aurait-il sur Tinder des codes de communication qui m'échapperaient totalement ? Suis-je condamnée à l'abstinence dans la vie réelle (essentiellement par manque de temps, on l'aura compris) et aux vestes dans la virtuelle ?

Je me reprends, me rappelle qu'il s'agit de boulot, de rien d'autre, que je suis là pour enquêter, qu'il faut vraiment que je rencontre ces hommes et ces femmes qui se plaisent par écran interposé, qu'ils acceptent de témoigner, que le tout soit vivant, drôle, original, sans fard, osé, pas trop quand même, excitant, marrant, léger, plein de sentiments…

Pas gagné, quoi.

Au moment où je me décide à éteindre le téléphone, Stef93 m'envoie un

qui achève de me ruiner le karma et me tire des larmes de sang.

Non ! *Savapa.*

Padutou même !

Hans W.

Le problème de Tinder, c'est le choix. Plus on a le choix dans la vie, et plus on devient exigeant. C'est mathématique. Et plus on est exigeant, plus on a de chances d'être déçu. Et plus on est déçu, plus on se retrouve face à de nouveaux choix.

Iza M.

« Et toi, que cherches-tu sur cette appli ? » Voilà la question qu'on te posera chaque fois. Et chacun a sa réponse toute faite. Mais, au fond, tout le monde cherche la même chose. L'exaltation, l'amour, le plaisir, la folie, l'orgasme, on veut tous vivre ça. Ce qui fait la différence, c'est la durée. L'un veut tout ça pour un soir, telle autre pour une vie. Mais je le répète : tout le monde cherche la même chose. Le mot-clé, c'est le temps : combien de temps comptes-tu m'aimer ? Quelques heures ou pour toujours ? Voilà les seules questions qu'on devrait poser.

Rémy S.

Je choisis toujours des filles qui habitent loin de chez moi. Au début, je limitais mes recherches à mon quartier, c'est pratique, mais après plusieurs mois sur Tinder, ou plusieurs années, dès que tu sors avec une nouvelle amie, tu croises immanquablement des ex ou bien des filles avec qui tu as eu un rendez-vous qui n'a pas été concluant. Le samedi soir, par exemple, c'est quasiment impossible de ne pas tomber sur l'une, voire plusieurs, d'entre elles. C'est toujours gênant, ces regards. Alors, du coup, je préfère faire des kilomètres pour ne pas passer pour un dragueur compulsif… Ce que je suis, au fond.

Katia L.

Le problème, avec la plupart de mes copines, c'est qu'elles veulent le beurre et l'argent du beurre. En gros, elles courent toutes après le grand amour, le conte de fées, mais à part faire défiler des visages sur des applis, le cul enfoncé dans leur canapé, elles ne font pas grand-chose pour le vivre. Moi, l'amour, c'est toute ma vie, alors j'ai choisi un métier qui me permet d'être libre et de voyager au bout du monde, un métier qui fait de moi quelqu'un de passionnant et qui m'offre de rencontrer des gens exceptionnels. C'est pourquoi je suis devenue archéologue. Et puis, je me suis fait violence pour ne jamais prendre un kilo de trop, et vous savez aussi bien que moi que ce n'est pas facile : encore aujourd'hui, je fais des abdos chaque matin, et je cours bien quinze kilomètres par semaine ; à côté de ça, j'ai appris plusieurs langues et puis aussi la peinture, le chant, enfin, tout un tas de trucs pour me montrer à la hauteur de l'homme que je recherche…

3

Les nuits se suivent et se ressemblent. Agrippée à mon iPhone, je matche, like, unmatche[1] (après avoir été moi-même rayée de l'existence par quelques mâles indélicats), discute, glousse, rougis, repousse les uns, allume les autres. La solitude, qui me serre parfois le ventre quand les enfants sont chez leur père, est partie en claquant la porte derrière elle. Elle s'est sûrement installée chez une autre, qui ne connaît pas encore Tinder. Pauvre femme, comme je la plains ! Je benche aussi. Et pose ainsi tout un tas d'hommes sur un banc virtuel, en attendant de les remettre dans le match (#jeudemots) si le cœur m'en dit. C'est pas mal, le *benching* (à condition de n'être pas soi-même sur le banc – ce qui doit donner une idée assez précise du purgatoire) : ça permet de mettre de côté des profils dont on n'est pas vraiment

1. Unmatcher : verbe transitif dont l'équivalent dans une soirée serait la disparition aussi brutale qu'inexpliquée (et définitive !) de la personne avec qui vous buviez un verre, tout sourire, en parlant de vos dernières vacances dans les Cyclades.

sûr mais qui pourraient servir un jour. Enfin, heureusement que Nina m'a tout expliqué, parce que j'avoue que la défection de Tanguy dont je ne connaîtrai jamais les talents d'escrimeur m'a fait frôler la dépression nerveuse – bien réelle, elle. C'est moche d'ouvrir l'application, de rechercher les messages échangés (pour nourrir mon article, bien sûr, à quoi ça pourrait me servir d'autre ?) et de découvrir que tout a disparu ! Depuis, je ne me laisse plus avoir, je fais des captures d'écran : on n'est jamais trop prudent.

J'essaie de ne pas perdre de vue que je suis là pour des raisons sérieuses, très sérieuses, de celles qui me permettent de payer mon loyer et des camps de vacances aux enfants. Je ne me cantonne donc pas à un seul type d'hommes (ceux susceptibles de me plaire), et j'étends ma recherche aux profils les plus improbables. Pour être souvent servie – la diversité des goûts et des couleurs ne cessera jamais de me surprendre, qu'on se le dise.

J'ai ainsi matché avec Roger, soixante-cinq ans. En toute sincérité, je n'ai pas imaginé une seule seconde le rencontrer dans la vraie vie (ce que Valérie me reprocherait sûrement, mais elle n'en saura rien). Roger, quant à lui, a trouvé tout naturel qu'une femme qui annonce vingt ans de moins que lui le trouve attirant, alors qu'il pose sur un tracteur, au milieu d'un champ de courgettes, avec une cucurbitacée d'une taille imposante placée entre les jambes, dans une posture qui ne laisse rien à l'imagination, ou bien ivre à un mariage, affalé sur une comparse (son ex-femme ? son épouse ?) dont la poitrine menace de déborder de l'écran. Je ne voudrais pas paraître snob, je sais bien que la beauté se cache parfois dans des recoins inexplorés de certaines âmes pures, mais quand même.

Le dialogue s'annonce poussif.

Bonsoir Emma, je vous trouve tré belle.

Merci, Roger. Qu'est-ce que vous recherchez sur Tinder ?

Vous me donner votre numéro de téléphone ?

Ben, il ne perd pas de temps, pépère ! Certes, la mort est au bout du chemin, mais ça vaut pour nous tous. Il y arrivera peut-être en dernier.

Je préfère discuter un peu avant, vous allez trop vite pour moi.

Eh bien moi j'aime pas les hommes.

Pouce à l'arrêt, j'ai la sensation que si j'étais dans une BD, on verrait se dessiner plein de points d'interrogation de tailles et formes différentes au-dessus de ma tête. Roger n'aime pas les hommes. Hum.

Très bien. Que dire ? Parle-t-il des hommes avec un grand H ? Serait-il misanthrope ? Je choisis la carte humour.

Eh bien, moi si.

Vous ne voulez pas m'appelé, je n'ai pa de temps a perdre, adios.

Et hop, encore une veste. Et par un sénior, fétichiste des courgettes ! Je vais finir par m'interroger sérieusement sur mon potentiel de séduction. Valérie aurait peut-être mieux fait de confier cette enquête à quelqu'un de plus jeune, de plus frais, de plus aventureux. Comme Lilou, par exemple. Elle était bien partie en plus, avec sa liste des différents sites de rencontre ! Vingt-quatre ans, un petit 95 C, des yeux de biche (parfois un peu vides, et non, je ne suis pas jalouse, je constate, c'est tout), le rire facile et toujours prête à rendre service. OK, Lilou vit avec son mec, Arthur, cycliste chez Uber Eats, très sympa. Ils sont montés à Paris ensemble quand elle a commencé ses études de journalisme et, lui, celles du plan de la ville. Mais je ne vois pas pourquoi notre vie personnelle devrait interférer avec notre vie professionnelle. Lilou s'en serait très bien sortie.

Ding !

> Salut Emma, j'ai une proposition à te faire.

Ah, Poulpe75. Ceux qui utilisent encore des pseudos ont des choses à cacher. Parfait, le travail reprend.

> Salut petit poulpe, comment vont tes tentacules ?

Soudain, j'ai un doute. Ça a des tentacules un poulpe ? Ou c'est l'étoile de mer ? Pas le temps de vérifier sur Wikipédia, les trois petits points qui m'indiquent que mon interlocuteur rédige un message s'agitent déjà.

> Je te donne une adresse. Tu viens nue sous ton imper. Tu suis mes indications et monte au dernier étage. Là, une porte entrouverte t'attend. Tu te bandes les yeux et entres. Et tu enlèves ton imper.

C'est tout ? Enfin, je veux dire, pourquoi pas, mais ensuite ? Je me fais découper en rondelles ? On me vend aux enchères à un réseau de prostitution bosniaque ? On me retire le bandeau et toute une bande de potes hurle « SURPRISE ! » en lançant des cotillons (plus faciles à nettoyer que les confettis, je sais de quoi je parle) ? Je découvre que je suis filmée pour le concours MILF-prête-à-tout de TikTok ? Des chirurgiens esthétiques pervers tournent en *live* sur Insta pour expliquer ce qu'ils reprendraient sur mon corps en me couvrant de traits au marqueur noir ? Parce que, dans la vraie vie, ça existe. Il faudra quand même un jour qu'on m'explique quel plaisir il y a à se retrouver en train de se faire liposucer, un tube dans la cuisse agité follement par un type masqué, devant des milliers de *followers*. Mais ce n'est pas le débat du jour. Là, j'ai besoin d'en savoir plus.

Et ? ...

Les trois points ondulent de nouveau.

Et... tu verras sur place. Mon fantasme te plaît ?

Bof. Assez banal, en fait... Il y a une suite ?

Un temps mort. Ai-je vexé mon poulpe ? ... Ou bien fait-il la même proposition à une autre fille ?

Ah, enfin :

> OK. Je t'en dis plus. Je te guide de la voix jusqu'à ce que tu sentes sous tes doigts ma grosse queue raide. Tu me suces et j'éjacule sur tes nichons avant de t'allonger par terre et de lécher ta petite chatte étroite. Tu me supplies de te prendre en levrette comme une grosse chienne.

Ah oui, quand même. Y a du *level*, là, comme dirait ma fille. Tout y est. Le sexe énorme. La chatte étroite (il a sans doute oublié dans l'émotion de préciser qu'elle devait être trempée, que je devais mouiller comme jamais, mais j'imagine que ça allait de soi). Et la grosse chienne. Un fou rire me prend à l'idée d'un berger allemand obèse se faisant monter par un poulpe. Impossible de m'arrêter. Faisons vite semblant d'écrire quelque chose pour ne pas perdre le monsieur. Mes doigts s'agitent sur le clavier, je tape un message, l'efface, recommence, tout pour que son attention me reste acquise. Ce n'est plus à un berger allemand que je pense, mais au Minotaure. Mi-homme, mi-taureau. Ayant besoin d'être rassasié de chair fraîche. Personnification de l'éternel masculin ?

Pas de fessée ?

Tu aimes ça ? Tu veux que je te claque le cul en te disant quelle chienne tu es ?

Et dire qu'on a vécu la libération sexuelle, le droit à l'avortement, les Femen et #metoo pour en arriver là. C'est désolant.

Tentons la carte de la concurrence. Ça passe ou ça casse.

Sincèrement ? Ça manque d'originalité. Je vis plus exaltant avec mon *sex-friend*.

Un plan à trois alors peut-être ?

Déjà fait.

Et si j'amène un pote *black* affûté comme une dague et qu'on te défonce tous les deux ?

Là, j'ai un doute. Il s'excite tout seul ou il cherche à me montrer que je vais être punie pour ne pas avoir frôlé l'orgasme à la première mention de son sexe énorme ?

Poulpie, sérieux, ça a déjà marché, ce genre d'approche ?

☺ ☺

Poulpie est un restaurateur de trente-cinq ans (encore un de ses mensonges ?) doté d'un sacré sens de l'humour. Il m'a expliqué que c'était sa méthode pour découvrir à qui il avait affaire et qu'après tout, sur un malentendu, si une nana était assez cintrée pour dire oui, pourquoi s'en priver ? Jusque-là, ce n'est jamais arrivé, a-t-il reconnu. Je lui ai conseillé de laisser tomber le « grosse chienne » parce que « grosse », déjà, c'est un adjectif que peu de femmes apprécient, quel que soit leur poids, et que « chienne », ça fait quand même porno *low cost* des années 1980. On a alors passé en revue d'autres bestioles qui pourraient être convoquées dans son texte d'approche, sans rien trouver de concluant. On a aussi rayé de la liste les « chaudasses » et autres « bonasses ». Poulpie m'a avoué qu'il avait eu des rendez-vous avec des meufs très chouettes qui avaient pris son offre avec humour, mais qu'aucune ne l'était autant que moi et qu'il espérait bien me rencontrer un de ces jours.

J'ai noté son 06. On a continué un moment à échanger. Poulpie était finalement comme tout le monde, à ériger des barrières et à porter des masques. Les siens étaient seulement plus carnavalesques que d'autres. Et il ne m'avait toujours pas révélé son prénom.

Jeanne B.

Tôt ou tard, un homme vous enverra la photo de sa bite. Le pire, c'est qu'ils croient que ce genre de trucs peut nous faire de l'effet. Pas un instant ils se disent qu'une simple phrase comme : « et monter lentement dans un immense amour » nous toucherait davantage. Mais bon, si Rimbaud se trouvait sur Tinder, ça se saurait, en même temps…

Vivienne S.

Les mecs, plus ils prennent de l'âge, et plus ils publient des photos d'eux en train de faire du sport. Je crois que leur grande peur, c'est qu'on pense qu'ils n'assurent plus… Au lit, je veux dire. Alors, ils s'affichent en plein effort, courant, nageant, escaladant, ramant, glissant… Et ça ne signifie qu'une chose : je ne suis pas fini, les filles, je bande encore !

Lætitia J.

Chez Tinder, ils ont quand même pensé à créer un bouton pour signaler les gros lourdauds. Je l'utilise des dizaines de fois par semaine. Mais avant ça, je fais toujours une capture d'écran pour les copines. Chaque semaine, on se fait un repas ensemble et, au moment de l'addition, on compare les photos qu'on a prises ; puis on passe au vote et celle qui détient la plus rebutante se fait inviter par les autres.

4

Une semaine après mes premières incursions en solitaire sur Tinder, je suis encore dans un état proche de la sidération. Certains propos me choquent, d'autres m'emplissent de tristesse tant ils trahissent un sentiment de solitude. Parfois, quand j'ouvre l'application, un frisson d'excitation me saisit. Tous ces individus, là, à portée de clic, avec qui discuter, se dévoiler, se confier… Et puis la machine à laver se met à biper, me rappelant que je dois étendre le linge, et la réalité me revient en pleine face. Je ne connais pas ces gens. Je n'ai rien à faire avec eux.

Dieu merci, ce soir, c'est dîner filles, on devrait avoir des choses à se raconter. L'habitude a été prise après mon divorce. Un dimanche, tous les quinze jours, veille du retour des enfants à la maison, je dîne avec Nina, Claire et Karine. Le dimanche est le nouveau jeudi. Enfin, sans le même choix de restos ou de bars, mais bon, on s'en sort quand même.

Claire est divorcée aussi. Sa garde alterne au même rythme que la mienne. Belle femme, élancée, élégante, elle est celle de la bande qui prend le plus soin d'elle. Il faut dire qu'elle travaille dans les cosmétiques et qu'il serait malvenu qu'elle ressemble à une serpillière. Je la soupçonne d'avoir fait quelques injections de-ci de-là, mais comme elle n'en a jamais parlé, je ne pose pas la question. Karine, elle, est mariée. Mais elle serait célibataire qu'on ne verrait pas la différence (enfin, son mari, si, sûrement, en tout cas c'est à souhaiter). Elle ne refuse jamais une invitation à sortir, même à la dernière minute. Franck et elle sont ensemble depuis presque trente ans, leurs enfants ont déjà quitté le nid. Karine parle peu d'eux, de lui. Ou de quoi que ce soit. Elle écoute, tempère nos éclats, rit, écluse avec application verre de vin sur verre de vin, comme s'il s'agissait d'eau plate (si c'était du Perrier, elle finirait la soirée en donnant tous les signes d'une grossesse gazeuse). Elle bosse pour le même journal que Nina, mais comme secrétaire de rédaction.

— Les filles, les filles, attention, j'ai une annonce à faire ! lance Nina, les apéritifs à peine servis.

— Oh ! Tu te maries ? applaudit Claire.

— Igor rentre dans la catégorie table étoilée ? interroge Karine, au fait du classement gastronomique de notre amie.

Je me contente de grignoter une chips. De toute façon, les annonces de Nina sont par nature imprévisibles, pas la peine de se fatiguer.

— Emma est sur Tinder !

Cris, hurlements, exclamations diverses et variées, on se croirait dans un vestiaire de pom-pom girls un jour de Super Bowl. Je manque m'étouffer et recrache sans élégance un bout de chips ramollie.

— Nina !

Elle sourit avec le même contentement de soi qu'un gamin qui vient de finir en douce le dernier paquet de Haribo.

— Quoi ? demande-t-elle, faussement innocente.

— M'enfin !

— Emma, c'est super, intervient Karine, toujours positive, avant de faire signe au serveur de la resservir.

— Mais oui, ma chérie, renchérit Claire. C'est génial. Tu sais que Marie, ma cousine, y a rencontré son mec ? Ils sont ensemble depuis trois ans maintenant et viennent d'acheter un appartement du côté des Batignolles. Yves est un amour !

— On se calme, on se calme ! Le mariage, j'ai déjà donné, merci. Non, en fait, je travaille à un dossier pour le journal.

L'excitation retombe aussitôt. Qui a envie de parler boulot un dimanche soir ? Aucune de nous.

— Ah…

Claire a l'air si déçue que je tiens à la rassurer.

— Nan, mais si je rencontre un mec sympa, tant mieux ! Mais c'est pas l'objectif. Je dois rendre un dossier sur l'amour au temps des applications, ce genre de trucs, vous voyez. D'ailleurs, si vous avez des copines prêtes à témoigner…

— Moi, je peux te parler de Gleend[1] si tu veux, m'annonce-t-elle en reprenant du poil de la bête.

— Grindr ?

1. Site réservé aux cinq à sept, soit à celles et ceux qui cherchent à s'échapper de temps à autre du lit conjugal.

Nina explose de rire.

— Non, Emma, Grindr est une appli de rencontre pour les homos !

— Mais comment voulez-vous que je m'y retrouve ? Ils pensent à quoi, les mecs qui inventent le nom des sites ? C'est imprononçable, on se croirait dans ce nanard, là, *RRRrrrr !!!*

Nina secoue la tête, un sourire amusé aux lèvres.

— Ma pauvre Emma.

— Ben oui ! Merci de compatir. Bon, Claire, c'est quoi ce site de glandes ?

— Ah, mais il m'arrive aussi de rencontrer des femmes, tu sais, précise Claire avec un petit rire. Il n'y a pas que les glandes – ni les glands – dans la vie.

Nina s'esclaffe, Karine sourit, Claire raconte, sans fausse pudeur, sans arrogance. Avec son élégance et son charme habituels, elle nous livre une facette d'elle que nous ne connaissions pas. Elle dit les femmes, amies-complices, à la peau douce, tendres souvent, miroir fluctuant de soi-même, mais avec qui les histoires peuvent devenir bien compliquées. Les hommes, gardés à distance, pour toutes les raisons que l'on sait. Et donc, oui, elle les préfère mariés.

C'est plus simple comme ça, explique-t-elle. Pas de complications affectives. Des rapports sains. Des types qui ne restent pas dormir. Et qui n'ont pas à se formaliser si elle ne les rappelle pas. Une liberté, soutient-elle, une vraie. Sûrement. Mais il m'a semblé discerner une drôle de lueur dans son regard. Cet éclair qui ne s'allume que lorsque meurt un dernier rêve d'enfant.

Maxence S.

Tu crois que les filles cherchent du sexe, de l'amour ? Non ! Elles cherchent à se désennuyer. Elles veulent un mec pour les distraire de leur boulot, de leur quotidien, de leur quartier, et même les distraire de l'amour puisque se regarder dans les yeux, à la longue, ça peut aussi devenir lassant…

Alice S.

Au jeu littéraire des contraires, l'amour se voit opposer la haine ; non, pour moi, après des années de vie commune, le contraire d'amour, c'est caddy ou supermarché, surtout quand il y a des promos au rayon sanitaire : « Oh, regarde, ça vaut le coup, non ? Trois flacons de Harpic au prix de deux ! »

Jarod F.

Avant de m'inscrire sur des sites de rencontre, j'ai étudié un livre sur la communication non verbale. Et après quelques rendez-vous passés à décoder chacun des gestes de mes *dates*, je suis devenu maître en la matière. Par exemple, si les filles se tiennent de biais en face de moi, c'est pas forcément bon signe. Au contraire, si elles relèvent leurs cheveux derrière la tête, remontant du même coup leur poitrine, c'est un excellent signal que leur corps envoie. Mais le geste le plus révélateur de disposition sexuelle, c'est celui d'incliner la tête sur le côté quand elles s'adressent à quelqu'un. C'est une attitude commune à tous les primates, paraît-il. Même lorsque les filles se livrent peu, j'en sais déjà beaucoup sur elles.

5

Lundi soir, retour des enfants. Quand j'arrive à la maison à dix-neuf heures trente, épuisée et chargée des courses comme un mulet corse de ses fagots de bois, c'est pour les retrouver installés devant la télé, des paquets de chips vides jonchant le parquet. Tous deux marmonnent un vague truc qui, pour une oreille aguerrie, pourrait passer pour un « Salut m'man », et dont le sens semblerait totalement obscur à un néophyte. Fini le temps des câlins, bisous, bisous câlins. L'adolescent est un être à part, pour qui l'art de faire la moue n'a plus aucun secret.

Je soupire en traînant ma charge à la cuisine, et, croyez-moi, elle n'a rien de mentale : deux bouteilles d'Ice Tea (pour Léo), un pack de San Pellegrino citron (pour Sybille, qui ne nous a jamais pardonné de lui avoir donné ce prénom et préfère qu'on l'appelle Sabrina depuis qu'elle a fêté ses treize ans), des Oreo à profusion, des carottes, quelques navets (qui finiront probablement à la poubelle, l'enthousiasme de ma progéniture pour les légumes frais n'ayant d'égal que ma flemme à les cuisiner), des steaks hachés en pagaille, deux tubes de crème anti-acné (bien sûr, ils n'utilisent pas les mêmes), quatre yaourts nature au lait de brebis (nouvelle lubie de Syb-Sab depuis qu'elle a découvert ça chez une copine dont les parents sont l'image même de néo-campagnards vivant en milieu urbain hostile), quatre au chocolat liégeois pour Léo, et trois salades préparées au nom aguicheur et à l'allure déprimante pour mes déjeuners au bureau.

Faut-il préciser qu'aucun de mes enfants ne se précipite pour venir m'aider à tout ranger? J'ai presque terminé quand Léo pointe le bout de son nez dans la cuisine.

— Y a quoi à manger ce soir? J'ai faim. Des bolos? Celles de Linda sont au top.

C'est ainsi que j'apprends inopinément que Linda, qui était juste un coup en passant (passade qui a duré un an, quand même, faut-il le rappeler) et qui nous servait nos brunchs en souriant, son piercing à la narine droite racontant une histoire de jeunesse, d'ivresse et de *rave party*, s'est installée chez Juan.

Linda est cool. Super cool, confirme Sabrina en chipotant carottes et navets (il a bien fallu que je passe mes nerfs sur quelque chose), tandis que son frère, renfrogné, décidant de les snober, me menace d'une grève de la faim et finit par y renoncer en avalant trois des quatre liégeois. Alors que j'aurais préféré n'en rien savoir, mes enfants ne m'épargnent aucun détail : son âge (vingt-neuf ans), son autre piercing au nombril, la longueur de ses extensions capillaires, son passé de serveuse en boîte de nuit au Cap d'Agde, Tino, son chihuahua, qui ne quitte pas son sac Vuitton acheté à un Ivoirien sur un marché de Vintimille, sa façon de rendre hyper classe (comprendre au comble de la vulgarité) une simple jupe H&M, ses ongles chacun d'une couleur différente, et son addiction à « Quatre mariages pour une lune de miel » dont elle ne raterait pas un seul épisode.

Je prends sur moi pour faire preuve d'un enthousiasme à la hauteur du leur. Pas évident. Les navets n'ont jamais eu un goût aussi fade, les carottes sont trop dures, le steak saigne. Il ne s'agit pas de jalousie : je n'aime plus Juan. Comme si, au fil des ans, l'image que j'avais de lui lors de notre rencontre s'était écaillée, à la manière d'un vieux papier peint se décollant du mur pour révéler fissures et arêtes. Un beau matin, je n'ai plus vu en lui qu'un type dont le ventre était moins ferme, les blagues moins drôles, la versatilité professionnelle plus pesante. Je crois que l'une des personnes que j'ai interviewée pour mon article parle de ça quelque part. Oui, voilà, ça me revient :

Lalie O.

Un truc qu'on ne dit jamais en amour, c'est qu'on aime moins quelqu'un. On lui dit qu'on l'aime, on lui dit parfois qu'on l'aime de plus en plus, mais jamais qu'on commence à moins l'aimer. De là viennent sans doute toutes ces questions face à une séparation brutale. Celle ou celui qui est quitté répète à qui veut bien l'entendre que tout allait pourtant si bien entre eux, et qu'il ne comprend pas ce qu'il s'est passé tout à coup. L'explication est pourtant simple : celle ou celui qui a commencé à moins l'aimer ne le lui a jamais dit durant les jours, les semaines ou les mois qui ont précédé la rupture; du coup, il n'a pas pu s'habituer à cette idée. En fait, je comprends très bien qu'on ne dise jamais un truc pareil. Vous vous imaginez, vous, en train de regarder votre partenaire dans les yeux et lui déclarer : « Je crois bien que je commence à moins t'aimer depuis quelques jours » ? Non, c'est impossible, alors on garde ça pour soi...

C'est exactement ça. On s'est aimés moins. Et j'en ai pris conscience, non pas sous les coups de boutoir du plombier, mais quand Juan a quitté l'appartement ce jour-là en claquant la porte. Ce que j'ai alors éprouvé ressemblait à du soulagement. Le reste n'a été que blessure d'ego.

Quand je demande à Léo de bien vouloir mettre son assiette sale dans le lave-vaisselle, il m'assène un « OK Karen », nouvelle insulte à la mode sur je ne sais quel réseau social. Karen est cette Américaine en surpoids (mais pas obèse), blanche, en guerre contre le monde entier. Bref, une mal-baisée agressive et aigrie qui oscille entre quarante et cinquante-cinq ans. La post-boomer dont les rêves n'ont pas été réalisés et qui emmerde le reste de l'univers. Autant dire que le compliment me va droit au cœur. J'imagine bien que Linda, elle, est tout sauf une Karen. Plutôt le genre BFF[1].

1. BFF (généralement suivi de trois cœurs dessinés avec les doigts) : non pas Bifteck Frites Fanta, mais *Best Friend Forever*!

Mais, soyons positive. Au moins, contrairement à d'autres, mes enfants ne semblent pas souffrir outre mesure de la garde alternée ; ils y trouvent même leur compte (ce qui est loin d'être mon cas, j'ai l'impression de devenir complètement schizophrène entre une vie de célibataire liiiibre, jeune, à qui l'avenir appartient durant toute une semaine, pour tomber dans celle de maman solo aux fesses qui pendent la semaine suivante). L. et S. sont épanouis, et passer d'un mode d'éducation à un autre leur apprend que le monde n'est pas noir ou blanc. Inutile de préciser que celui de leur père est aux antipodes du mien. Son nouveau credo, digne d'un profil Tinder sans originalité, est « *Keep cool and drink tonic* ». Bien sûr ! Facile quand on se repose sur les autres pour assumer les responsabilités qu'on choisit volontairement d'ignorer. Moi aussi, j'aimerais me vautrer devant la télé avec les gosses, à jouer à Fortnite ou Overwatch, à regarder épisode sur épisode des « Reines du shopping » ou je ne sais quelle autre émission qui a les faveurs de Sabrina. Mais non. À moi la tâche ingrate consistant à leur inculquer bonnes manières et bonne tenue (non, Sabri, le micro-short avec les compensées, pas question pour aller au lycée, et ça n'a rien à voir avec les droits des femmes à disposer de leur corps ; non, Léo, le shit n'est pas bon pour la santé, même si l'herbe est bio), l'art de ranger sa chambre sans tout pousser sous le lit dans l'espoir que personne ne verra rien, celui de lancer et d'étendre une machine à laver, de se brosser les dents plus d'une fois par semaine (Léo), de ne pas abuser du gel dans les cheveux (Léo et Sabrina) ou du rasage de poils partout sur le corps (sur cette question, les ados mâles peuvent se montrer surprenants d'inventivité !).

Juan me cantonne à un rôle de mégère, alors qu'il se taille la part du lion dans le domaine « vis ta vie comme si demain ne devait jamais arriver ».

Je soupire en finissant de débarrasser la cuisine, le reste des navets disparaissant sans surprise dans la poubelle. Il est l'heure de batailler pour récupérer tout objet électronique dans les chambres de mes chers petits et les obliger à un sommeil réparateur.

Theodore M.

L'expression phare qu'on retrouve sous les photos de profil est « *Carpe diem* ». Combien de femmes prétendent que c'est leur seule devise ! Alors, comme certaines d'entre elles cherchent quelqu'un de cultivé, je ne manque jamais de placer la suite de la citation d'Horace : « *Quam minimum credula postero.* » La plupart me répondent « LOL » ou bien suppriment mon *match* car elles ne comprennent rien à ce que je veux dire. Mais j'ai quand même réussi mon coup à deux ou trois reprises. C'était bien la première fois que le latin me servait à quelque chose... Si on m'avait dit que ça me permettrait un jour de conduire une femme dans mon lit, je ne l'aurais jamais cru !

Anna Q.

L'expression qui revient le plus souvent sur ces applis, c'est « sans prise de tête ». Au début, c'était un code qu'utilisaient les hommes pour évoquer une rencontre d'un soir. Puis tout le monde s'y est mis pour parler d'une relation saine et simple, qui ne vous entraînera pas dans des discussions sans fin à propos d'un geste, d'un mot dit ou non dit. Bref, le ou la partenaire idéal.e, c'est celui ou celle qui vous prendra toutes les parties du corps… sauf la tête.

6

L'appartement a retrouvé son calme après une dernière chamaillerie dans la salle de bains que j'ai choisi d'ignorer. Assise en tailleur sur le canapé, ordinateur sur la table basse, bloc-notes à portée de main, je consulte mes notes, prises après une semaine intense sur Tinder. Il est temps de faire un premier bilan. Je ne me suis pas contentée de liker, matcher et discuter. J'ai aussi activé mon réseau de copines, de copains, de collègues, cousins, cousines et autres, et j'ai déjà amassé quelques témoignages, intéressants. Si mes contemporains (et pas qu'eux) utilisent l'application pour rencontrer un partenaire d'une nuit ou d'une vie, ils ne le font pas sans un certain recul, une certaine analyse. Qu'est-ce que je recherche sur le site? Que racontent les profils? Parvient-on assez vite à parler cette langue particulière de l'amour virtuel? De quoi doit-on se méfier?

Tom, par exemple, compare ce qui se pratique en France et aux États-Unis, dont il est originaire. Dans la trentaine, il vit ici depuis maintenant trois ans et son petit accent a fait chavirer bien des cœurs. J'ai eu du mal à l'interroger sur sa vie personnelle. Ce n'est pas parce qu'on descend les poubelles à la même heure (il habite au deuxième étage) qu'on en est à partager l'apéro sur mon balconnet le samedi soir. Mais ma conscience professionnelle (et ma curiosité de commère) ont pris le dessus : j'ai surmonté ma pseudo-timidité pour le coincer entre deux bacs de recyclage. Il s'est alors prêté de bonne grâce au jeu de mes questions, en prenant même le soin de s'exprimer en anglais, histoire d'être sûr que Mme Raynaud, notre concierge, ne comprenne goutte à notre dialogue.

Tom J.

En arrivant en France, j'ai découvert qu'une relation avec une femme pouvait prendre toutes sortes de directions. C'est pas vraiment le cas aux États-Unis. Là-bas, chaque étape est prédéfinie : un premier rendez-vous dans un restaurant, puis un premier baiser sur le pas de la porte de la dame en la raccompagnant, puis on se revoit le lendemain; cette fois, c'est un verre de vin sur la table basse, un autre baiser, puis direction la chambre dans le meilleur des cas. Le scénario est bien huilé et suit un ordre rigoureux, toujours le même. En France, en revanche, il y a davantage de liberté : on se voit au resto, mais aussi dans un bar, dans un parc ou directement à la maison, on peut coucher ensemble tout de suite ou bien beaucoup plus tard après avoir appris à se connaître, tout est possible, l'histoire n'est jamais écrite à l'avance…

Tom a achevé ses confidences par un clin d'œil, et je suis remontée toute guillerette chez moi, me demandant si je n'aurais pas une ouverture (semaine sans enfant = retour de l'adolescence). Mais en entendant la porte du quatrième droite claquer, je me suis rappelé que j'avais déjà atteint le seuil autorisé – que je m'étais moi-même fixé – de voisins-plans-cul, au risque de devoir déménager. Dommage. Il est mignon, Tom. Un peu jeune peut-être, mais mignon. Nina le classerait probablement en « bavette sauce à l'échalote, frites maison, menu brasserie ».

Je repose son témoignage pour me concentrer sur mes premiers échanges Tinder. D'empruntés, ils ont vite été plus assurés. Instinctivement, j'ai fui quelques discussions où l'homme dégageait un tel sentiment de frustration ou de solitude qu'il en devenait flippant. Je ne me suis pas dérobée aux conversations plus osées. Pourquoi ? Sans doute parce que l'anonymat me permet de franchir certaines de mes limites IRL comme disent mes enfants (comprendre *in real life*). Peut-être aussi parce que là, l'image que je renvoie n'importe pas.

Si je lance mes lignes, c'est uniquement dans l'espoir de pêcher des témoignages, mais... je sais bien que je me suis laissé prendre au jeu plus d'une fois. Ma conversation avec Poulpe75, par exemple, qui avait commencé comme une quête d'informations, a rapidement pris un tour plus personnel. Depuis, nous nous sommes écrits à plusieurs reprises, le ton est maintenant celui de la confidence. Je n'ai pas utilisé son numéro, ne connais toujours pas son prénom, pourtant, déjà, il devient une sorte de permanence dans ma vie ; cette vie où rien, finalement, ne dure plus longtemps qu'un tweet trumpien. Il y a Hubert aussi, cadre dans l'alimentaire, marié. Il lui aura fallu moins de cinq minutes pour deviner mes mensurations et mes goûts en matière d'épilation du maillot. Impressionnant. Puis Jean-Yves, divorcé, jeune grand-père, qui souhaite vivre une histoire « authentique ». Daniel, qui se prétend jovial et bon vivant et tire une tête d'enterrement sur sa photo de profil. David, qui a choisi d'être représenté par une espèce de blanquette de veau accompagnée de son gratin dauphinois.

Je ris souvent en lisant ce que certains hommes disent d'eux-mêmes ou de leurs souhaits. « Je suis à la recherche d'une femme, c'est-à-dire fidèle, gentille, sincère, passionnée, sentimentale et plus je chercherai une femme a qui je pourrai lui donné mon amour, lui apporté l'amour qui lui manque depuis tout le temps. » Si le monsieur a une définition de la grammaire quelque peu hasardeuse, celle de la femme, en revanche, est très précise ! On a aussi ceux qui posent avec une femme. Ceux qui exhibent un torse nu qu'ils trouvent sûrement magnifique mais qui ne tient pas cinq secondes la comparaison avec ceux des calendriers des *Dieux du stade*. Il y a les séries animalières (étonnamment, beaucoup de chèvres figurent sur les photos de profil : le *goat trend* serait-il une nouvelle mode ? J'ai noté sur un post-it d'enquêter sérieusement sur la question ; Valérie sera ravie, elle aime beaucoup les animaux de la ferme, je crois qu'elle va souvent en Normandie). Les vulgaires, qui osent des phrases comme « l'amour, c'est comme un pet, si tu dois te forcer, c'est que c'est de la merde » ou des « une levrette sans fessée, c'est comme une raclette sans fromage». Ceux qui donnent un bulletin de santé détaillé sur leurs organes («je souffre de tendinite chronique, du syndrome du côlon irritable, de myopie, d'allergies au soleil, au gluten, au houblon, aux arrivistes»...). Les grognons qui vont droit au but («j'ai deux gentils chiens mais si vous n'aimez pas les canidés, ils n'iront pas à la SPA»). Les petits rigolos qui affirment : « On dira à tes parents qu'on s'est rencontrés à la bibliothèque. » Celui qui, accessoirement, cherche une prof de piano. Ceux dont on ne comprend pas ce que représente la photo et qu'on like, dans le doute. Les bobos qui glissent de fausses citations d'Einstein ou de Gandhi et de vraies sentences de Greta Thunberg. Les fans de vin, de moto, de vélo, de varappe, de voyages, de mer, d'apéros.

Je poursuis ma relecture des échanges que j'ai eus avec certains d'entre eux. « Chez aussi tu cherche une relation ou un coup de lune lol. » « Ben je suis ici pour le but de trouver mon âme sœur c'est-à-dire une femme avec qui je pourrais passer le restant de ma vie à ces côtés pour vivre une vie simple sans prise de tête basée sur la confiance. » Et là, on se demande soudain si Google Trad n'a pas été appelé à la rescousse.

Parfois, j'en oublie que de vrais hommes, avec leur sensibilité, leur parcours, leurs erreurs, leurs doutes, leurs faiblesses, leur tendresse, leurs peurs et tout le reste se cachent derrière ces photos, ces premiers mots balbutiants, ces blagues plus ou moins fines.

Parfois, j'en oublie que je suis journaliste. Et j'aimerais, en ouvrant un profil, découvrir un homme de chair et de sang, avec son côlon irritable, sa barbe de trois jours, le tic qu'il a de se frotter le lobe de l'oreille quand il est inquiet, un homme qui me ferait l'amour et resterait un peu encore après.

Raul T.

Quand on est vraiment amoureux l'un de l'autre, on se lâche moins côté sexe. Comment dire, on est un peu sur la retenue. Il y a des trucs qu'on n'ose pas faire, ou bien pas tout de suite, et pas complètement. Suivant que j'éprouve ou non des sentiments pour une fille, je suis très différent au lit, comme si je devais plus ou moins la respecter en quelque sorte. De là provient sans doute l'adultère : les femmes avec leur mari et les maris avec leur femme s'interdisent certaines choses qu'ils s'autorisent avec d'autres...

Lila D.

Au début, on ressent une sorte de sentiment de culpabilité. Le poids des convenances. Ce qui se fait ou pas. Une femme ne doit pas agir comme ça. Mais au fond, il y a bien plus d'amour, de passion, de fièvre dans ces rencontres d'un soir que dans les accouplements que j'avais avec mon mari après des années de mariage. C'était pratique, la vie de couple : pas la peine de s'apprêter, de se maquiller ni de raconter des histoires pour se mettre en valeur. Un mari, ça se trouve déjà dans ton lit, tu n'as rien à faire qu'il est déjà déshabillé et qu'il se retourne vers toi. C'est pratique mais pas toujours exaltant. On peut pas tout avoir... Quand j'étais mariée, je me demandais parfois qui avait inventé le couple. Sûrement les mêmes qui ont inventé l'élevage et la sédentarisation il y a dix mille ans. La chasse, c'était l'aventure, le risque, l'incertitude; la domestication, c'est devenu la facilité. Un couple, ce n'est rien d'autre que deux êtres domestiqués... Ou plutôt : deux êtres qui ont domestiqué l'amour.

Philippe K.

Sous leur photo, les filles écrivent parfois quelques mots où elles imaginent leur prochaine vie à deux; elles emploient alors des termes comme « rêves », « magie », « évidence », « plénitude »... Récemment, chez Lidl, j'ai croisé une amie qui est restée longtemps sur Tinder mais qui vit maintenant en couple depuis deux ans. Au rayon des conserves, elle me parlait de ses allergies aux pollens, et pour lui remonter le moral, je lui ai lancé : « Ça s'arrangera, l'important, c'est que tu sois désormais dans la magie, le rêve... » Elle m'a regardé sans comprendre ce que je voulais dire. Alors, j'ai insisté : « Tu es comblée, non ? Tu le tiens, cette fois, ton sentiment de plénitude... » Comme elle ne saisissait toujours pas à quoi je faisais allusion, j'ai fini par lui dire : « Eh bien, ta vie avec Marco ! » « Ah ! Ça ? ... Oui, oui, ça va... Enfin, il y a des hauts et des bas, comme dans tous les couples, mais ça va. Sauf que là, il est un peu stressé depuis que le moteur de son utilitaire l'a lâché, il ne sait pas s'il doit le faire réparer ou en acheter un autre. Ce week-end, on va manger chez sa sœur et son beau-frère puis on ira tous ensemble voir les occasions chez Peugeot. »

7

La semaine est passée à une vitesse folle. J'ai fait cuire des kilos de pâtes (Léo) et de quinoa (S.). J'ai fait tourner la machine à huit reprises. Suis arrivée deux fois en retard au boulot (le jour où Léo a voulu partir en tee-shirt au collège alors qu'il faisait douze degrés, celui où ma fille – que je ne parviens décidément pas à appeler Sabrina et qui se dresse comme un crotale en colère lorsque je prononce le nom de Sybille – s'était maquillée comme un camion volé alors qu'il était six heures quarante-cinq et qu'elle commençait la journée par un cours d'EPS).

Ah oui, j'allais oublier : j'ai franchi le cap des premiers rendez-vous. Il le fallait, et je suis sûre que Magellan était plus ou moins dans le même état en tombant enfin sur le détroit qui porte maintenant son nom : le cœur battant, les mains moites, et légèrement déçu une fois la passe franchie. Finalement, ce n'était que ça, avait-il dû penser, saisi de vertiges.

Jean-Philippe aura donc été ma première rencontre à l'aveugle. Prof de SVT en collège, divorcé depuis trois ans, deux enfants en garde alternée. Quarante-sept ans. Un bon profil, m'a-t-il semblé, aussi bien sur le plan personnel que pour mon enquête, dont je ne lui avais pas dit un mot.

Je crois l'identifier en entrant dans le bar de quartier où nous sommes convenus de nous retrouver. Il porte un pull bleu marine qui en a vu d'autres et qui bouloche comme une tapisserie murale datant de mon année de naissance. Désinvolture ? Un côté bobo *casual* ? Un manque de moyens ? Ou d'intérêt pour la rencontre ? Alors que j'ai moi-même passé des heures à me demander que porter, appelé à la rescousse une Nina indifférente (Igor repartait en Serbie), une Claire compatissante, et ma sœur Lyne qui préférait ne rien savoir de mes turpitudes.

J'ai suspecté chez elle une jalousie sous-jacente. Lyne est mariée à son amour de lycée, n'a certainement jamais connu un autre homme et gère sa vie de famille comme une petite entreprise dont on attend que le chiffre d'affaires soit en constante progression (un enfant tous les dix-huit mois, ils en sont au quatrième) et ce, au mépris des fluctuations du désir et de la complicité conjugale. Sans doute les frasques de sa sœur aînée l'avaient suffisamment effarouchée pour qu'elle choisisse, dès l'adolescence, de ne pas s'écarter du droit chemin. Parce qu'on ne pourra pas dire de moi que j'étais un modèle à suivre. Face au couple parfait formé par mes parents, je n'avais vite vu qu'une alternative : les histoires brèves, tant il était évident que parvenir à une telle félicité était hors de ma portée. Autant, dès le départ, ne pas tenter la réussite matrimoniale. Bien sûr, avec Juan, j'y avais cru. Un peu. Suffisamment en tout cas pour jouer la partition à ma façon : avec un grain de folie, sur un rythme rapide (d'aucuns auraient parlé de précipitation) et bien sûr à l'autre bout du monde, histoire de compliquer la tâche de toute la famille. Un vrai tiercé gagnant.

J'ai fini par enfiler mon jean préféré, mes bottines Free Lance achetées en solde il y a trois ans, et un léger cachemire d'un bleu nuit profond qui se marie parfaitement à mon teint, *dixit* la vendeuse, trop heureuse de se débarrasser du seul vêtement non soldé de sa boutique un jour de février où il neigeait. Je me suis maquillée mais pas trop (après tout, nous devons nous retrouver dans une brasserie à dix-huit heures trente, et non à une soirée de gala à vingt et une heures). Mon but est quand même de l'intéresser suffisamment pour qu'il se confie à moi, tout en offrant une image relativement neutre.

Au courant d'air que provoque mon intrusion dans les lieux, Jean-Philippe relève la tête du paquet de copies qu'il corrigeait. Son regard indifférent m'effleure, se pose de nouveau sur la feuille de son élève, avant de revenir sur moi. Un sourire hésitant aux lèvres, je reste plantée sur une espèce de vieux paillasson qui perd autant ses poils qu'un Jack Russell au changement de saison. Jean-Philippe ressemble à sa photo. Mais quelque chose ne colle pas. Je l'ai reconnu, sans le reconnaître vraiment. Et il semble en être de même pour lui. J'aurais peut-être dû mettre les lunettes de soleil que je porte sur ma photo de profil, mais à cette heure-là, il fait déjà nuit, j'aurais eu l'air d'une star à la dérive ou d'une ivrogne cherchant à dissimuler ses yeux injectés de sang.

Il me fait un petit geste de la main ; j'avance enfin vers lui.

— Emma ? vérifie-t-il tout en me tendant la main.

— Oui, bonsoir Jean-Philippe.

— Asseyez-vous.

Car nos échanges virtuels se sont déroulés sous le signe du vouvoiement. Raison qui explique aussi que je l'aie choisi pour être le premier. Il me paraissait moins menaçant que d'autres, trop rapidement familiers, proposant de se retrouver directement chez eux ou au bar d'un hôtel.

J'obtempère, retire mon manteau, me trémousse sur ma chaise. L'entretien commence. Mais est-ce lui qui le mène, à la recherche de l'âme sœur, ou moi, journaliste consciencieuse ?

Enora H.

La plupart du temps, les mecs sont moins bien en vrai qu'en photo. Et nous aussi d'ailleurs, on ne va pas se mentir. Du coup, au moment de la rencontre, il y a toujours une double déception. Certes, c'est très rapide, et après ça, des complicités et des sentiments durables peuvent voir le jour, mais il n'empêche que ça commence toujours par une petite déconvenue. Voilà pourquoi j'ai décidé de publier sur l'appli une photo de moi très quelconque. Depuis ce jour, je remarque toujours un petit éclat dans les yeux de celui avec qui j'ai rendez-vous. Et, croyez-moi, c'est super agréable d'apercevoir cette étincelle.

Magali L.

Jamais je n'aurais pensé que c'était si simple. J'ai ouvert l'appli pour la première fois un samedi à 18 heures, et à 21 heures, j'avais un rendez-vous avec Alex. Puis on s'est vus une seconde fois, une troisième, et voilà six mois déjà qu'on est ensemble. Alors tout ce que j'entends dire sur le côté sombre de Tinder, ça reste très mystérieux pour moi. Je ne comprends même pas qu'on puisse penser du mal de cette appli : leur algorithme a changé ma vie, il m'a aussitôt orientée vers le profil d'Alex, comme si les chiffres nous connaissaient déjà l'un et l'autre, et qu'ils savaient par exemple qu'on adorait tous les deux Chopin et manger des sashimis devant « Koh Lanta ».

Mikaël D.

En fait, il n'y a qu'une chose à faire et on devrait même le conseiller sur toutes les applis de rencontre : le premier rendez-vous, il faut que ça se passe chez vous, sur votre vieux canapé, votre portable sur les genoux, devant une émission à la con, à boire une bière et à manger des chips. Pour la tenue, un jogging et des claquettes feront l'affaire. Comme ça, pas de mauvaises surprises. Tout sauf une soirée romantique sous la lune, une coupe de champagne à la main, qui te laisserait imaginer que ce sera ainsi chaque soir de ta vie… Non, si tu veux, tu peux les organiser après, ces genres de soirée, il n'y a aucun problème. Mais en respectant cet ordre-là : du pire vers le meilleur. Surtout pas le contraire.

8

Le rendez-vous avec Jean-Philippe a été poussif. Voire pénible. J'avais l'impression d'être un agent infiltré, et je me repassais mentalement les images de *Fauda* ou de *Homeland*, des séries qui fourmillent d'agents doubles, comme moi ce jour-là, censée succomber à son charme alors que je ne m'intéressais qu'à mon article. Je ne savais sur quel pied danser : tout lui avouer, ou bien continuer de lui laisser croire que je rêvais d'aller chez lui pour découvrir son corps ? Mais ses doigts boudinés et velus m'ont refroidie : tout plutôt que voir ces espèces de chenilles ramper sur mes seins. J'en frissonnais d'horreur.

J'ai réussi malgré tout à gribouiller deux ou trois notes en rentrant chez moi, après une demi-heure de calvaire passée sous l'œil amusé du serveur qui connaissait bien ce genre de situation. Peut-être aurais-je mieux fait de l'interviewer, lui, il en aurait sûrement eu beaucoup à raconter sur les parades amoureuses de ses clients.

Depuis, j'ai fait la connaissance de Mikaël (un géomètre d'un mètre quatre-vingt-dix-sept) et de quelques autres : un passionné de coléoptères, un grand timide au front luisant et aux cheveux gras, un Italien de passage qui s'était lancé dans un tour d'Europe en trottinette électrique. Ma technique s'améliore. Tantôt sûre de moi, tantôt mimant de fausses pudeurs, je sais susciter les confidences ou tirer les vers du nez de mes interlocuteurs. Je manipule, tu manipules, il manipule. Nous jouons, vous jouez, ils jouent.

Mais ce soir, c'est particulier : je dois rencontrer Matthieu. Depuis ce matin, Brassens gratte sa guitare en chantant dans ma tête « J'ai rendez-vous avec vous », pendant que je sautille dans l'appartement comme une groupie la veille d'un concert de son *boys band* préféré. Pathétique.

Les enfants sont repartis chez Juan et Linda déguster des bolognaises sauce Carrefour (la meilleure au monde, m'assure Léo) et apprendre quelques vraies leçons de vie, qui tiennent de la maxime imprimée en lettres dorées sur un profil Facebook : « Vis comme si chaque jour devait être le dernier », « Ne fais pas aux autres ce que tu n'aimerais pas qu'on te fasse », « La vraie liberté est celle du cœur », et autres « *carpe diem* » bien sentis (le prochain qui prononce cette sentence je l'assomme à coups d'almanach des Postes 1988 ; il verra combien pèse le poids des jours).

Matthieu, donc, m'a bien plu sur l'appli. Il faut dire qu'il est magicien (et pas que de l'amour, affirme-t-il sur son profil), un long bouc tressé retenu par un petit nœud papillon à l'imprimé Liberty, l'œil vif et pétillant, le torse imberbe, le crâne rasé. Nos échanges ont été à la hauteur de mes attentes. Arrivé à Paris il y a dix ans depuis Boussac (Creuse) où il a grandi, il manie l'humour mieux que d'autres leur épée en carton (salut Tanguy), aime Françoise Hardy en bloc, connaît par cœur *Mr Vertigo* de Paul Auster.

Au fil des jours, je me suis surprise à guetter sur l'appli le point vert de la messagerie m'annonçant qu'il était en ligne, et à éprouver du plaisir à nos discussions. Trop, peut-être. Mon armure réputée inviolable de journaliste prend l'eau de toutes parts. Il faut dire qu'on nous rabâche à longueur de temps que nous, les femmes, entrons dans une zone d'invisibilité passé quarante-cinq ans. Résultat, le premier mâle sympa et pas trop moche qui nous regarde un tant soit peu (même par écran interposé) a très vite tout pour nous plaire.

Matthieu m'a donné rendez-vous dans un bar de Pigalle, plus reposant à mes yeux que Montmartre, piège à touristes et aux amoureux d'*Amélie Poulain*, film qui m'avait laissée de marbre, et que, comme Philippe Besson dont j'avais lu la critique je ne sais où, j'avais trouvé très vert. Et je déteste le vert. J'aurais pu pardonner cette faute de goût au cinéaste, si je n'avais jugé l'ensemble ennuyeux, pétri de bons sentiments et de nains de jardin. Il aurait été impensable à l'époque de son succès d'émettre une telle opinion, mais, depuis, l'eau avait coulé dans les caniveaux du XVIIIe, et j'avais pu la partager au téléphone avec un Matthieu, hilare, qui avait fini par avouer n'avoir jamais eu le courage de se taper une soirée en compagnie de cette brave Amélie. Il existe ainsi de petites choses que l'on prend parfois à tort comme un signe du destin. Je n'y avais pas coupé.

Quand Matthieu daigne enfin se montrer, j'ai déjà avalé mon deuxième kir. Certes, le breuvage est trop sucré, mais le cassis a le goût de l'enfance, des goûters chez ma grand-mère, arrosés de Fruité (une marque qui disparaîtrait avec mes derniers boutons d'acné), dans son immense jardin qui, pour moi, était aussi exotique que la Caraïbe où je n'avais pas encore posé une tong. La Barbade viendrait plus tard, à un âge où je ne pourrais que tomber irrémédiablement amoureuse de tout ce qu'elle avait à m'offrir, alors qu'enfant, je ne goûtais qu'à l'exotisme de champs très verts, de vaches très grasses, et du calme des bocages.

Lors de mes précédents rendez-vous, j'avais découvert à quel point il était réconfortant de rappeler à moi cette époque bénie, ce temps où j'occupais très librement l'espace aussi bien que mon propre corps, sans me soucier de ma légitimité à le faire. Quant au vin blanc, il m'évoquait les plateaux de fruits de mer dégustés à Cabourg, à toute heure du jour ou de la nuit, lors de folles escapades de jeunesse. Qui a étudié à Paris à la fin du siècle dernier sait de quoi je parle.

Doit-on imputer à ce deuxième verre la suite des événements ? Il serait facile d'y prêter foi. Car je n'ai jamais eu le temps d'en boire un troisième avant de me retrouver nue contre Matthieu, une heure plus tard, dans son grand studio de la place des Abbesses.

— Tu me plais, lui chuchotai-je dans cet instant qui suit le plaisir et qu'on prend souvent à tort pour de l'amour.

Il a ri, allumé une cigarette, s'est caressé le bouc dont le nœud papillon n'avait pas tremblé une seule seconde. Puis il a lancé au plafond des ronds parfaits, s'évitant ainsi de répondre.

Oui, Matthieu me plaît. Sa peau est douce sous mes doigts. Ses baisers sont tendres. Son corps lisse, presque androgyne. Et, durant une semaine, je le rejoins tous les soirs chez lui, où, sous mes yeux éblouis, il exécute quelques tours de magie avant de faire vibrer mon corps, ce corps qui m'encombre souvent, dont je suis incapable de mesurer la séduction, mais qui me surprend parfois par la violence de ses réactions. Ce corps qu'il libère de nombreux carcans et que je redécouvre avec une liberté dont je ne me croyais plus capable.

Matthieu se fout de la cicatrice qui zigzague le long de ma cuisse droite. Il n'y a pas prêté la moindre attention. J'ai alors poussé un soupir de soulagement. Car, la première fois que je me déshabille devant un homme, je n'y coupe pas : mon partenaire suspend son geste, contourne la zone, l'ignore ou au contraire en suit la ligne. Puis il me questionne. Toujours. Que t'est-il arrivé ? Selon mon humeur et la complicité partagée, j'invente ou dis la vérité. Une expérience de scarification qui a mal tourné. Une opération réussie à l'intérieur, ratée à l'extérieur, l'interne de service s'étant lancé dans une expérience digne d'une couturière néophyte cherchant à maîtriser tous les points avant de décider lequel sera son préféré. Une chute de vélo, de cheval, de parachute, de montgolfière. Un accident de voiture. Des varices à l'âge de onze ans. Le coup de couteau d'un amant jaloux. Est-il vraiment besoin de raconter qu'enfant, n'obéissant pas aux injonctions paternelles, je me suis empalée sur le fil barbelé de la propriété voisine, et qu'en me débattant pour me sortir de là, je me suis arraché la peau sur plus de vingt centimètres ? Que mes cris ont fini par couvrir les aboiements de Hulk, le yorkshire hystérique de M. Rampin, mais trop tard ? Et que je n'avais fait cette folie que pour clouer le bec de ma sœur qui m'avait traitée de poule mouillée ? Cette cicatrice m'a longtemps complexée. Elle explique pourquoi j'ai encore du mal, parfois, à enfiler un short ou un maillot de bain.

Matthieu, donc, n'en a eu cure. Il me fait l'amour avec tendresse, délicatesse même, un peu comme s'il m'aimait. Et mon cœur de midinette s'y laisse prendre. Homme de peu de mots, il ne dit rien de ce qui l'attire chez moi, ne commente jamais un vêtement, un sourire, une coiffure. Et dans ce silence, je vois la preuve de la timidité dont s'accompagnent les grands sentiments.

Matthias O.

Moi, honnêtement, ce qui me fatigue, c'est de les divertir ! Arrivé à 46 ans, tu en as ta claque de toutes ces sorties à droite ou à gauche, ces musées, ces concerts, ces conférences... Je n'ai pas honte de le dire : je ne cherche qu'une *sex friend*. Les expos où on fait semblant de se cultiver, d'apprécier un coloris, un contraste, une perspective, je les laisse à d'autres ! Tout comme les concerts de free jazz ou les impromptus de Schubert qui n'en finissent plus de finir...

Linda L.

C'est comme un film : scénario, costume, cadrage, dialogue ; dès qu'on a rendez-vous, on sort de notre quotidien pour entrer dans la fiction, on devient un personnage, on joue un rôle ; pour séduire, on n'est jamais vraiment nous-mêmes, on surjoue et généralement on ne tient pas la distance ; chassez le naturel, il revient au galop, dit-on, c'est tout à fait ça... Au fond, c'est moins les films qui s'inspirent de la vie que la vie qui s'inspire des films.

Catherine H.

Le jour où on s'est disputés à propos de la manière de fixer le rouleau de papier toilette sur son support, j'ai su qu'il fallait en finir avec notre couple. Éric me soutenait que la logique voulait que chaque feuille se présente par-devant, et moi, je trouvais plus joli de la saisir par-derrière. Ça a vite pris des proportions énormes entre nous. Bref, sur le coup, j'ai été contente d'avoir réussi à imposer mon point de vue ; ce n'est qu'après un moment, quand la tension est retombée, que j'ai compris que, quand on en arrivait à se satisfaire d'une telle victoire, il était vraiment temps de mettre un terme à une relation.

9

Valérie ne me lâche plus. Mon sourire béat, mes cernes et bâillements, mes gloussements à la lecture d'un SMS l'ont alertée plus sûrement qu'un point rouge sur le radar d'un sous-marin nucléaire ne signale l'ennemi.

— Ça avance comme tu veux, ton enquête sur Tinder ? On en parle ? me demande-t-elle sur un ton inquisiteur, les yeux plissés derrière ses lunettes.

— Oui, oui, et non, non ! Je veux dire, oui, ça avance bien. Mais non, pas la peine d'en parler, on le fera quand ça aura pris forme, si tu n'y vois pas d'objections. Là, j'en suis encore à assembler de la matière fraîche.

Et je rougis en prononçant cette dernière phrase. « Matière fraîche » ... Chair fraîche... Hum... Valérie n'est pas dupe. Elle a un petit sourire en coin, mais décide pour une fois de ne pas me pousser dans mes derniers retranchements.

— Très bien, comme tu veux. Tu as eu le temps de twitter sur l'exclu de la semaine ? Joey Starr en compagnie de Mylène Farmer ?

— Oui, c'est fait. Même si, honnêtement, ça pourrait être n'importe qui. Le grain sur la photo…

Elle me coupe.

— Je sais, mais Stef est l'un des meilleurs, et s'il dit que ce sont eux, on peut lui faire confiance. Tu te souviens de la série Ferguson ?

L'histoire remonte à près de vingt ans, mais fait encore les gorges chaudes des rédactions people. Stéphane, jeune paparazzi, avait réussi à prendre des clichés de la princesse et de son amant dans une propriété très privée du sud de la France, en se suspendant dans le vide depuis un hélico. L'image était plutôt floue, on distinguait une chevelure rousse et des cuisses blanches, un type brun sur le transat d'à côté, mais l'exploit sportif avait suffi à lui assurer de belles parutions et une réputation en or.

— Comment oublier ! Bon, si ça vient de Stef…

— Voilà. On fera le point sur ton dossier à la conf' de rédac' de ce soir.

Alice, arrivée sur ces entrefaites, n'a pas raté ce dernier échange et me balance un sourire que je ne peux que qualifier de carnassier. Cette femme me fait peur. Vraiment. Dans une série américaine, elle serait une Bree Van de Kamp assoiffée de sang, tuant ses voisines avant de les rôtir sur le barbecue sans s'écailler un ongle pour autant. Elle a bien dix ans de moins que moi mais me domine de toute la grandeur de sa carrière sans faute, et je finis toujours par me tasser sur ma chaise quand elle apparaît dans l'open space.

— On a hâte de tout savoir sur ton enquête, Emma, susurre-t-elle d'une voix doucereuse.

— Vous ne serez pas déçus !

Mais qu'est-ce qui m'a pris d'asséner un truc pareil ? Je n'ai aucune intention de leur raconter comment Matthieu m'a fait l'amour hier soir, dans sa douche presque trop étroite pour nos corps, comment nous avons dévoré au lit, dans des draps sentant le talc et la cigarette, des sushis à peine livrés, comment il a sorti un bouquet de tulipes fraîches de mon oreille droite et m'a demandé de ne pas oublier les poubelles en partant. Non, tout ça ne regarde que moi.

Je pique du nez sur mon clavier tandis qu'Alice et Valérie s'éloignent d'un pas décidé pour rejoindre le bureau de la seconde, où la première prendra sa feuille de route pour la journée. Mais mon répit est de courte durée. C'est Jacques qui vient maintenant vers moi en se déhanchant gaiement.

— Ma chérie, tu resplendis ! lance-t-il avant de coller deux bises dans le vide, à deux bons centimètres de mes joues. Quel est ton secret beauté ? me demande-t-il en battant des cils comme une jeune danseuse mettant pour la première fois le pied sur la scène de l'opéra.

— Le sperme…

Devant sa mine horrifiée, j'ajoute :

— … de baleine ! En crème de nuit régénératrice, effet lissant garanti.

Julie M.

Je crois qu'il y a quelques règles à avoir en tête. Des trucs qu'on devrait même t'apprendre à l'école, comme les théorèmes de Pythagore ou d'Archimède. Du style? Eh bien, celle-ci par exemple : aucun homme ne s'intéressera jamais autant à ce que tu lui racontes que celui qui veut coucher avec toi...

Leslie H.

Aimer, c'est vouloir être rassurée. Je voudrais tout savoir de lui, ce qu'il fait à chaque instant quand il n'est pas avec moi. Parfois, quand il reste sans rien dire, je lui demande à quoi il pense, puis je regrette ma question. S'il y a quelque chose d'intime, ce sont bien nos pensées; mais c'est plus fort que moi, j'aimerais le posséder tout entier, avec ses secrets. Mais, en même temps, je me dis que, si ce jour-là arrivait, et que je finissais par tout connaître de lui, absolument tout, je crois que je ne l'aimerais plus... Comment aimer quelqu'un qui ne présente plus le moindre mystère ? Vous me trouvez compliquée ? Je ne pense pas être la seule à être dans ce cas. C'est difficile d'aimer quelqu'un ; quand ça devient simple, c'est qu'on s'aime moins...

10

Tu passes ce soir ?

Avec Matthieu, on ne se « voit » pas, je passe. Ce qui donne à notre relation un petit air de liberté et de légèreté qui me convient tout à fait. Enfin, surtout si cette période ne s'éternise pas trop. Je n'en suis pas à souhaiter lui présenter mes enfants (je n'imagine que trop bien la réaction de Léo face au nœud papillon qui décore le bouc de mon amant !), mais… j'ai déjà l'impression qu'on s'inscrit dans une routine. Quelques sextos durant la journée (tendres, mais quand même…), un « tu passes ce soir ? », une partie ou deux de jambes en l'air, une livraison Uber Eats, de nouvelles positions, quelques tours de magie (qui n'intègrent toujours pas la disparition des draps sales pour les remplacer par des propres), et me revoilà le lendemain matin sur le trottoir, la poubelle de nos agapes de la veille à la main. Et comme

Matthieu me plaît, j'aimerais… autre chose. Un dîner au restaurant. Un dernier verre dans un bar sympa. Une « perspective ». (Car j'ai compris depuis longtemps que le terme de « projection » faisait fuir tout homme normalement constitué.)

Mon amant ne ressemble à aucun autre. Quand je ne le vois pas, je relis nos échanges. Et pas seulement parce que je suis payée pour, ne l'oublions pas !

Tout a commencé par un simple :

> Bonsoir Emma, joli prénom. Moi, c'est Matthieu.

S'est ensuivi un :

> Bonsoir Matthieu, merci. Je vois que tu es illusionniste ?

> Oui. Mais, je ne simule jamais pendant l'humour.

Et cela a suffi à me donner une image enjolivée de lui, que la réalité commence à distordre légèrement, malgré le brouillard dans lequel j'évolue depuis notre rencontre – brouillard à imputer autant à la danse folle de mes hormones qu'au manque de sommeil.

Car force est de constater que, si Matthieu est généreux de son temps et de son corps, il l'est moins de son argent, et je me retrouve plus souvent que lui à payer nos dîners pris au lit. Bien sûr, sa condition d'artiste ne le pousse pas aux dépenses somptuaires mais le mythe de l'artiste fauché a bon dos. J'aimerais bien, ce soir, quand j'arriverai chez lui, trouver quelque chose d'autre dans le frigo qu'un vieux tube de mayonnaise périmée et un pot de cornichons où ne reste qu'un seul de ses représentants, surnageant dans un liquide saumâtre des moins engageants.

Ce sont là des détails. Le plus important, c'est que depuis notre rencontre, Matthieu a renoncé à l'application, à d'autres rendez-vous, à d'autres femmes.

— Mouais, ils disent tous ça, m'a fait remarquer une Nina dubitative, quand je le lui ai raconté, des petits papillons dans le ventre, un sourire idiot aux lèvres.

Sourire qu'elle ne pouvait pas voir, puisque nous étions au téléphone, mais qu'elle devinait sûrement – après tout, on se connaît depuis plus de vingt ans.

Mon amie était grognon, le départ d'Igor ne lui réussit pas. Nina a beau crier haut et fort qu'elle ne souhaite que de jolies passades, il n'en reste pas moins que chaque séparation la laisse sur le carreau quelques jours, jusqu'à la rencontre suivante. Perfide, je lui avais suggéré Tinder. Elle m'avait répondu que les stagiaires de printemps seraient bientôt là, la saison s'y prêtait, et qu'elle n'avait pas de temps à perdre à deviser avec des attardés du bulbe connaissant moins bien qu'elle la règle du hors-jeu, mais persuadés cependant du contraire pour l'unique raison qu'elle était dotée d'ovaires et d'un utérus. Je n'avais rien eu à répondre à ça. J'avais mes propres biais, comme me l'avait prouvé Jacques, bien plus au fait des dernières tendances maquillage que je ne le serais jamais (j'en étais restée au *nude*, mais visiblement l'eau avait coulé sous les ponts depuis lors).

— Mais je t'assure que c'est vrai, Nina ! Et puis, je ne vois pas quand il aurait le temps (et l'énergie !) de voir d'autres femmes, on est ensemble tous les soirs.

— Et ?

— Et quoi ?

— Côté magie, il s'en sort comment ?

J'ai fait mine de croire qu'elle ne parlait que des tours impliquant un lapin, des femmes coupées en morceaux ou des cartes à jouer, et elle a fait semblant de ne rien avoir sous-entendu d'autre. Et à propos de magie, j'ai aussi passé sous silence que Matthieu était toujours prêt à faire apparaître toutes sortes de choses dans ses mains, colombe, foulard, bouquet de fleurs et même de vraies flammes, tout, en somme, excepté des pièces sonnantes et trébuchantes, ou bien des billets, afin de payer le livreur de sushis.

Mais nous étions déjà samedi, les enfants revenaient lundi ; dimanche, j'avais mon dîner filles, et je n'étais pas le genre à les laisser tomber après une pauvre petite semaine avec un nouvel amoureux. Malgré toute ma bonne volonté cependant, mon esprit tournait en boucle autour de Matthieu.

Pourquoi ne me proposait-il pas une balade sur les quais de Seine ? Un thé à Saint-Germain-des-Prés ?

Voire une visite du Père-Lachaise ou d'un autre cimetière parisien ? J'avais moi-même découvert celui des guillotinés, rue de Picpus, et lui trouvais un charme fou. C'était à l'occasion d'une *real life* sur un fossoyeur qui avait déterré une valise dont on crut un temps qu'elle contenait les premiers écrits disparus d'Hemingway. Après expertise, il s'était avéré qu'il s'agissait d'une blague d'étudiants. Mais entre deux récits à propos de cette mystérieuse valise, le fossoyeur m'avait parlé du cimetière des guillotinés, qui n'accueille que les martyrs de la Terreur ainsi que leur famille. Une bien étrange aristocratie qui avait attiré mon attention, et, dès que j'en avais eu l'occasion, je m'étais rendue sur les lieux, rêvant de faire la connaissance d'un des descendants de ces victimes de Robespierre, simplement pour gagner le droit d'être un jour enterrée là (chose que je n'aurais jamais osé préciser sur un profil Tinder, cela va de soi !).

Bref, j'aurais aimé que Matthieu me propose autre chose que le rejoindre dans son antre, que je continuais certes à trouver plein de charme, mais qu'il m'aurait plu de quitter de temps à autre en lui tenant la main plutôt que le fil d'un sac-poubelle premier prix qui menaçait de se déchirer entre deux étages tout en me sciant les doigts.

Ingrid E.

Vous ne devriez pas poser toutes ces questions... Se creuser la tête dans ce domaine, ça vous empêchera de vous abandonner au bonheur quand il sera là. Laissez votre cerveau tranquille ! L'amour, c'est une affaire de corps, de sens, d'instinct. L'intellect n'a rien à voir là-dedans. Plus vous vous poserez de questions et moins vous serez spontanée. Non, ne répondez rien... Un jour, vous comprendrez...

Sébastien F.

Après avoir rencontré Muriel, j'ai remarqué qu'elle ne me prenait jamais la main quand on se baladait dans notre jardin, ou même dans la maison quand on traversait le rez-de-chaussée pour boire un verre sur la terrasse. En revanche, dès qu'on marchait en ville, elle s'accrochait immanquablement à moi. Au début, je me disais que c'était un geste d'amour. Mais c'était peut-être une manière de faire comprendre aux autres que j'étais à elle ? ... Sinon, pourquoi ne le faisait-elle jamais quand on était seuls ?

11

Sans surprise, je me suis rendue chez Matthieu ; on a fait l'amour (est-ce moi, ou même les positions deviennent lassantes ? Est-ce normal de ma part de m'ennuyer au lit/sur la table de la cuisine/dans la douche, après une semaine seulement ?), et je suis repartie au petit jour avec ma cargaison, destinée cette fois-ci aux conteneurs du tri sélectif, tout au bout de la rue. J'ai failli lui proposer de déposer ses draps au Lavomatic, mais me suis retenue, de peur qu'il ne me prenne au mot. Pour compenser, j'ai lavé les miens à peine arrivée à la maison. Puis j'ai passé l'aspirateur, fait les carreaux de ma chambre, épousseté mon lustre et mes étagères, feuilleté au passage un Sagan et un Duras avant de m'affaler sur le canapé du salon, vaseuse.

Il n'est pas encore onze heures, ce samedi s'étire devant moi comme une jolie page blanche tirant sur le gris ; compte tenu de la météo, je n'ai envie de rien. J'aimerais me sentir transportée par ce début d'histoire, pleine d'attentes, d'entrain et d'évidence, mais…

Contrairement à la Josée de Sagan justement, qui affirme, dans *Un profil perdu* : « J'avais basculé d'un coup du royaume de la solitude dans celui de l'amour », j'ai la sensation de n'avoir sombré que dans une sorte de vacuité, mon corps et mon esprit fatigués refusant d'aller plus loin et ne souhaitant plus que l'oubli que procure le sommeil. Mais onze heures n'est pas une heure décente pour la sieste.

Je me secoue, prends une longue douche, teste mon nouveau shampoing adoucissant et nourrissant à l'huile d'olive, vivement recommandé par Jacques pour mon type de cheveux (il paraît qu'à Miami, c'est la dernière tendance, comment se refuser un tel bonheur ?), me sèche, m'enduis de lait hydratant, enfile un vieux pantalon d'intérieur et un sweat qui date de mon dernier voyage à Seattle, en… voyons, 1998 ? J'avais bien fait de prendre un L !

Et me voilà de retour sur mon canapé. N'ayant rien d'autre à faire, j'agrippe mon ordinateur, mon bloc-notes et mon iPhone, histoire de commencer à classer mes témoignages et mes échanges de manière un peu plus professionnelle.

Je me replonge alors dans mes conversations avec Matthieu, qui vient de m'envoyer un petit smiley bisous-cœur, j'en ronronnerais presque. Mon cerveau grogne. Mécontent. Je sens que lui et mon cœur sont partis pour une joute comme ils les aiment.

Cerveau : Laisse tomber ce type, il te prend pour une quiche.

Cœur : Il est tendre, il t'appelle tout le temps, t'écrit… Tu vois bien que tu lui plais vraiment.

Cerveau : Évidemment, tu le nourris ! À ce rythme-là, dans trois semaines, tu fais le ménage chez lui et trouveras ça normal !

Cœur : Oui, parce que ça s'appelle le partage, crétin, féministe, débile ! Il te masse, te fait jouir, tu passes le balai. Tout le monde y trouve son compte ! Et puis, il te cite du Paul Auster, ça compte ça, quand même.

Cerveau : Ouais, mais *Mr Vertigo* n'est pas son meilleur roman ! C'est encore un truc d'autocentré, ça. Il t'a demandé ce que tu aimais lire, toi ?

Cœur : Peut-être pas, mais il a bien remarqué que tu appréciais particulièrement qu'il te caresse les cheveux après l'amour, et il ne s'en prive pas.

Cerveau : Parce qu'il n'a pas de chien ! Que tu es naïf !

Arrivée à ce stade, je juge bon de mettre le holà avant qu'ils n'en viennent aux mains et que je termine en PLS. Contrairement à ce qu'ils pensent, mes enfants ont encore besoin de moi.

La meilleure manière de mettre tout le monde d'accord, c'est de reprendre mes échanges avec Matthieu. J'adore le contraste entre son bouc et son crâne rasé. L'un rêche au toucher, l'autre doux. Et quand il glisse le long de mon corps pour…

Stop !

Tiens, remontons à la semaine dernière…

Mais mon doigt se fige au-dessus de mon écran quand je constate que Matthieu est lui aussi en ligne. Sa lumière verte scintille comme un phare dans la nuit, attirant inexorablement mon regard.

Mon ventre se serre. Cœur et cerveau se taisent, dans l'expectative. Mais j'ai beau faire, impossible de prendre cela à la légère.

Jean A.

Qu'est-ce qui nous pousse à enchaîner les conquêtes? Sans doute la rivalité avec les autres hommes. Le besoin d'en parler à des amis aussi. Il y a deux ans, j'avais réussi à m'en faire deux en une seule journée. Après ça, il a fallu que je trouve un pote à qui le raconter. Même plusieurs. C'était plus fort que moi ! Triompher devant les autres, c'était tout ce qui me manquait. Oui, c'est une sorte de concours.

Carla D.

Après un premier rendez-vous, faire l'amour, pour un homme, c'est une fin en soi. Pour nous, c'est davantage une manière d'officialiser la relation, ce n'est qu'une étape vers une histoire plus aboutie. C'est fou comme cet acte-là n'a pas du tout le même sens suivant qu'on soit un homme ou une femme. Dès la première étreinte, ils sont arrivés à destination tandis que nous, on commence à peine le voyage.

12

— Et qu'est-ce qu'il a répondu à ça ?

J'avale une longue gorgée de rouge. Je sais déjà ce que les filles vont penser.

— Qu'il voulait simplement dire au revoir à ses *matches.*

Un ange passe.

Claire et Karine préfèrent détourner le regard. Nina n'ayant pas de ces pudeurs, elle m'observe comme une mère dévisagerait son enfant en se demandant comment il peut être si bête. Et tel l'enfant, je cherche à me défendre. Et à défendre Matthieu, en qui j'ai envie de croire, encore un peu. Si Nina était au courant de tout, elle l'aurait déjà affublé du surnom d'Handy Bag. Et sa sentence serait sans appel.

— Je sais, ça semble cousu de fil blanc, mais je ne vois pas pourquoi il mentirait. Non ?

Pitoyable.

Car oui, après avoir avalé la pilule, j'ai appelé Matthieu. Je n'allais pas me faire avoir comme une bleue. Descendre les poubelles, payer les repas, pourquoi pas, mais être prise pour une conne, pas question. Et je réduirais violemment au silence la première Femen qui me ferait remarquer à bon escient que je l'étais déjà assez comme ça. Après tout, si être traitée comme une bonne qu'on trousse entre deux portes me convenait, qui pouvait me le reprocher ?

Quoi qu'il en soit, Matthieu a été des plus convaincant. J'ai tourné autour du pot un moment, histoire de ne pas passer pour une emmerdeuse qui s'imagine déjà mariée avec son bellâtre après deux parties de jambes en l'air, puis je suis entrée dans le vif du sujet.

— Tiens, j'ai vu que tu étais connecté sur Tinder tout à l'heure…

— Et qu'y faisais-tu toi-même ? a-t-il répondu du tac au tac.

Inutile de dire que j'avais prévu sa réaction. La sincérité m'était apparue comme étant la meilleure option.

— Je relisais nos échanges.

Je devais être particulièrement épuisée, car ce n'est qu'en prononçant cette phrase que j'ai mesuré son côté cucul. « Je relisais nos échanges. » Bordel, on aurait dit une ado des années 1980 qui gardait dans son sac US les petits mots – truffés de fautes – échangés en cours avec son amoureux qu'elle n'embrasserait pas avant une bonne décennie.

J'ai serré fort les paupières, souhaitant me retrouver brusquement emportée dans une autre dimension.

— Oh, c'est mignon, s'est exclamé mon Majax[1] à moi (en version moins de cheveux et davantage de pilosité faciale).

— Je sais, je suis une éternelle romantique.

Mon gloussement, censé être un rire perlé des plus charmant, a ressemblé au hoquet d'un lama s'étouffant au moment de vous cracher à la gueule.

— Et alors ? Ils te plaisent toujours autant ?

Je suis journaliste. Je sais remarquer une manœuvre de diversion quand j'en croise une. Mon radar y est encore plus sensible depuis que mes petits chéris ont franchi le cap de l'adolescence. *No bullshitting allowed.*

— Bien sûr. J'ai surtout adoré celui où tu me dis à demi-mot combien tes doigts sont magiques. Mais toi, pourquoi étais-tu encore sur Tinder ces derniers jours ?

Un soupir.

— Écoute, on ne se connaît pas depuis longtemps, mais ça roule bien entre nous, je trouve. Et du coup, je voulais dire au revoir à mes *matches*, les informer que j'avais rencontré quelqu'un. J'espère que ça ne te met pas la pression ?

Je suis littéralement coupée en deux, on dirait le vicomte pourfendu de Calvino. Une partie de moi (mon cerveau ?) ricane en levant les yeux au ciel, me chuchotant à l'oreille que ce genre de conneries, passé quinze ans, ça ne marche plus. L'autre (mon cœur ?) fond comme un touriste allemand sur une plage varoise un 15 août à quatorze heures.

1. Les plus jeunes remplaceront ici Majax par Éric Antoine ou Zach King.

Je me ressaisis : ai-je traversé un tel désert affectif que la première pseudo-déclaration d'amour me renvoie directement à mes rêves de licorne ? Merde, un jour ou l'autre (et bien plus vite que je le souhaite, croyez-moi), je vais fêter mes cinquante ans, il serait temps qu'en amour, comme dans d'autres domaines, je me conduise enfin en adulte responsable !

— Non, non. Moi aussi, je trouve qu'on s'entend bien.

— Ouf ! J'ai eu peur un instant que tu m'expliques que tu n'en étais pas encore là ! On se revoit quand, ma douce ? Tu peux passer cette semaine ? Peut-être entre midi et deux ? Ou bien un cinq à sept ?

Si cette proposition n'avait été suivie d'un rire gras, j'aurais pu fondre un peu plus. Oui, j'aurais pu…

***

— Il ment, m'assène une Nina sans concession. C'est un mec qui dispose d'un vivier de petits culs à disposition sans même fournir l'effort de sortir de sa piaule.

— Accorde-lui le bénéfice du doute, lui répond Karine, toujours conciliante, tout en éclusant son troisième verre le plus discrètement du monde.

— Non, se braque Nina. Y en a marre de tout accorder à ces connards qui nous manipulent pour nous sauter avant de passer à la suivante sans un regard en arrière pour peu qu'elle ait un bonnet D !

Visiblement, elle digère mal le départ d'Igor. Lui a-t-il annoncé qu'il rentrait au pays épouser une cousine au sixième degré et qu'il lui était impossible de se soustraire à ses obligations familiales ? Ce n'est pas le moment de poser la question. Mieux vaut qu'elle se défoule sur ce pauvre Matthieu dont elle n'hésiterait sûrement pas à trancher le bouc d'un coup de dents rageur s'il se trouvait face à elle (que Dieu l'en préserve).

— Tous les mecs ne sont pas des porcs, tente Claire qui n'en pense pas moins et a consacré la première partie de soirée à nous vanter les charmes de Maria, superbe Andalouse ayant un petit air de Victoria Abril, à l'en croire.

— Hum, commente Nina en agrippant son iPhone. Ben on va voir si celui-ci aime se rouler dans la fange et bouffer tout ce qui lui tombe sous le groin avec sa petite queue en tire-bouchon !

— Elle n'est pas en tire-bouchon ! lancé-je dans une tentative pitoyable de défendre mon *date* « vachement prometteur ».

— Elle est donc petite ? s'esclaffe Claire.

Je rougis. Je n'aime pas évoquer les mensurations ni les performances de mes amants, sauf à émettre des généralités d'une platitude de mer de Nord par vent nul, du style : « Avec X, c'est magique ! » (Ce qui serait on ne peut plus approprié ici, compte tenu de la profession de Matthieu.)

Nina tapote frénétiquement sur son smartphone.

— Voilà, c'est fait.

— Quoi ?

Quand elle affiche ce petit air de Mata Hari, les têtes ne tardent pas à tomber.

— Je lui ai envoyé un *like*. On va bien voir s'il mord à l'hameçon.

Peu après, le bip d'une notification retentit. Il sonne à mes oreilles comme un glas. Je sens que je vais passer une vraie soirée de merde – un neuf sur mon échelle de Richter personnelle (on atteindrait le dix si j'avais déjà choisi en secret ma robe de mariée).

Nina jette un œil à ses messages, pianote en silence une réponse puis me colle son portable sous le nez.

Bonsoir Nina, joli prénom. Moi, c'est Matthieu.

Bonsoir Matthieu, merci. Je vois que tu donnes dans la magie ?

Oui. Mais, je ne simule jamais pendant l'humour.

Mot pour mot (ou presque : je ne m'appelle pas Nina) notre premier échange, que j'ai trouvé si charmant et léger. Mon humiliation est totale.

— Alors ? insiste mon amie, cruelle.

Claire et Karine se concentrent sur leurs plats comme si elles n'avaient jamais dégusté de roquette si craquante et amère.

Je reconnais ma défaite.

— Tu avais raison Nina, il ne dit pas adieu à qui que ce soit…

À ces mots, celle-ci repose son iPhone sur la table et poursuit sur un ton où la bienveillance prend désormais le pas sur le sarcasme :

— Je suis désolée, Emma. Je sais qu'il te plaisait bien, ce mec. Mais c'est aussi ça, Tinder. Les types perdent la tête ; ils ont l'impression que tout un tas de filles n'attendent qu'une chose : assouvir leurs fantasmes les plus dingues. Ils passent de l'une à l'autre, comme des gosses chez JouéClub en période de Noël, ils ne savent plus où donner de la tête. L'autre, la suivante, est toujours la meilleure, un modèle plus récent. Ils consomment.

— Mais de belles histoires naissent aussi sur ces applis, non ?

Je m'accroche à un rêve que j'ignorais nourrir, un rêve enfantin de coup de foudre, de complicité immédiate, d'alchimie. Celui où, d'un seul regard, l'homme qui vous fait face vous comprend. Et, d'un seul geste, vous console de toutes les larmes que vous n'avez pas encore versées.

Antoine J.

Lina a été la douzième femme que je me suis faite sur l'année grâce à Tinder. Douze filles en douze mois ! Belle moyenne, non ? J'étais si content de moi que, juste après avoir fait l'amour avec elle, je n'ai pas pu m'empêcher de le lui dire. Mais, j'ignore pourquoi, elle l'a mal pris. Les filles sont bizarres parfois...

Mickaël B.

Les premiers jours, sur l'appli, je rédigeais chaque fois de longs messages à chacune des filles avec qui j'avais matché. Puis je m'en suis lassé ; depuis, j'ai ouvert un fichier avec toutes mes réponses types et je fais des copier-coller. Mais, si ça se trouve, certaines femmes font pareil et on s'échange des dizaines de messages types, comme le feraient deux vulgaires machines...

Élise F.

Il arrive toujours un moment où tu dois faire un choix entre deux mecs, voire davantage. Eh bien, sache que, quel que soit le choix que tu fais, ce sera le mauvais. Pourquoi ? C'est pourtant simple : l'amour, normalement, c'est une évidence ; si le mec, c'est le bon, la question du choix ne doit même pas te venir à l'esprit. Dès l'instant où tu te retrouves face à une alternative, c'est que rien ne coule de source et que tout devient affaire de réflexion ; en gros, tu n'as aucun coup de cœur, et c'est perdu d'avance… Si, dès le début, c'est pas évident pour toi, il y a peu de chances pour que ça le devienne un jour.

Marc

Regarde !
J'envoie mon messager en éclaireur,
pour qu'il prépare ton chemin.
Sa voix crie dans le désert :
Préparez le chemin du Seigneur.
Rendez droits ses sentiers…
Évangile selon saint Marc, 1:2 – 1:3

1

Matthieu a disparu de ma vie comme il y était entré, me laissant dans la bouche un goût légèrement amer, une image de moi un peu cabossée et une sainte horreur du tri sélectif. Dieu merci, les enfants se sont vite chargés de me remettre les yeux en face des trous.

S. ne voulait plus entendre parler d'études supérieures. Un sujet qui, selon son père, ne méritait pas qu'on *se prenne la tête*[1], et que j'attribuais à la mauvaise influence de Linda. Juan le prenait alors de haut, me jugeant rétrograde, coincée, étroite d'esprit. Le ton montait lors de conversations tenues tard le soir, par portables interposés, le sien finissant toujours par rendre l'âme avant que nous ne soyons parvenus à une conclusion quelconque. L'appareil ne tenait pas plus la charge que son propriétaire, qui m'accusait d'être une bourgeoise de la pire espèce (y a-t-il plus

1. À ces mots, j'ai vu aussitôt défiler sous mes yeux un millier de profils Tinder, ce qui a plombé encore davantage mon humeur.

insultant à notre époque?), n'osant aller jusqu'à me jeter au visage mes origines sociales. Mais le coup n'aurait pas porté. Certes, ma mère était pharmacienne, mais mon père, lui, avait passé sa vie à la rêver, et ses sculptures ne trouvaient pas acquéreur. Nous ne tirions pas le diable par la queue et ma mère avait toujours cru au talent de son mari, avec une dévotion et une loyauté qu'il m'était arrivé, une fois adulte, de trouver naïves. Mais leur couple était ainsi fait, jamais l'un ne doutait de l'autre. Et, si maman avait un jour souffert de l'esprit artiste de son mari, elle n'en avait rien laissé paraître.

À l'évidence, je n'avais pas été capable de reproduire dans ma propre vie de femme la complicité qui liait mes parents. Je rétorquai donc à mon ex-mari, plus étranger qu'il ne me l'avait jamais été, que S. était bonne élève et qu'elle pouvait espérer intégrer une classe préparatoire pour s'engouffrer sur la voie royale d'études cotées lui offrant les clés du marché du travail. On avait beau fustiger l'intelligence artificielle, on pouvait bien décrier les entreprises globalisantes dans cette ambiance où les millennials pensaient être les premiers à se rebeller, réclamant plus d'humain au sein des multinationales, le monde de demain nous était en partie inconnu; et de bons diplômes restaient à mon sens une valeur sûre pour affronter ce marché boursier qu'est la vie adulte. Il va de soi que j'aurais préféré la regarder quitter un jour l'appartement un sac à dos à l'épaule, une pancarte avec sa destination inscrite dessus au marqueur noir, et moi lui lançant : «Vole, vole, petit scarabée!» Malheureusement, ou pas, je n'étais pas devenue cette mère hyper cool et décomplexée, qui vivait en Birk, les jambes poilues, les seins libres sous son tee-shirt *tie-dye*, un joint éteint à la commissure des lèvres, et qui ressassait son passé de beatnik entre Garges-lès-Gonesse et Katmandou. Ne serait-ce que parce que ma génération, question aventure, s'était contentée d'auberges de jeunesse et de pass SNCF européens.

S., conforme aux attentes de la sienne, s'investissait dans sa nouvelle carrière d'instagrameuse-influenceuse, consacrant de longues heures à la mise en scène d'une simple photo, heures qu'elle aurait mieux utilisées à se pencher sur ses cours de maths. Il en allait de même de son frère qui ne trouvait plus qu'un seul intérêt à cette matière : compter le nombre de vues sur ses vidéos TikTok ou celui des *likes* qu'elles généraient, ses boutons d'acné ou ses poils pubiens, les premiers étant espérés à la baisse, les autres devant suivre une courbe inverse. Le monde l'indifférait, tandis que S. surfait avec une joie perverse sur la vague de luttes mal menées, mal conçues et caricaturales : la sauvegarde des ours polaires, le féminisme outré, la protection de la couche d'ozone. Sans pour autant renoncer à ses longs bains quotidiens (nouvelles photos filtrées), à son smartphone, à ses vêtements à deux euros achetés par paquets de dix. Le tout en me citant Linda à chaque phrase ou presque.

De quoi ranger Matthieu au rayon des péripéties sans grand intérêt.

Ma semaine maman-solo s'est donc déroulée au milieu d'un champ de bataille permanent, et mon article est en jachère.

J'ai réussi malgré tout à caler quelques interviews pour la suivante, et poursuivi de longues conversations écrites avec un Poulpe75 qui s'est révélé bourré d'humour (grinçant, la plupart du temps) et qui est le seul être capable de me faire rire en ces temps troublés. Il a instauré quelques règles entre nous, dont toutes découlaient de la première : aucune question banale n'était tolérée. Si j'avais envie d'évoquer mes ex, mes enfants, ma relation qui fut conflictuelle avec ma mère (n'est-ce pas toujours le cas, entre amour inconditionnel, désir de reconnaissance et volonté de faire mieux que sa génitrice ?), très bien, mais ce n'était pas lui qui m'interrogerait sur ces sujets. Toute la semaine, il m'a donc accompagnée à sa manière, pleine d'une douce dérision, trouvant souvent la formule juste qui parvenait à m'apaiser… et à nourrir mes fantasmes. Au fil de nos échanges, il m'a livré deux trois anecdotes sur ses propres folies de jeune homme. En Thaïlande, il s'était vanté de pouvoir ingurgiter des hannetons grillés, avant de découvrir en croquant dans leur carapace que leur saveur était en réalité étonnante. À son retour à Roissy, les douaniers en revanche avaient fort peu goûté à son histoire à propos de ces mêmes bestioles réduites en miettes dans un sachet, et dont la couleur et la texture leur semblaient suspectes. Il y avait aussi la fois où il avait voulu tester une manière ancestrale de cuisson sous torchis et avait failli mettre le feu au jardin de ses grands-parents. « Tu vois, m'écrivait-il, tous les garçons font des bêtises. On apprend en tombant. Quant à ta fille, elle a besoin d'un autre modèle que sa mère pour s'affranchir, et cette Linda, ton antimatière, est le prototype idéal. Plus tu lutteras, plus elle résistera. »

Et quand nos propos se poursuivaient tard dans la nuit, Poulpe ne cessait d'éveiller ma curiosité. Il m'envoyait des photos de lui dans des poses plus ridicules les unes que les autres. Il était grand et large d'épaules, ses yeux noisette brillaient de malice, sa mâchoire anguleuse tranchait avec ses lèvres fines, tandis que des boucles brunes venaient caresser sa nuque et dissimuler ses oreilles. On sentait chez lui une vraie intelligence, une fêlure aussi dont les causes m'étaient jusque-là inconnues. De temps à autre, il se faisait distant, ce qui rendait son mystère plus épais. Chaque fois que nos rapports devenaient plus intimes, il marquait le pas, esquivait mes questions et ramenait la conversation sur un terrain plus neutre. Résultat : mon désir de mieux le connaître ne faisait que croître. Fidèle à son cahier des charges, il m'avait épargné la liste de ses amours ratées, n'avait évoqué qu'en passant une ex-femme qui vivait en Norvège et dont il n'avait pas eu d'enfant; je n'avais pas eu envie d'en savoir davantage sur cette beauté qui, sûrement, avait dix ans de moins que moi et sans doute autant de centimètres de plus.

En revanche, je m'étais montrée beaucoup plus curieuse quand il avait évoqué Jujube. À ma question bateau : « chien ou chat ? » Il avait répondu : « iguane vert ! » « Je l'ai baptisé Jujube à cause de ses piques.

Tu sais que cet arbre est mentionné dans la Bible et que ses branches ont probablement servi à composer la couronne d'épines du Christ ? La plupart des variétés que nous connaissons ici n'ont pas ce genre d'épines, mais c'est le cas au Moyen-Orient. En Palestine, j'ai appris que le jujubier était aussi appelé arbrisseau de la patience divine. »

Il m'enseignait des choses insensées sur les jujubes et les iguanes, deux sujets que je n'aurais jamais crus susceptibles de m'intéresser. Consulté, Léo était sorti de sa torpeur numérique pour me balancer tout un tas de liens YouTube sur ces bestioles, impressionnantes certes, et que je connaissais pour en avoir croisé à la Barbade, mais dont je n'aurais jamais pensé qu'elles puissent devenir un animal domestique auquel s'attacher. Jujube végétait dans une cage postée à l'entrée d'un bar de plage sur l'US1, quelque part en Floride, au niveau de Marathon, quand Poulpe75 l'avait rencontré la première fois. Une centaine de dollars plus tard, l'animal était sien.

En parlant d'animal, mon petit poulpe avait par ailleurs enterré Matthieu d'un « il mériterait que son bouc se coince dans un broyeur d'évier », et m'avait donné quelques tuyaux pour éviter à l'avenir ces coups de cœur que seul un sentiment tenace de solitude expliquait.

***

Le vendredi soir arrivé, épuisée par l'ambiance familiale et les menus bio-vegan-gluten-free à concocter pour ma progéniture selon son humeur du jour, je finis par craquer et compose son numéro, prête à chercher cette fois entre ses bras le réconfort de ses mots.

— Allô ? Marc à l'appareil.

Mon poulpinet est donc un Marc. Très bien.

— Marc, c'est Emma. Tu es libre ? On va boire un verre ?

Il éclate de rire. Un rire chaud. Je l'imagine déjà, tête renversée en arrière, ses boucles brunes frôlant ses oreilles, et ma main venant s'y perdre. Il me décocherait un regard malicieux. On aurait…

— Difficile, ma belle. Je suis rentré dans ma province profonde.

Douche froide. Nina a beau me répéter à l'envi depuis des années que rien ne se passe jamais comme prévu, la déception n'en est pas moins vive. Pour une fois que je décide de franchir le pas et de vivre mes coups de cœur, il faut que le type soit installé bien au-delà du périphérique. C'est mon karma. #VDM.

— Mais… tu ne vis pas à Paris ? Comment ça se fait que l'appli t'ait géolocalisé dans le IXe ?

Je suis prête à intenter un procès à Tinder. Et à me fouetter pour ne pas avoir pensé une seule seconde à lui poser la question plus tôt.

— Je passais quelques jours dans l'appart d'un ami quand on s'est écrit la première fois. Depuis, je suis rentré chez moi. Je tiens un restaurant à Manigod, entre Annecy et le Grand-Bornand. Ou plutôt… je tenais.

Comme je déteste farouchement, et à parts égales, le froid et la montagne, j'ai du mal à voir où tout cela se situe. Dans ma géographie à moi, il existe quelques capitales européennes, puis New York, Kuala Lumpur, les Caraïbes (avec une préférence marquée pour la Barbade, on l'aura compris) et enfin quelques villes côtières du sud de la France. Le reste n'est que page vierge sur mon atlas personnel.

— Ah… Mais pourquoi « tenais » ?

Un soupir.

— Disons que j'ai un peu tiré sur la corde. Entre mes voyages pour découvrir de nouvelles saveurs, mes expérimentations en cuisine, ma course effrénée à un classement au Michelin, je n'ai pas tenu le coup. Burn-out. Dix ans à ce rythme, tu finis toujours par le payer un jour. Mais revenons à toi. Quoi de prévu pour la semaine prochaine ? Un équilibriste, un dompteur de puces, une femme à barbe ?

Je ris. Je m'imagine à la poursuite d'un type perché sur un filin en train de jongler avec des puces effectuant des saltos arrière. Mais, une fois encore, Marc a su éveiller ma curiosité. Dès qu'on raccroche, promis, je me précipite sur Google. En attendant, je me maudis de l'avoir utilisé comme psy, de n'avoir parlé que de moi, et de m'être abandonnée pour une fois à la place de l'interviewée. Il est vrai que mes propres talents culinaires sont tels qu'on ne risquait pas d'échanger des recettes. La seule spécialité pour laquelle mes enfants m'accordent un neuf sur dix est le gâteau au yaourt (que je confectionne généralement quand la date de péremption de ces derniers devient si indécente qu'il serait meurtrier de les obliger à les avaler tels quels).

— Non, aucun rendez-vous en vue cette semaine, ni équilibriste ni jongleur, et encore moins un nouveau magicien.

— Tu devrais élargir ton champ d'action. Cherche des hommes plus jeunes ou plus âgés que ceux que tu fréquentes d'habitude. Tu risques d'être surprise.

Et, sur un dernier éclat de rire, sans avoir besoin de me rappeler notre propre différence d'âge, il raccroche.

Je l'aurais aimé un peu plus jaloux.

Pierrette N.

L'idéal, ce serait de ne jamais coucher avec les hommes avec qui on s'entend parfaitement. Tenez, je prends un exemple : quand j'étais encore mariée, j'étais très proche d'un ami, en couple lui aussi. On s'aimait vraiment bien. Après son divorce, il s'est mis avec quelqu'un mais on a continué à rester très amis, on s'appelait souvent, on prenait un café ensemble puis, le soir, il nous arrivait encore d'échanger des messages... jusqu'au jour où, l'un comme l'autre, on s'est retrouvés seuls et on a fini par se mettre ensemble. Nous qui ne nous étions jamais adressé le moindre reproche en dix ans, eh bien, ça n'a pas tardé ! Après quelques mois de vie commune, on a commencé à s'accrocher pour des trucs sans importance. Il n'y avait plus cette retenue, ce respect entre nous. Je crois que c'est une espèce de théorème : une fois qu'on a couché avec quelqu'un, on s'arroge le droit de lui faire toutes sortes de reproches.

Christelle E.

La première fois que tu couches avec un nouveau *date*, tu ne sais jamais vraiment jusqu'où tu peux aller. Si tu en fais trop peu, il va penser qu'il ne te fait aucun effet, ou bien que tu n'aimes pas tellement le sexe; si tu en fais trop, et que tu lui fais plein de trucs, il va te prendre pour une salope. Avec les mecs, il faut toujours la jouer fine; tu marches sur un fil, quoi...

2

Google m'a confirmé ce que Marc m'avait raconté sur lui. Jeune chef au talent incontesté, mêlant senteurs de la forêt, cuisine fusion et inspirations exotiques, il s'était taillé une réputation hors norme dans son milieu. Son ascension, d'abord confidentielle, s'était très vite retrouvée sous les *spotlights*. De nombreuses interviews de lui, où il posait bonnet péruvien sur la tête, tablier en chanvre à la taille, me permirent de conclure que, dans son domaine, il était proprement génial. Sa première étoile avait malgré tout sonné le glas d'une carrière sans faute et aussi rapide qu'une tornade de juin dans l'Oklahoma. L'enfant chéri avait craqué. Trop de pression. Trop de nuits courtes. Il s'était effondré devant ses fourneaux en plein service. Tout d'abord hospitalisé, il avait atterri en maison de repos. C'était huit mois plus tôt. Depuis, plus rien dans les médias. Et moi, je l'avais retrouvé. Mon âme de journaliste me poussait à le traquer, à le manipuler en douceur pour obtenir une interview exclusive, qui aurait été parfaite dans nos pages *real life* au moment du lancement de la nouvelle saison de Top Chef. Mais mon cœur me soufflait de ne pas abîmer cette relation naissante avec un homme qui me plaisait par sa générosité, sa prévenance, la tendresse de certains de ses mots. Sacrifier tout ça pour un article ? Ça n'en valait pas la peine !

Côté boulot, je multiplie les entretiens. Valérie est ravie de voir que je m'investis enfin dans mon dossier « sexy et *juicy* », comme elle l'a qualifié lors de notre dernière conf' de rédac', tandis que mes petits collègues, les yeux brillants de concupiscence, se pourléchaient les babines en humant le fumet de toutes sortes d'histoires porno chic et choc que je ne tarderais plus à leur raconter.

J'ai ainsi discuté avec Matthias, Alexandre, Matheo, Raul, et tant d'autres que j'en perds le fil. J'ai pris un verre avec Iza, Marion, Maria… et de si nombreuses interlocutrices que leur souvenir se mélange parfois dans ma tête.

Il y a celles qui ont rencontré des bikers, des repris de justice (« faut que j'y aille, autrement, ça bipe », annonce le prétendant en soulevant son bas de pantalon pour dévoiler un bracelet électronique), des types qui osent un « c'est joli, ton maquillage, ça fait pas pute », des jeunes à peine majeurs qui font croire qu'ils approchent de la trentaine. Il y a les étalons, sûrs de leurs performances ; les timides, ceux qui bandent mou ; les dragueurs impénitents qui se cachent à peine pour répondre à un nouveau message sur l'appli en plein *date* ; il y a les romantiques, qui débarquent avec un bouquet de fleurs mais qui doivent rentrer dormir chez maman; les sportifs qui avalent une dernière boisson protéinée avant de faire une quinzaine de pompes et de se mettre au lit, proposant un jogging à la fraîche le lendemain, dès potron-minet; les intellos qui vous donnent rendez-vous à la cinémathèque pour la rétrospective d'un obscur cinéaste autrichien de l'entre-deux-guerres; les papas poules qui s'intéressent moins à la femme assise en face d'eux qu'aux centaines de clichés de leur progéniture qu'ils font défiler sous ses yeux en attendant qu'elle s'extasie; il y a ceux qui parlent et s'écoutent parler, ceux qui revendiquent de tout savoir sur vous et vous colleraient volontiers une balise Argos dans le string, ceux qui proposent d'aller se faire tatouer ensemble; il y a surtout ces époux qui jurent la main sur le cœur qu'il ne se passe plus rien depuis longtemps avec leur femme, mais qui sont pris le dimanche par un repas chez belle-maman et ne restent jamais la nuit (« au fait, ta femme est au courant que tu es célibataire ? ») ; il y a encore les désabusés de l'amour pour qui le sexe est une activité sportive comme une autre; les doux rêveurs qui aimeraient une histoire qui dure la vie entière, qui se disent prêts à adopter vos enfants et votre chien dans la minute, adorent déjà votre meilleure amie; et puis il y a ceux qui vous écrivent : « Je lis le mystère dans tes yeux. »

Il y a aussi Frank F. qui m'explique le plus sérieusement du monde :

Faire jouir une femme, c'est pas le bout du monde. Perso, j'ai plus de mal à faire démarrer la tronçonneuse de mon beau-frère qu'à faire grimper une fille au rideau. Il y a seulement deux ou trois trucs à savoir, c'est tout con, en fait. Il suffit de connaître les endroits précis où exercer une pression, et l'affaire est dans le sac. Il y a même des tutos sur YouTube qui sont assez bien foutus. Moi, par exemple, j'ai un bon repère pour trouver le point G : je m'arrête à la moitié de la troisième phalange de mon majeur et j'y suis pile poil. Il n'y a plus qu'à triturer le truc une petite minute, et le tour est joué.

J'ai du mal à savoir si je dois rire ou pleurer.

Il y a celles qui mentent sur leur âge, leur physique, leur profession et dont on découvre au premier rendez-vous que la marchandise aurait été moins trompeuse si elles n'avaient pas utilisé une photo de leur fille pour attirer le chaland, comme en témoigne Emmanuel J.

J'ai tout de suite flashé sur Elsa. Enfin... sur ses photos. Mais quand je l'ai rencontrée, j'ai très vite compris que celles-ci dataient d'une bonne dizaine d'années. Passé ce choc, j'ai essayé de m'intéresser à elle. J'avais tellement fantasmé sur ses images de profil que j'essayais de retrouver ce qui m'avait autant séduit dans son apparence. Mais elle était si différente que je devais faire un gros effort mental pour visualiser la jeune Elsa (avec plusieurs kilos en moins aussi). Je ne comprends pas les femmes qui font ça... Est-ce qu'elles pensent qu'on ne s'apercevra de rien ? Et où se situe la limite en pareil cas ? Une femme de 47 ans peut-elle publier des photos d'elle à 27 ans ?

Il y a encore Clémence, qui vient à ses rendez-vous Tinder avec Ronnie, son bouledogue français, parce que « comme je n'ai aucun instinct avec les hommes, j'ai fini par le laisser choisir à ma place. S'il grogne et ne se laisse pas caresser (je parle bien de mon chien, là), eh bien, je ne revois pas le type ». Et que dire encore de celles qui veulent un orgasme assuré en moins de dix minutes, celles qui ont besoin de longues discussions sur le canapé avant de tenter un baiser, les impénitentes qui passent des semaines à discuter sans jamais donner leur numéro ni proposer de rendez-vous, celles enfin qui aimeraient qu'on leur répare aussi la fuite sous l'évier.

Il y a de tout. La seule différence notable avec la « vraie » vie, c'est qu'on est ici en accéléré, qu'on établit des listes de critères à cocher, qu'on se lasse encore plus vite d'une rencontre que des premiers épisodes un peu lents d'une série Netflix.

Et puis, il y a mes propres aventures.

À dix-huit heures, j'ai rendez-vous avec Sylvain à la Rhumerie.

Alex T.

Peu après avoir rencontré Magali, elle m'a parlé sexe et m'a dit qu'elle reprochait aux hommes de faire toujours l'amour de la même manière, au même endroit de la maison de surcroît; elle était très critique, elle s'en prenait à leurs coups de reins répétés (de vrais « marteaux-piqueurs » selon elle), à leur désir impérieux, à leur façon d'embrasser, stéréotypée... Tout ça m'a mis une pression de dingue. On s'est vus une dizaine de jours, puis j'ai commencé à stresser, je me disais qu'elle n'avait pas dû aimer mes fameux coups de reins répétés, ni mes baisers, et puis je ne pouvais pas trouver une nouvelle position chaque fois, ni une nouvelle pièce (j'habite pas un château, quoi !), ou encore un scénario différent... J'ai fini par la quitter, je me sentais jugé. Si elle ne m'avait rien dit ce jour-là, on serait encore ensemble.

Cheryl B.

Vraiment marre des mecs qui montrent leurs abdominaux sur leurs photos ! Ils croient nous séduire, mais c'est contre-productif : pour peu qu'on n'ait pas un ventre parfaitement plat, on va aussitôt faire des complexes. Et en plus, on sait qu'ils attachent de l'importance à ça, alors peu de chances qu'on les like ceux-là !

Remi H.

Un grand nombre de filles ne franchiront jamais le cap de la rencontre physique. Comment expliquer qu'elles se soient inscrites sur Tinder pour rester dans le virtuel ? Difficile de répondre… D'après la syntaxe et l'orthographe de certaines d'entre elles, il y a sûrement là des collégiennes qui ont ouvert de faux profils, avec de fausses photos, et qui s'amusent entre elles à compter les *matches*. D'autres sont tout simplement trop timides pour se confronter à la réalité… Mais je pense que la plupart d'entre elles (celles du moins qui ne publient aucune photo de profil) sont des femmes en couple ; elles n'ont absolument pas l'intention de tromper leur conjoint mais se complaisent dans le jeu de la séduction. Elles fantasment sur ces relations virtuelles, parlent de sexe, de désirs, sans pour autant être infidèles… et ça leur suffit.

3

Sylvain, 27 ans. Ici pour le fun. Appelle-moi.

Suivait un numéro de téléphone. Je l'ai composé sans imaginer un instant que ledit Sylvain me ferait l'honneur d'un rendez-vous galant : il représentait tout ce qui me filait des poussées d'angoisse sur l'appli. Et, dans la vraie vie, je l'aurais aussitôt rangé dans la catégorie des fantasmes aussi épicés qu'inaccessibles (que celle qui n'a jamais rêvé de s'envoyer en l'air sur une poutrelle au-dessus du vide avec le mec de la pub Coca-Cola light se dénonce !). Ses photos le montraient en pleine séance de sport (extrême, cela va s'en dire) avec gros plans sur des abdos impeccablement dessinés. Je n'y suis donc pas allée par quatre chemins : je lui ai tout de suite avoué que j'étais journaliste et que seule son expérience sur Tinder m'intéressait.

Marc, *help* ! Tu es connecté ? Je suis en plein rdv pour mon article, là !

Je suis là, ma belle. C'est l'avantage du burn-out : je décolle pas mes fesses du canap'... le portable à la main. Qu'est-ce qui t'arrive ?

J'interviewe un type mais je crois qu'il veut me mettre dans son lit...

Et ?

C'est un gamin !

Majeur ?

5e année de médecine.

Beau gosse ???

Canon !

Fonce !

Je ressors des toilettes à peine plus sûre de moi et légèrement déçue que, dans un accès de folie amoureuse, Marc ne m'ait pas proposé de sauter dans un TGV pour le rejoindre sur sa colline. À défaut, et pour me donner du courage, je me mets à chanter intérieurement « être une femme libérée, tu sais c'est pas si facile ! » Mais merde, après tout ! Si certains hommes sont capables d'affirmer « moi, je peux me taper n'importe quoi », pourquoi n'oserions-nous pas, nous aussi, un « une bite, c'est une bite » !?

Sylvain, très à l'aise, *lui*, me regarde revenir vers notre table.

— Tu sais, d'habitude, je retrouve directement les filles dans ma piaule ; j'ai pas de temps à perdre. Mais comme tu voulais me parler de ton pseudo-article… Celle-là, on ne me l'avait jamais faite !

Je me hérisse.

— Mais si, j'écris bien un article !

— Alors, pose tes questions et on file. J'ai du boulot, moi aussi.

Sylvain est grand, mince, blond. Le genre de garçons qui m'ont toujours méprisée dans les couloirs du lycée et pour lesquels je me consumais sur pied. Le ton est doux mais assuré. Il sait ce qu'il veut. Et là, c'est tirer son coup. Décharger son stress. Se détendre. Et sans prise de tête, surtout, hein. Pour ça, il a ses partiels, merci bien.

Il me répond donc avec précision, sans faux-semblant ni tabou. Comme si tout cela était de notoriété publique… enfin, du moins chez les moins de trente ans.

— Je n'ai ni le temps ni la place pour une histoire. Et les filles de mon âge ne désirent rien d'autre. Avec celles du tien, c'est plus facile : un échange rapide sur une appli quelconque, rendez-vous est pris chez elle ou chez moi, et tout le monde repart content.

— Tu ne les revois jamais ?

— Pourquoi ? Tu as déjà envie de me revoir ?

Derrière son sourire, je sens poindre de la méfiance. Manquerait plus qu'il se retrouve avec une MILF sangsue qui se prendrait pour sa mère, sa coach et son amante. L'angoisse totale, pis encore que d'avoir dû monter Mme C. à son IRM, une vraie baleine celle-là, m'a-t-il raconté dans un rire gras de salle de garde, avant d'ajouter qu'il avait pensé un temps la transférer à l'unité vétérinaire de Maisons-Alfort, où ils sont équipés, eux, pour les gros mammifères. Parce que la vieille là, rien n'assurait qu'elle passerait dans le tube. D'ailleurs, c'était limite, un peu plus et il fallait l'huiler ! L'anecdote ne me le rend pas plus sympathique. Je commence même à éprouver un certain mépris pour ce futur médecin persuadé que le monde n'attend que lui pour tourner enfin rond. Il déchantera assez vite, me souffle une petite voix qui ressemble étrangement à celle de ma grand-mère.

— Non, rassure-toi. J'suis pas du genre à m'imposer.

Le voilà maintenant légèrement vexé. Les chances qu'il m'invite dans sa chambre s'amenuisent. Un pincement au ventre me suggère que je vais le regretter. Même quand j'avais son âge, je n'ai jamais réussi à emballer des types taillés comme des champions olympiques de nage libre. Et j'aimerais bien voir ce que ça fait, que de passer mes mains sur son torse dont les tablettes de chocolat se dessinent sous sa chemise claire, prouvant déjà que ses photos ne mentaient pas. En attendant de savoir si je finirai ou non par ôter ma culotte devant lui, je renfile mes habits de journaliste :

— Et tu utilises Tinder uniquement pour ça ?

— Oui. C'est simple, pratique, et gratuit.

— Jamais déçu ?

— Non… sauf une fois. Quand j'ai découvert la nana sur le seuil, je me suis dit que je n'avais pas tiré le gros lot. Rien que l'idée de l'embrasser me rebutait. Mais bon, tu connais le dicton : quand le vin est tiré, il faut le boire !

S'il n'avait pas eu de si belles mains, je crois qu'on en serait restés là.

Lucy B.

Les hommes n'ont aucune limite. Sous ma photo de profil, j'ai cité cette phrase de Saint-Exupéry : « L'amour, c'est regarder ensemble dans la même direction. » Et un mec n'a rien trouvé de mieux à me dire que c'était signe que j'aimais sûrement la levrette. Bien sûr, je l'ai unmatché aussitôt… mais je reconnais qu'il m'a fait sourire.

Frédérique A.

Tinder, Happen, Meetic, OKCupid, Once, Pof, EliteRencontre, Adopteunmec, je suis inscrite partout. Les codes y sont différents, c'est un peu comme passer d'un McDo à un restaurant étoilé, mais au fond, rien ne change vraiment, tout le monde vient assouvir son appétit. Ici, certains tiennent en main des couverts en argent, d'autres dévorent des frites avec leurs doigts, et là, en fonction des sites, certains te vouvoient, te parlent d'art, de musées, de voyages à Rome, quand d'autres te tutoient d'emblée et te demandent aussitôt ton tel… Mais, en fin de compte, tous cherchent pareillement à manger à leur faim.

4

Une piaule étudiante classique. Des fringues entassées dans une salle de bains si riquiqui qu'on fait pipi les pieds dans le bac de douche. Un évier d'où déborde de la vaisselle sale. Une cafetière qui n'a pas été nettoyée depuis sa mise en service en 1997. L'hygiène de ce garçon laisse à désirer… Voici que se réveille en moi la mère de famille, inquiète de la santé bucco-dentaire de ses enfants, digne héritière de sa pharmacienne de génitrice. Se lave-t-il au moins les mains ?

Le lit craque. J'évoque un truc urgent pour le boulot, et je me confie une fois encore à Marc.

Il se déshabille, là... Je crois que je fais une connerie...

Tu te poses trop de questions. Oublie la journaliste, laisse s'exprimer ton instinct !

Marc vient de libérer quelque chose en moi. De primal. D'animal même. Sylvain est beau. J'ai envie de lui. Même si je ne peux m'empêcher de me demander ce qu'il va penser de ma peau marquée à la taille par les grossesses, de mes seins dont la fermeté remonte au siècle passé, de mes compétences (ne suis-je pas censée l'initier à deux trois trucs au passage ?), je décide de passer outre. Après tout, comme le dit si bien Sylvain, quand le vin est tiré, il faut le boire !

Il est couché. Il m'attend. La pièce sans rideau baigne dans une lumière gris-jaune d'une fin mars à Paris, comme si le temps hésitait entre l'hiver et un printemps précoce.

— Viens.

Je m'allonge à côté de lui, incapable de me déshabiller sous son regard. Il m'embrasse. Ses lèvres sont douces, exigeantes. Sa langue conquérante. Je retiens un soupir, lui caresse les cheveux. Ma main descend sur ses épaules, son torse. Ferme. Sculpté. Il ne perd pas de temps à déboutonner mon chemisier, ses doigts jouent déjà avec mon sein. Nos corps trouvent leur rythme, s'accordent. Très vite, mon collant et ma culotte disparaissent. Et Sylvain me prouve qu'il n'a pas besoin que je lui enseigne quoi que ce soit.

Tête contre son épaule, je reprends mon souffle, souriant au plafond. Sur l'échelle de Nina, je dirais qu'on tient là un sandwich club revisité par un grand chef. Avec frites maison. Et boisson pétillante pour accompagner le tout. J'ai même eu droit à un café gourmand. Un menu d'exception où se serait malencontreusement glissé un cheveu, entre une rondelle de tomates et l'émincé d'oignons.

Car lorsque Sylvain me caresse paresseusement, déjà ailleurs, il s'arrête sur ma cuisse, longe la cicatrice. L'examine. L'ausculte ?

— Ben dis donc, c'est un première année atteint de Parkinson qui t'a recousue ou quoi ? Bonjour le carnage.

Plus aucun doute : nous ne nous reverrons pas.

Patricia D.

Les hommes essaient toujours de se montrer plus cultivés qu'ils ne sont. Quand je leur parle de mes écrivains favoris, ils prétendent toujours les avoir lus. Et si j'insiste un peu pour savoir ce qu'ils ont pensé de tel ou tel roman, ils m'adressent des copier-coller Wikipédia en pensant que je n'y verrai que du feu. Ils sont vraiment prêts à tout, ceux-là... Ça serait tellement plus simple de me répondre qu'ils n'ont jamais lu cet auteur mais qu'ils vont le faire, pour partager ce que j'aime.

Jonathan A.

Lorsqu'on compare les profils masculins et féminins sur les applis de rencontre, il s'y trouve un détail assez étonnant : dans 67 % des cas, les femmes disent rechercher un homme avec de l'humour. Ce trait de caractère en revanche n'est jamais mentionné par les hommes quand ils évoquent leur idéal féminin. Les femmes souhaitent aimer et être aimées, certes, mais elles attendent tout autant qu'on les fasse rire ! Le psychologue que je suis voit dans le rire le besoin d'être rassuré mais aussi une manière de soulager la fatigue d'être soi ; en ce sens, le rire est donc une thérapie, et celles qui prennent la peine de préciser qu'elles sont en quête d'un homme drôle sont sans doute un peu plus déprimées que les autres.

Marie J.

L'an dernier, j'avais liké Stéphane, un prof de fac, bardé de diplômes. Il avait tout pour me séduire : il était beau, intelligent, il adorait les animaux comme moi. Pour être tout à fait sûr de me séduire, il a essayé de me faire comprendre qu'il n'avait pas seulement un cerveau mais également un membre de belle dimension. Mais comme il ne voulait surtout pas paraître vulgaire, il m'écrivait des messages remplis de toutes sortes de métaphores, de tournures alambiquées pour évoquer ses mensurations intimes. Avant qu'il se mette à me parler de ça, j'avoue que j'étais tombée sous son charme ; j'avais très envie de le rencontrer, mais là, quand j'ai compris qu'il mettait toute sa fierté dans ces cinq centimètres qui le distinguaient des autres hommes, ça m'a refroidie. Du coup, j'ai tout annulé. S'il n'avait rien dit là-dessus, j'aurais eu la surprise le moment venu, et tout se serait très bien passé entre nous. Il a tout gâché avec ça. Ce que les hommes peuvent être cons quand il est question de ce bout de chair qui pend entre leurs cuisses !

5

Toujours dispo ? Les fesses sur ton canap' ?

Oui : *Le Bureau des légendes*, troisième saison, quatrième épisode... Et toi, je parie que t'es dans un café avec un nouveau type !

Bingo !!! ☺

Il te voit pas taper tes messages ?

Si, je lui ai dit que mon fils galérait pour faire cuire ses nouilles – et que je préférais surveiller de loin.

Bien joué !

À quoi il ressemble ?

La trentaine, toutes ses dents, châtain, 1,79, sourire carnassier, menton fendu.

Attention Emma, les mecs au menton fendu croient que le monde tourne autour de leur nombril !

T'es jaloux ?!

Non, c'est prouvé, ces types-là ont un ego surdimensionné.

Pour l'instant, il me parle de sa vie professionnelle. Mais son pied est en train de prendre mon jean pour une brosse à reluire. ☺

Il te plaît ?

Hum... je sais pas trop, c'est sa coiffure surtout, elle est bizarre... Enfin, le type tout entier est bizarre, je crois.

S'il y a un problème, je t'appelle pour te dire qu'on a besoin de toi en urgence quelque part... histoire de pratiquer une extraction en douceur, si besoin.

Mon *date* a donc le menton fendu. Moi, cette petite fossette me plaît, un nid à bisous, malgré les avertissements de ce cher Marc. À cent lieues de mes questionnements, Patrick poursuit un soliloque où l'on retrouve pêle-mêle des poncifs sur le fait que la France, vraiment, c'est pas un pays d'entrepreneurs, sur l'Asie, nouvel Eldorado pour les gens comme lui, et sur l'importance d'investir dans les nouvelles technologies pour ne pas rester à quai quand tout le monde aura trouvé sa place dans le train du progrès.

Je n'ai même pas besoin d'opiner ou de sourire. Patrick est lancé, plus rien ne l'arrête. Après m'avoir expliqué les (vraies) raisons de la fluctuation du Dow Jones et le rebond imminent de l'indice Nikkei (ne le répète surtout pas, mais si tu dois investir, n'hésite pas, c'est le moment !), il m'a confié que son prénom avait été choisi par sa mère, engrossée à la suite d'un slow langoureux dansé avec un inconnu sur « J'te l'dis quand même » de Bruel. En souvenir d'une partie de jambes en l'air, qu'à défaut de pouvoir oublier elle avait fini par encenser comme la plus belle de sa vie, elle passait cette chanson en boucle à chacun de ses anniversaires, le regard de plus en plus vague au fur et à mesure des heures qui s'égrenaient, ponctuées par la descente d'un nombre impressionnant de rhum-coca.

— Maman boit ce seul jour de l'année. Autrement, elle est sobre comme un chameau et préfère écouter Adamo.

J'ai aussi eu droit à la narration par le détail de ses années en socio après une tentative en médecine vite avortée (maman est pédicure, elle me voyait bien reprendre le cabinet), et s'il n'a jamais validé sa licence, c'est à cause d'une prof aigrie dont il a refusé les avances. (Et puis, les diplômes, ça sert à rien, c'est pas ça l'important !) Il prétendait avoir intégré très tôt l'esprit de la Silicon Valley, où il y a longtemps que le concept de diplôme est dépassé. Non, ce qui compte, c'est d'avoir des idées. Malheureusement, nombre des siennes ne trouvaient pas preneur, le monde n'était pas prêt. Il a alors évoqué quelques génies, incompris comme lui, citant pêle-mêle Jésus, Van Gogh ou Léonard de Vinci, dont on cherchait encore à comprendre certaines des inventions (t'as qu'à voir !). Puis il a pris une grande inspiration, il a scruté un instant le plafond du café et il a prononcé cette phrase, comme si elle était de lui : « On a toujours tort d'avoir raison trop tôt. » Avant d'ajouter : « Rappelle-toi bien ça ! »

En toute honnêteté, j'ai cessé de l'écouter quand il a mentionné la dernière appli qu'il a voulu commercialiser (mais ces salauds chez Google ont bien senti venir le danger et lui ont mis aussitôt des bâtons dans les roues, du coup, il apparaissait loin dans les pages de référencement ; ces tactiques déloyales de concurrence, on n'en parle pas assez, mais c'est super minable). En ne captant qu'un mot sur trois, j'ai cru comprendre que l'appli en question permettait, à l'aide d'un algorithme – évidemment – top secret, de déterminer la compatibilité sexuelle et amoureuse de deux personnes, en fonction de la nature de leurs cheveux. (C'est pas lui qui avait développé cette suite de chiffres et de codage, hein, il avait payé un petit génie des maths qui venait pourtant de planter l'entrée à Centrale – encore un incompris.)

— Toi, par exemple, dit-il en attrapant une mèche échappée de ma queue-de-cheval, quand j'ai vu ta photo, j'ai tout de suite su que ça collerait entre nous.

Personnellement, je suis dubitative ; mais pourquoi ne pas faire confiance aux formules mathématiques ? Jusque-là, mon instinct n'a pas été des plus fiable lorsqu'il s'est agi de me trouver un partenaire. Et puis, dans l'article, ça sonnera bien, cette histoire de complémentarité capillaire.

Je souris, rougis légèrement.

— Merci. J'aime aussi beaucoup ta coupe.

Le *beaucoup* est de trop. Son mulet, très années 1980, s'harmonise parfaitement en tout cas avec sa chemise en viscose au col pelle à tarte. Moins avec l'époque actuelle. J'ai du mal à comprendre ce choix : un côté dandy ? Une mauvaise passe financière qui l'oblige à enfiler les vêtements de son grand-père ? Une revendication du type « c'était mieux avant » ?

— Ma coiffure est en totale harmonie avec la tienne. L'algorithme est formel. Tu vas voir, conclut-il sur un clin d'œil grivois, toi et moi, ça va faire des étincelles.

Aline V.

Quand on s'est séparés avec Antoine, il m'a reproché ma façon d'utiliser le dentifrice. Visiblement, je presse le milieu du tube pour faire remonter la pâte et non la base. En cinq ans de vie commune, il ne m'avait jamais fait cette remarque. Et là, soudain, c'était devenu la chose qui expliquait pourquoi il n'en pouvait plus…

Marin S.

Le porno, en fin de compte, ça nous a fait du mal. Il y a une telle abondance de filles, de situations, que la réalité finit toujours par nous paraître fade à côté. Une fille me disait justement un truc assez similaire à propos de ses sex-toys : ils sont tellement performants, doux, larges, profonds, vibrants, lubrifiés, que même les plus beaux et les plus fermes des sexes en érection souffrent de la comparaison…

Léa V.

C'est fou comme toutes mes copines ont vécu le même scénario : un mariage, un enfant (ou plusieurs), puis un divorce quelques années plus tard, suivi d'une suite de rencontres, un véritable défilé de mecs dans leur lit, mais aussi une suite d'espoirs et de désillusions. Puis, au bout d'un an ou deux, elles se casent enfin avec un énième mec rencontré sur un site. Il n'est pas forcément celui dont elles sont le plus amoureuses, seulement, il arrive dans le bon timing, au moment où elles en avaient marre de passer d'un mec à l'autre et où elles avaient envie de se poser vraiment.

6

— On va chez toi ? me demande Patrick après avoir éclusé une deuxième bière.

C'est bien au lit que le feu d'artifice est censé se produire. D'un certain côté, c'est rassurant sur les qualités et performances de son appli, parce que j'ai beau y mettre du mien, je ne nous trouve pas beaucoup de points communs sur le plan intellectuel. Est-ce le fait de la différence d'âge ?

Patrick ne propose même pas de partager l'addition, se contentant de déposer pièce par pièce la somme exacte de ses deux pressions. Inutile de vérifier, le pourboire n'est pas de mise. Encore une case à cocher dans la colonne des moins.

Je devrais décliner sa proposition. Prétexter une migraine subite, l'anniversaire de ma mère, un dégât des eaux. Mais…

1) J'aimerais passer la main dans ses cheveux (chaque femme finit par succomber à la tentation pour une raison fallacieuse et inavouable, c'est bien connu ; demandez à Ève).

2) Découvrir si son algorithme est efficace.

3) Rapporter un témoignage fascinant au journal.

Et… ce qui est sûrement beaucoup moins avouable : me prouver que Sylvain n'était pas un coup de chance, que vraiment, oui, à mon âge, je plais encore, je ne suis pas condamnée à me lancer dans la découverte de godes plus sophistiqués les uns que les autres pour trouver du plaisir.

Alors, faudrait-il que je m'arrête au fait que sa conversation ne m'intéresse pas ? Non, sûrement pas, ricane en moi une voix qui, cette fois, appartient à ma Nina. Tu crois qu'à notre époque y a que les mecs qui s'offrent un plan rapide, du McDo sexuel ? Le mec t'attire physiquement, au moins un peu ? Pourquoi jouer les vierges effarouchées ? C'est pas comme si on te demandait de le présenter à tes enfants dans la semaine ! Fais comme eux, me susurre, tentatrice, cette Nina diabolique. Consomme et passe au suivant. Il a sûrement la chevelure la plus douce au monde, fonce ; Marc te dirait la même chose ! Merde, arrête de réfléchir un moment, et laisse tes hormones prendre le pas.

Et oui, sincèrement, à moins de tomber sur un type qui s'est pacsé avec une girafe ou un pingouin, je ne vois pas ce que je pourrais trouver de mieux comme spécimen masculin atypique[1].

---

1. La fée aigrie et couverte de poils au menton qui s'est penchée sur mon berceau à ma naissance me démontrerait bientôt le contraire, mais, à cet instant précis, je n'en savais rien !

Je ramène donc Patrick chez moi, forte de mes nouvelles résolutions de femme sûre d'elle, moderne, super libre. Il en profite pour se lancer dans un pillage en règle du frigo, tout en me faisant remarquer que mon régime de base laisse à désirer, que je ferais mieux de renoncer aux plats tout faits si je ne veux pas voir mon cholestérol grimper en flèche après avoir perdu tous mes cheveux (une vraie obsession chez lui, je me demande s'il a pensé à consulter). Puis, il s'engouffre dans la salle de bains sur un :

— Ça ne te gêne pas si je prends une douche ? On m'a coupé l'eau…

Je commence alors à m'inquiéter : s'il était SDF et ne partait plus ? Comme beaucoup, je suis très sensible à la question des sans-abri, et soutiens d'ailleurs une ONG locale qui leur vient en aide, sans pour autant souhaiter en héberger un chez moi. Patrick moins qu'un autre, même s'il semble pourvu d'un certain sens de l'hygiène, à l'inverse d'un étudiant en médecine dont il n'est sans doute pas nécessaire de rappeler le nom.

Affalée dans le canapé, le regard vide, je vois défiler sur le mur du salon la vie qui m'attend dans un futur très proche. Le retour des enfants, lundi, qui découvrent le nouvel ami de maman, sans conteste très loin de la coolitude de Linda (sauf s'il a des tatouages). Patrick, vautré dans le fauteuil nid, nu sous le plaid car son seul jeu de vêtements est en train de sécher. Moi, en survêt', préparant une soupe potiron-navet-pâtes sans gluten avec, à la main, une bière bio au houblon naturel…

Je repense à Marc. Comme Bill Gates est toujours dans la salle de bains, je saisis mon portable. L'instant d'après, le pouce suspendu au-dessus de l'écran, j'hésite. N'est-ce pas le moment de faire preuve d'indépendance, d'assurance, de fierté et de me tirer de cette situation sans l'aide d'un homme ? Oui, je devrais ne compter que sur moi-même. Mais voilà : Marc me manque. Lui, ou plutôt cet être mi-réel mi-fantasmé, absent et présent à la fois, me manque. Et puis… peut-être qu'un peu de concurrence le poussera enfin à l'action ?

T'es toujours là ?

Oui, t'en es où avec ton menton fendu ?

Le type est sous la douche.

La douche d'avant ou d'après ?

En théorie : d'avant.

Pourquoi « en théorie ? »

Humm… suis pas très chaude pour passer à la pratique là…

Comprendra-t-il mon message à demi-mot?

…

Visiblement pas. Mon peu de patience m'abandonne. J'ai un homme bien réel sous la douche dont seuls les cheveux attisent ma curiosité, mais qui semble prêt à me faire toucher les étoiles, et un autre beaucoup trop virtuel de l'autre côté de la France. Je finis par m'emporter :

et ne me dis pas encore de laisser parler mon instinct, parce que là, mon instinct, il m'ordonne de m'enfuir le plus loin possible de Paris et…

Et ?

Et de m'étendre sur un canapé dans un endroit paumé au milieu des montagnes pour suivre l'épisode 4 de la troisième saison du *Bureau des légendes*.

Épisode 5 désormais !

Fais pas semblant de pas comprendre !

Une porte claque, j'éteins mon portable. La voix de Patrick retentit depuis ma chambre :

— Tu viens ? Je t'attends…

À force de penser à Marc, fulminé-je intérieurement, tout vague désir pour mon invité s'est envolé. Décidément, je deviens « carrément méchant, jamais content », comme le dit la chanson.

Et une nouvelle question s'impose à moi : les règles de l'hospitalité vont-elles jusqu'à coucher avec un mec qui vous plaît moyennement mais qui est déjà installé dans votre lit ? Je suis sûre qu'un paragraphe est consacré à la question dans l'un des livres de Nadine de Rothschild. Malheureusement, je n'ai jamais lu cette œuvre majeure. Et à cet instant, croyez-moi, je le regrette.

Vivianne S.

Moi, quand je n'arrive pas à jouir, c'est ma faute. Je suis trop dans la séduction ! Même dans ces moments-là, je me demande encore à quoi je ressemble, j'essaie d'être la plus attirante possible, je me recoiffe d'une main entre deux positions ; et si l'orgasme approche, je pense cette fois aux traits de mon visage, j'essaie encore d'avoir l'air sexy... Bref, il n'y a qu'avec mes sex-toys que je parviens enfin à m'abandonner, à exprimer mon désir sans crainte, à grimacer comme bon me semble.

Clélia E.

Quand un homme a une panne, il dit généralement que c'est la première fois, et qu'il ne comprend pas ce qui se passe. Et nous, on lui répond aussi sec que ce n'est pas grave, même si on n'en pense pas moins et qu'on se pose secrètement tout un tas de questions sur lui... et puis sur nous ! Bref, dans ces moments-là, les dialogues semblent écrits à l'avance, un peu sur le modèle du « mais fallait pas ! » quand un invité débarque chez toi avec un bouquet de fleurs.

7

Je prends enfin une bouffée d'air frais, aussi éloignée que possible de Patrick.

Un Patrick, encore sous les draps, que je regarde maintenant d'un œil nouveau, avec son torse imberbe et un sexe de bonne taille, certes, mais totalement inopérant.

Parce que, bien sûr, je n'ai jamais trouvé le courage de le virer de mon lit. En le rejoignant dans ma chambre, j'ai commencé par ranger un pull qui ne traînait pas vraiment, j'ai redressé un cadre qui n'était pas de travers, j'ai épousseté un bibelot propre, tout ça pendant qu'il tapotait l'emplacement vide à côté de lui. Patrick ne m'attirait plus. Mais, craignant une scène (j'ai une sainte horreur des cris) ou pis, un viol, pour lequel ma plainte ne serait jamais instruite, vu le contexte, j'ai préféré en finir rapidement.

Dès que je me suis allongée contre lui, il a plaqué son torse sur moi. Ses mains étaient envahissantes, ses lèvres un peu molles et très humides. J'ai fermé les yeux, pensant à autre chose. Pas à ma liste de courses, pas plus excitante que la fonte du permafrost, mais... à Marc. Évidemment. Qui me permettait de m'évader tout en restant là. J'imaginais sa chaleur sur moi, son souffle dans mon cou, ses soupirs. Peu à peu, j'en suis venu à oublier Patrick. Mes doigts ont trouvé naturellement le chemin de son visage, ont poursuivi jusqu'à ses oreilles, sont venus se perdre dans...

J'ai poussé un cri d'horreur, mes ongles encore coincés dans ce qu'il convient d'appeler... une moumoute ! Mon Dieu, Patrick portait une perruque ! Pis encore, il avait dégoté je ne sais où un modèle des années 1980 ! Sur quoi s'appuyait donc cette fameuse compatibilité capillaire qu'il m'avait tant vantée ?

Sans surprise, son excitation – si peu tangible au demeurant – est retombée aussi sec.

En l'observant, je n'ai pu m'empêcher de lui trouver alors un petit air de Fabien Barthez, mon joueur préféré de l'équipe France 1998, mais ça n'a pas suffi à raviver la flamme. Pourtant, je suis plus encline à adhérer à la mode des chauves qu'à celle des barbus, sûrement à cause d'une enfance passée sous le joug d'une mère qui traquait virus, bactéries et autres saloperies partout où elles se nichaient, et qui soutenait que les poils d'une barbe masculine comptaient davantage de microbes que la robe d'un chien à poils longs, un colley par exemple. C'est dire. Alors que là, propre comme un sou neuf, ma conquête du jour rutilait.

— Tu peux m'expliquer ? ai-je demandé malgré tout, en essayant vainement de me débarrasser de cette touffe qui, pour une raison inconnue, me collait à la main.

— Je suis fragile des oreilles. Et je déteste les bonnets. J'ai tout un tas de postiches, que j'assortis toujours à mon look du moment. Et pour toi, compte tenu de l'algo, j'ai pensé que ça serait le bon pour te faire toucher les étoiles.

Sans perdre une seconde de plus, il s'est remis à la tâche tout en me glissant au passage un mot désobligeant :

— J'ai peut-être le crâne lisse, ma jolie, mais tu peux pas en dire autant de ton minou ! Tu sais qu'on perd en sensibilité avec une touffe pareille ? Regarde, moi, j'ai tout épilé !

Joignant le geste à la parole, il m'a alors collé fièrement son pénis sous le nez. Mais son membre semblait partager mon opinion sur le ridicule de la situation, et, honteux, gardait la tête basse. *Sei e mezzo*, comme me l'expliquait un jour en riant une copine italienne de l'école de journalisme, soit six heures et demie : toutes les aiguilles vers le bas !

Le charme était définitivement rompu. Imaginer Marc à la place de Patrick n'était plus possible. Mon seul désir était de me retrouver n'importe où plutôt que dans ses bras. J'oscillais alors entre désespoir abyssal et fou rire nerveux.

Heureusement, Pat' a fini par jeter l'éponge. Ce garçon n'avait définitivement rien de pénétrant. Le voyant si déconfit, je tentais de le rassurer (#tropbonnetropconne), finissant même par lui glisser à l'oreille que c'était sûrement moi qui m'y prenais mal.

— Ouais, y a un peu de ça, et puis tous tes poils, là...

Des mots qui auraient pu achever de ruiner mon peu de confiance en moi, s'il m'en était resté en réserve.

Comme je gardais le silence, Patrick a poursuivi :

— Mais c'est aussi que le boulot me prend bien la tête en ce moment ; j'ai du mal à me concentrer sur autre chose.

— Ah bon ? Tu bosses sur un truc, là ? ai-je demandé tout en sachant que je le regretterais.

— Ouais, au fond de moi, j'ai toujours su que j'étais appelé à faire de grandes choses. Et que jamais je ne me lèverai le matin pour un job à moins de cinq mille euros par mois. Ça en vaut pas la peine. Regarde tous ces cons qui se pètent le cul pour des salaires de misère. Tu crois qu'ils sont heureux ?

J'ai préféré ne pas savoir ce qu'il entendait exactement par *salaires de misère.* Déjà que je n'étais pas baisable, je n'allais pas découvrir en plus que je faisais partie de ces cons qui trimaient comme des esclaves pour des clopinettes.

— Et donc, ton projet ?

— Un gros truc, je peux pas entrer dans les détails parce que la concurrence est sauvage. Ne le prends pas mal surtout, mais je sais qu'il existe des gens qui n'hésitent pas à employer des grands moyens pour mettre la main sur des brevets exclusifs.

— Hum, hum.

Que répondre à ça ? Patrick se croyait dans un James Bond ? Dans un épisode d'*Amicalement vôtre,* où il aurait été Brett Sinclair, les filles tombant comme des mouches sur son passage ? Alors qu'il avait tout de

Jean-Claude Dusse, version *Les Bronzés 3*, la réussite insolente en moins.

— Comme tu insistes, et que je sens que tu m'aimes bien *(je n'ai rien dit, et je ne l'aime pas)*, je vais quand même te faire une confidence : ça a un lien avec les gisements de pétrole en mer du Nord. Mais tu n'en sauras pas plus.

Et pour me prouver combien sa décision était ferme, il m'a sauté dessus une nouvelle fois. Malheureusement, son sexe n'offrait pas la même dureté que ses résolutions. J'ai soupiré, de nouveau fermé les yeux.

Patrick n'y arrivait pas. Définitivement. Je perdais mon temps.

Il a fini par renoncer en concluant d'un retentissant :

— Putain, canon la scarification sur ta cuisse ! Jamais vu un truc si réussi. J'adore !

Et j'ai bien cru qu'il allait tenter de remettre ça. Mais non, notre pitoyable corps-à-corps inabouti semblait l'avoir comblé.

Je m'offre alors deux minutes de respiration lente et profonde, puis je passe à autre chose. Une douche, par exemple. Aux huiles essentielles de lavande. Oui, voilà, ça sera très bien.

Céline F.

Pour le jour de l'an, Jean-Louis avait insisté pour qu'on se rende dans un club échangiste. C'était son fantasme. Et puis il m'a dit qu'il n'y aurait rien de tel pour relancer notre couple, pour retrouver une libido qui n'était plus très folichonne. J'ai fini par me laisser convaincre... J'ai tout de suite été mal à l'aise devant cet amas de corps ventripotents, de cuisses pleines de cellulite, de petits culs d'hommes étriqués, d'haleines chargées du repas de réveillon. Et quand, au milieu, j'ai reconnu les fesses de Jean-Louis qui allait et venait mollement au-dessus d'une mémère, ça a achevé de me glacer. Tandis que je me dirigeais vers le bar, j'ai croisé un homme qui m'a plu aussitôt. Il ne m'a pas donné son nom. Nous nous sommes isolés dans une chambre, et je me suis offerte sans la moindre retenue; j'ai fait des choses avec lui que je n'aurais jamais imaginées... Un truc de dingue! Comme la porte était restée entrouverte, je me suis toujours demandé si Jean-Louis m'avait vue. Il n'a jamais voulu me le dire... Mais, depuis cette nuit-là, il est devenu distant avec moi. Il semble me reprocher quelque chose sans oser m'en parler.

Mathéo C.

On se demande souvent si on préfère avant l'amour, pendant l'amour, ou après l'amour. Difficile de répondre. Quand une fille me pose la question, je lui dis aussitôt que je préfère après, histoire de passer pour un mec un peu romantique, enfin, pas trop bestial, quoi... Mais au fond, je crois que je préfère pendant... ou avant. Peut-être que ça dépend des filles avec qui on couche. Linda, par exemple, j'étais tellement heureux de me l'être faite que j'ai préféré après : quel sentiment de plénitude, d'orgueil aussi.

8

Ces deux minutes de détente n'étaient destinées à n'en durer qu'une. Ma méditation est en effet rapidement interrompue par Patrick, qui m'assène une tape bien sentie sur les fesses.

— Bon, ma poulette, c'est pas que je m'ennuie, mais va falloir que je file. J'ai rencard avec un investisseur potentiel, tu comprends. C'était sympa de te rencontrer en tout cas, on se rappelle ?

J'ai à peine le temps de sortir du lit que le voilà déjà rhabillé, claquant la porte de l'appartement derrière lui.

Ma première réaction est le soulagement. La deuxième de me demander s'il n'en a pas profité pour me piquer mon portefeuille. Non, il est bien dans mon sac.

Sous la douche, j'éclate de rire. Compatibilité capillaire ? Tu m'étonnes que son appli n'ait pas marché ! Quel fiasco ! Comme dirait ma mère, encore un prêt à faire la révolution mais pas à se lever avant midi. C'est les filles qui rigoleront dimanche quand je leur raconterai cette histoire. Je repense au témoignage de Mathéo. Là, facile de répondre à la question : le meilleur moment a été quand Patrick est parti.

Je me sèche, enfile jean et gros pull et agrippe mon téléphone. Il est temps de débriefer avec Marc. Sans lui avouer que ma seule motivation était de m'imaginer avec lui…

— Marc ? Tu ne devineras jamais ! Je suis tombée sur un yaourt périmé.

Qui mieux qu'un chef étoilé pouvait comprendre la classification ô combien pertinente mise au point par Nina ?

— C'était si nul que ça ?

— Encore pire ! Tu sais quoi ? Les jeunes, c'est pas mon truc. J'arrête !

— Tu crois que les mecs plus âgés sont moins timbrés ?

— Sans doute pas… Mais je peux sans doute m'accrocher à quelques repères… Alors qu'avec ces deux derniers-là, je t'avoue que je suis un peu perdue… Non mais c'était quoi, ces types !?

— Ils sont à l'image d'une société qui a perdu sa boussole…

— Et du coup, je fais quoi, moi, là-dedans ?

— Pour toi ou pour ton article ?

— Mon article sortira d'une manière ou d'une autre. Quant à moi, j'aurais bien une idée mais… si je t'en parle, tu vas encore me dire…

— … qu'il y a des centaines de kilomètres entre nous, que ta vie n'est pas ici et que la mienne n'est pas à Paris.

— Je m'y attendais, laisse tomber mon idée…

Je ne suis plus fâchée. La tendresse que j'éprouve pour cet homme a pris le pas sur le reste.

— Mais ça ne m'empêche pas de penser que les choses sont mal faites, car oui, je trouve, moi aussi, qu'on irait bien ensemble tous les deux… Regarde, on passe des heures au téléphone sans s'ennuyer une seconde, c'est rare, une telle complicité.

Une tendresse qu'il sait alimenter de tous ces mots-là, ces mots qui sans coup férir me propulsent dans ses bras.

— Alors ça vaudrait peut-être le coup d'essayer, juste le temps d'un week-end ? Comme ça, pour voir…

— Tu sais, Emma, depuis mon séjour à l'hôpital, je ne suis plus vraiment le même. Là, avec tout ce que j'avale comme médocs, je suis incapable de prendre une décision et de m'y tenir. Et puis, j'ai tendance à voir tout en noir : si ça marche pas entre nous, on aura perdu nos illusions, et si ça colle, on s'embarque dans une histoire de dingue, toujours sur la route ou dans un train, pour voler à nos vies quelques heures d'intimité… Mon thérapeute m'a justement conseillé de lever le pied, et notre histoire, c'est un coup à me faire des cheveux blancs.

— S'il te plaît, Marc, ne me parle plus de cheveux !

Jessica T.

On a beaucoup évoqué les pervers manipulateurs ces derniers temps. C'est quasiment un truc à la mode, du style : qui n'a pas eu son pervers manipulateur ? Mais avec Thomas, je tenais un joli spécimen ; jugez plutôt : un jour, il m'a offert deux écharpes, l'une rouge, l'autre noire. Quand j'ai mis la rouge, il m'a dit : « Je savais que tu n'aimais pas la noire... Pourquoi tu ne me l'as pas avoué tout de suite ? » Et quand j'ai mis la noire, dès le lendemain, il m'a lancé : « Déjà, tu n'aimes plus la rouge ? » Alors j'ai mis les deux en même temps, et ça n'a pas manqué : « T'es complètement folle, ma pauvre fille, on ne peut rien te dire, tu prends tout mal... »

Micheline H.

Aussitôt que tu as liké un profil, il disparaît. Plus moyen de le retrouver. Si le mec te like pas en retour, tu ne le reverras jamais. Donc, tu likes un profil et tu l'oublies aussi sec, puis un autre, puis un autre encore. Si quelqu'un te plaît vraiment, ça ne dure pas plus de quelques secondes. Avant même tout échange de messages, avant toute rencontre, tu es déjà programmé pour zapper la moindre émotion. Regarde Baudelaire, il a croisé une femme, puis il y a pensé et repensé avant d'écrire un poème pour elle : « À une passante. » Avec Tinder, c'est impossible, tu découvres un profil, tu le likes et puis il y en a cinquante qui suivent et qui retiennent ton attention ; en quelques minutes, tu as déjà oublié la première personne qui te plaisait.

9

Si Marc a compati, les filles ont bien ri. Nina a retrouvé le moral : elle a rencontré John, basketteur californien, à l'occasion d'une remise de trophées quelconque, et, visiblement, il est à la hauteur de ses attentes. Elle l'a immédiatement classé dans la catégorie smoothie-crevettes-thaïes-taboulé-libanais, ce qui sonnait à mes oreilles comme un mélange étrange, et à mes papilles comme particulièrement indigeste, mais Nina aime les saveurs épicées, la douceur des mangues et l'exotisme de la *world food.* Un sans-faute, uniquement pondéré par la femme et les deux enfants de John, tous trois beaux, blonds et élancés, et qui l'attendaient en Californie en plongeant dans les rouleaux de Malibu où la famille s'était installée. Mais il en faut plus pour calmer l'enthousiasme de mon amie, et elle compte bien profiter du temps que John lui accordera. Ni remords ni regret.

Quant à moi, je suis repartie pendant une semaine en mode mère parfaite, et on ne dira jamais assez combien la vague des *wonder mum* américaines nous a fait du mal, avec leurs blogs, leurs recettes de cupcakes sans œufs, sans sucre, sans farine mais *so delicious*, leurs vies professionnelles épanouissantes, leur Jeep Cherokee rutilante, leurs jambes minces et musclées, leur progéniture géniale et leur fidèle époux au ventre plat et au patrimoine rondelet. Chez moi, le mari roucoule avec une autre, je roule à Vélib' quand j'en ai le courage (jamais), mes gâteaux au chocolat débordent de beurre, et mes gosses... désespérants, tout comme la cellulite qui, comme une moule à son rocher, s'accroche à mes hanches, mes cuisses, et certainement à mes fesses mais, Dieu merci, n'ayant pas des yeux derrière la tête, ce spectacle m'est épargné.

Mes deux rencontres de la semaine auraient dû me booster, me conforter dans l'idée que j'étais dotée d'un charme fou (quand même, les gars étaient jeeeeunnnes !!!). Au contraire, elles m'ont laissé une impression de malaise aux entournures, de mal-être même. Et s'il n'y avait Marc pour m'expliquer un peu mieux les hommes, pour décortiquer avec moi leurs comportements et pour m'assurer que j'étais une super nana, je pense que les enfants auraient passé la semaine à se nourrir exclusivement de Doritos orange et Noodle Box saveur poulet, pendant que j'aurais regardé en boucle *Out of Africa*. Le film a toujours le même effet sur moi : me ravir et me déprimer à la fois. Un exploit.

Mais il y a Marc. La chaleur de sa voix, sa bonne humeur qui m'évite de sombrer dans le cynisme, nos éclats de rire quand je lui envoie les captures d'écran de certains profils. Il y a Marc, et c'est déjà beaucoup.

Denis A.

Sous les photos de profil, la plupart du temps, tu découvres de petites phrases comme « Venue sur cette appli pour ne plus y être » ou bien « Extraterrestre cherche terrestre extra » ou plus simplement « *Carpe diem* », mais parfois, c'est plus précis ; celle-ci, je l'ai notée pour m'en souvenir, écoutez ça : « Cherche homme grand (plus d'1 m 78), humour et bonne humeur indispensables, non fumeur, non barbu, non vegan mais aimant les animaux, bonne situation (cadre supérieur ou profession libérale), ni bedonnant ni obsédé par sa ligne, pas engagé politiquement ni dans le milieu associatif, pas récemment divorcé ni attiré par les femmes beaucoup plus jeunes que lui, sans allergies alimentaires, à la voix grave et posée, et souhaitant s'investir dans la durée… Important : je ne suis pas fan des ronfleurs et pas davantage des chauves. » C'était il y a trois ans. À mon avis, elle cherche encore…

Pietro V.

J'ai fait le calcul : 30 % des filles tirent la langue sur une de leurs photos de profil. Sans doute pour montrer qu'elles sont très drôles et qu'on ne s'ennuie pas avec elles. Mais il y a aussi un jeu de dérision : faire une grimace dans l'univers de la séduction, c'est afficher son originalité en prenant le contre-pied de celles qui offrent leur plus beau sourire. *Think different,* comme le dit le slogan… Le seul problème, c'est qu'elles sont de plus en plus nombreuses à être différentes ! Bientôt, on ne trouvera plus un seul profil féminin sans sa photo de langue tirée vers l'objectif.

10

Et puis la (vraie) vie a repris son cours. J'enchaîne les interviews depuis trois jours. J'ai interrogé des désabusés, des éternels optimistes, des grands chanceux, comme Mathilde J., dont je relis aujourd'hui le témoignage avec une pointe d'émotion :

C'est un peu comme jouer au loto. On y croit toutes, forcément, et on passe sa vie à être déçues par la réalité... Sauf qu'un jour, je suis tombée sur Milos, et je ne parviens toujours pas à croire que ça me soit arrivé à moi ! Ce mec est génial, ça fait cinq ans déjà qu'on est en couple et on s'aime comme au premier jour... Non, bien plus qu'au premier jour. Et oui, il était sur une appli de rencontre. Son profil m'a sauté aux yeux après avoir écarté des dizaines de types qui posaient devant leur voiture de sport ou qui exhibaient leurs abdos (quand c'était pas autre chose, d'ailleurs !). Milos est écrivain. La plupart du temps, il vit sur son voilier. Dès que j'ai des congés, on navigue ensemble en Méditerranée : la Sicile, les îles grecques, il m'a fait connaître des coins magnifiques... Quand j'ai vu sa photo la première fois, je pensais qu'il s'agissait d'un faux profil, mais non, il était là pour moi. Comment ne pas croire qu'il y a quelque chose derrière tout ça ?

Je pose mon stylo, m'imagine sur un voilier avec Marc, au milieu des îles grecques. Sont-elles aussi belles que celles des Caraïbes ? Leur charme n'est sans doute pas le même mais une île reste une île, et j'ai toujours été fascinée par ces bouts de terre qui brisent la monotonie de la ligne d'horizon, quelle que soit la mer sur laquelle elles sont posées.

Je m'ébroue, il va être l'heure de rejoindre Jean-Charles.

Son profil n'avait pas grand-chose pour me plaire, et c'est bien pour cela que je l'ai liké. Marc a raison, je dois élargir mon champ des possibles, ne serait-ce que parce que mon article n'en sera que plus complet, plus vif.

Jean-Charles se présentait ainsi :

56 ans, bonne situation. Ici pour vous faire vivre des expériences inédites. Filles de l'Est à la plastique parfaite et à la vénalité affichée, passez votre chemin, je ne suis pas là pour vous payer des vacances.

Classe, élégance et distinction. Il posait devant une Maserati, en costume de marque, lunettes de soleil coincées dans le col de la chemise, tempes grises, et l'air sûr de lui. Je n'ai pas pu m'empêcher de penser qu'il devait être concessionnaire… Et peut-être chez Citroën.

Lors de nos échanges, il avait fini par lâcher qu'il était banquier, sans préciser toutefois l'établissement où il travaillait, car la discrétion était à la base des services qu'il offrait à des clients triés sur le volet. Il voyageait beaucoup, laissant là encore planer le doute quant à ses destinations. Les îles Caïmans? Guernesey? Un autre paradis fiscal? Chut, il n'en dirait pas plus, même sous la torture.

Divorcé, deux grands enfants (comprendre : libre comme l'air), il vivait dans le XVe arrondissement, non loin du Champ-de-Mars, avait-il ajouté.

Mais, quand je sors du métro Bir-Hakeim, je comprends vite mon erreur. Javel aurait été plus approprié. Certes, comparé à un habitant de Villiers-Le-Bel, Jean-Charles reste proche du Champ-de-Mars, mais ça s'arrête là. J'ai l'impression de m'être tapée des kilomètres le long d'une autoroute quand je tombe enfin sur sa rue. Ça m'apprendra à faire confiance au premier venu plutôt qu'à me fier à Google Maps, comme tout le monde.

Devant la porte cochère, je reprends mon souffle. J'ai transpiré comme un goret dans ma doudoune et mes Ugg. Le temps était si maussade quand je suis partie que j'ai cru que l'hiver était revenu pour une dernière danse. Malheureusement (ou heureusement), quand j'ai émergé du métro (où il faisait déjà aussi chaud que dans une *backroom* confidentielle du Marais), on frôlait les dix-huit degrés. J'ai beau fouiller dans mon sac, impossible de mettre la main sur un déo ou un échantillon de parfum. Je ne trouve qu'un briquet publicitaire pour un entrepreneur de pompes funèbres, me demandant bien comment il a pu atterrir là, deux bics dont un quatre-couleurs que j'ai dû piquer à Léo un matin où j'étais en retard, des reçus de carte bleue et tout un fatras qui ne m'est d'aucune utilité. Ma petite trousse à maquillage est sûrement restée au bureau. Tant pis, je sentirai le bouc.

Marc m'a jugée un peu audacieuse quand je lui ai annoncé que je me rendais directement chez Jean-Charles. Mais l'homme semblait plutôt inoffensif, et j'en avais plus que marre des rendez-vous dans des cafés, bars-tabacs, brasseries, et autres Starbucks. Qu'est-ce qui pourrait bien m'arriver ? Marc lui-même n'avait-il pas donné le ton lors de nos premières conversations en suggérant que je vienne nue sous mon imper et les yeux bandés le rejoindre je ne sais où ? Il est convenu que l'invitation de Jean-Charles était effectivement plus formelle, mais que cela ne signifiait pas que ses intentions étaient pour autant plus pures.

Ça m'a plu qu'il s'inquiète pour moi, même si ce côté grand frère me fait aussi grincer des dents. Et pas uniquement parce que, de nous deux, je devrais être l'élément mûr (on évitera *mature*, merci) de notre duo de choc. Je sais bien qu'il m'a répété que ce n'était pas le bon moment pour lui, mais je n'ai jamais pu m'empêcher de penser qu'il reviendrait sur cette décision, que son désir de me connaître l'emporterait sur tout. J'aimerais parfois que Marc se montre un peu plus jaloux, qu'il fasse preuve d'un désir de possession, dans tous les sens du terme. Mais, dans ce domaine, nous continuons à improviser notre petite musique toute personnelle, dont émerge ce refrain : je glisse une allusion plus tendre, il recule. Je m'éloigne de lui un tant soit peu, feins d'être enthousiaste à propos d'un nouveau *match*, il avance. Les soirs de pluie, où les enfants s'éclatent avec Linda et Juan, ce pas de deux me déprime. J'y vois une intention de me garder au chaud, disponible, au cas où, sans rien me donner vraiment en retour. Je me sens comme un chien au bout de sa laisse, qui croit être libre et se prend un coup d'arrêt brutal quand il bondit en avant, à la poursuite d'une odeur à fort potentiel qui exige d'être explorée sur-le-champ. Les matins où le soleil tente une percée, où je profite de la cuisine pour moi seule en buvant mon café, je suis comme enveloppée de sa tendresse, de son inquiétude pour moi, de sa prévenance, et j'en conclus que, depuis longtemps, je n'ai rien connu qui ressemble autant à l'amour que ça. Et je fredonne ma version toute personnelle du « Tourbillon de la vie », un léger sourire aux lèvres.

Mark S.

Si tes photos suggèrent que tu es particulièrement riche, ça va être intégré dans l'algorithme, et tu ne recevras plus aucun *crush*. Plus rien sans payer, je veux dire. Tinder repère facilement ce genre de choses et t'incite ainsi à t'abonner pour que ton profil soit mis en avant auprès des filles qui t'intéressent.

Nicolas M.

Par trois fois, des filles m'ont posé un lapin. J'ai attendu comme un con à la terrasse d'un café, et personne n'est jamais venu. Je ne pense pas être parano, mais je me suis toujours dit qu'elles étaient là, cachées dans un coin à m'observer, et qu'elles ont préféré m'éviter... Depuis, je fixe toujours mes rendez-vous dans un lieu peu fréquenté, où je les vois arriver de loin; comme ça, elles ne peuvent plus se défiler. Enfin, disons que les plus polies ne se défilent pas... Les autres me saluent et s'en vont une minute après.

Jérôme S.

Il y a le premier *crush*, le premier *match*, le premier *date*… Mais les hommes et les femmes ne vivent pas les choses de la même manière : quand vous vous retrouvez au lit avec un nouveau mec par exemple, il vous arrivera peut-être de vous demander si votre corps est suffisamment attirant, vos cuisses pas trop molles, votre poitrine assez ferme, votre ventre assez plat. Nous, les hommes, c'est moralement qu'on a nos inquiétudes : est-ce que je vais être à la hauteur ? Qu'est-ce qu'elle va penser de moi ? Pire encore : qu'est-ce qu'elle va dire de moi à ses copines si j'assure pas ?

11

— Emma ! Enchanté, entre, je t'en prie.

Jean-Charles est plus petit que je ne l'imaginais. Plus chauve aussi. Enfin, de dos : quand il me précède dans le couloir, je pense aussitôt qu'avec une telle tonsure, il aurait pu tourner dans une pub pour Chaussée aux moines. En revanche, sur ses photos de face, elle était plus difficile à deviner. Bon.

Je le suis dans un salon sans charme. La tapisserie, vieillotte, est dans des tons bruns que, même avec la meilleure volonté du monde, on ne peut qualifier de taupe. Le plancher raconte une histoire qui remonte au moins aux années 1960. Le canapé n'a pas l'air beaucoup plus jeune, sans pour autant que le terme *vintage*, qui réhabilite toute cochonnerie méritant un départ définitif pour la déchèterie, ne s'y applique.

Je m'attendais à mieux pour un type qui roule en Maserati et s'occupe de clients dont le nom doit rester secret. Là, on dirait l'antre d'un vieux garçon qui conserve pieusement le squelette de sa chère vieille maman dans la chambre à coucher de cette dernière, où un crucifix accusateur surplombe un lit ancestral au bois rongé par les vers.

— Tu peux te déchausser si tu veux, me propose-t-il.

Pas question. J'ai l'impression de nager dans la fourrure de mes Ugg, et même si, comme le serine Nina, nous sommes des princesses, je crains bien de n'être dans ces circonstances que Celle-aux-Pieds-Qui-Puent.

— Merci, non.

Il semble contrarié, affichant l'air buté d'un gosse de cinq ans à qui on a refusé l'achat d'un nouveau paquet de cartes Pokémon. Je n'ai pas eu le temps de m'attarder dans l'entrée, mais peut-être qu'une paire de patins m'y attendait ? Je jette un coup d'œil discret à ses pieds. Effectivement, ses orteils hérissés de poils s'ébattent sans pudeur sur les lattes qui n'ont pas été cirées depuis l'élection de Mitterrand (la première, faut-il le préciser).

D'un geste, il m'invite à m'asseoir sur le canapé. Cette soirée s'annonce longue et douloureuse, j'en ai du moins, pour m'exprimer comme un jury d'assises, l'intime conviction. J'en viendrais presque à regretter Pat'. Mon hôte se laisse tomber sur une chaise en faux merisier, coudes sur la table (recouverte d'une toile en plastique transparente ; je n'ai plus aucun doute : sa mère habite encore là, impossible qu'il en soit autrement).

— Grosse journée ?

Ma question, lancée dans un sourire, le déride légèrement.

— Oui, on peut dire ça. Tu sais, les marchés sont volatils en ce moment, tout le monde est assez tendu.

Mais bon, je ne vais pas t'ennuyer à parler boutique, hein ! Tu veux boire quelque chose ?

Je suis tentée de lui demander un Picon bière, ne serait-ce que pour pouvoir dire enfin que j'y ai goûté un jour, mais me retiens au dernier moment.

— Oui, avec plaisir.

— Je te propose un petit vin d'orange très doux. C'est une fabrication artisanale ; familiale, même. Mon père le fait vieillir dans sa cave au Pays basque, dans des tonneaux en chêne qu'il tient de son propre père. La recette ne se transmet qu'à la mort de son détenteur, précise-t-il, comme si j'étais prête à l'attacher à sa chaise avec la cordelette des rideaux pour qu'il me la révèle enfin. Tu verras, ça se boit sans soif.

Ai-je vraiment le choix ? Non, si je ne veux pas me retrouver ligotée, avec un entonnoir dans le bec pour m'obliger à déguster la production paternelle. Je n'aime pas particulièrement le goût de l'orange, ni les vins sucrés d'ailleurs (pardon, mais le kir, ça n'a rien à voir, tout est dans le dosage, et puis ça apporte une plus grande portion des cinq fruits et légumes par jour qu'un simple vin d'orange).

— Je serais ravie d'y goûter.

Bonne éducation, quand tu nous tiens…

— Très bien. Tu ne seras pas déçue, me promet-il en quittant sa chaise d'un petit bond disgracieux.

Bien éduquée, certes, mais là, je sens que je vais trouver des ressources inexplorées pour me refuser à lui. Je crois n'avoir jamais croisé un homme aussi peu attirant de toute ma vie.

Je profite de son passage à la cuisine pour étudier de plus près toute une série de clichés encadrés sur le mur opposé à la baie vitrée (qui ne connaît pas et ne connaîtra probablement jamais le double vitrage).

Ce sont des images en noir et blanc de... Je ne sais pas trop, en fait. Entre les contours flous des objets représentés, les contre-jours, les nuances de noir, je peine à identifier les choses. Des petites saucisses apéritives ? Mais qui aurait envie d'avoir ce genre de trucs sur ces murs ? D'autant qu'on dirait bien une série complète.

Jean-Charles revient sur ces entrefaites.

— Ah, tu admires ma collection ! dit-il en me tendant ma boisson, servie dans un verre à porto qui, un instant, ravive en moi une bouffée de nostalgie.

Ma grand-mère maternelle avait exactement les mêmes. Le soir, avant de se coucher, elle avait pour habitude d'y faire couler une lampée de porto, son remède contre tous les maux. Je ne sais pas d'où lui venait cette certitude, et n'ai jamais pensé à lui poser la question.

Jean-Charles est perdu dans la contemplation de ses photos de saucisses naines, et mon trouble lui échappe. Ma grand-mère vivait dans le Limousin, sa vieille ferme perdue au milieu de nulle part, et je lui dois mes plus beaux souvenirs d'enfance. Lyne et moi partions à vélo à travers champs, libres comme l'air, les cheveux au vent, pour ne rentrer qu'à la nuit tombée, poussées par la faim. Maminette savait que nos escapades suivaient les horaires de celles de ses chats et ne nous grondait jamais.

— Oui, tu vois, je crois que la plus réussie est celle-là, me lance Jean-Charles, me sortant brutalement de mes réminiscences enfantines.

Il pointe du doigt une image qui n'est pas plus parlante à mes yeux que les autres. L'extrémité de chaque saucissonnette semble recouverte de coups maladroits de… Typex ? Vernis ? Mais pour quoi donc ?

— Hum, hum.

— Et toutes prises au téléphone portable ! Inimaginable, non ?

C'est bien le mot en effet : inimaginable.

Deux heures plus tard, nous avons tout d'un vieux couple. J'ignore ce qu'il y a dans son vin d'orange, dont un verre a appelé le suivant, mais je suis détendue comme jamais. Au point d'avoir osé envoyer valdinguer mes Ugg et de m'être avachie sur son canapé, jambes relevées sur l'accoudoir, plus ou moins dans la posture que mon dernier psy aurait aimé me voir adopter, preuve enfin de mon lâcher-prise.

La conversation roule… sur les pieds (et moi sur les jantes). Jean-Charles évoque la texture si particulière de la peau à cet endroit du corps, et qui change aussi selon les origines ethniques (sans trop s'attarder sur ce point, histoire de bien me faire comprendre qu'il n'adhère pas au fan-club de Zemmour). Il me raconte le culte porté aux pieds dans plusieurs civilisations et combien ils jouent un rôle essentiel dans les jeux érotiques (pas les miens, mais je passe peut-être à côté de quelque chose). Il me noie si bien d'informations sur le sujet que, pour ne pas être en reste, j'en viens à lui confier mes secrets les mieux gardés, en tout cas ceux que je ne pensais pas partager un jour avec un type qui ne me séduit pas. Et que je ne tiens surtout pas à séduire !

— Ma cousine est très douée avec les pieds. Elle a d'ailleurs ouvert son propre salon de massage. Quand on était plus jeunes, elle était la reine des huiles essentielles. Et elle me massait les orteils à la lavande, c'était…

— Oui ? Vraiment ? À la lavande ?

— Oui ! Mélangée à une huile végétale. Le nombre de fois où j'ai failli me casser la figure en me relevant de l'un de ses massages !

Je pouffe, puis sens comme une chatouille au niveau des orteils, justement. C'est fou la mémoire corporelle quand même ! Il suffit d'évoquer Solène opérant sa magie pour que mes pieds réagissent…

Mais, en me redressant légèrement : horreur, enfer et damnation !

— Mais qu'est-ce que tu fous, Jean-Charles ?

Celui-ci est en train de humer discrètement mes chaussettes. C'est un cauchemar !

Je replie brutalement mes jambes sur le canapé. Lui, a l'air envoûté.

— Rien, rien, bredouille-t-il, je ne fais rien, je t'écoutais, c'est tout ! Tu me donneras l'adresse du salon de ta cousine ? J'adore me faire masser. Moi-même, je ne suis pas mauvais, d'ailleurs. Tu veux tester ?

Mon Dieu, la technique du massage. Super éculée. Tellement 1990 ! Y a encore des mecs qui arrivent à emballer avec ce genre d'arguments ? Si oui, j'attends vos témoignages sur papier libre à la rédaction.

— Heu...

— Laisse-toi faire, tu ne vas pas le regretter, insiste-t-il.

Après tout, pourquoi pas ? Rien ne m'oblige pour autant à coucher avec lui, non ?

Je déplie mes jambes lentement, encore un peu réticente, puis repose enfin ma nuque sur l'accoudoir opposé. Je ferme les yeux. Lâcher prise, lâcher prise. Apprendre à accueillir mes émotions. #ChristopheAndré. Inspirer, expirer... En attendant de sentir les doigts de mon hôte sur ma voûte plantaire.

Mais rien.

Quand je redresse légèrement la tête, entrouvre une paupière, mon cœur bondit dans ma poitrine. Jean-Charles, qui m'a retiré mes chaussettes sans que je n'oppose plus la moindre résistance (il souffre sûrement d'un trouble de l'odorat s'il n'en est pas incommodé), semble en transe, le nez enfoui dans leur coton imbibé de sueur. Sortie de ma torpeur alcoolisée, tendue comme un string, je me laisse retomber en arrière avant qu'il ne surprenne mon regard sur lui. Je suis tellement choquée que je n'ai aucune idée de comment réagir. Faire comme si je n'avais rien vu me paraît pour l'instant l'option la plus sûre (et la plus lâche, merci, ça ne m'a pas échappé, on mettra ça sur le compte de ce foutu vin d'orange, l'ancêtre indiscutable du GHB !). Ai-je déjà été témoin d'un spectacle plus écœurant ?

Tel l'opossum de base qui simule la mort (en dégageant d'ailleurs une odeur de charogne, histoire d'éloigner ses prédateurs qui préfèrent se livrer eux-mêmes à la mise à mort de leur proie), je ne bouge plus d'un pouce. Ni d'un orteil.

Un soupir fend l'air.

Je feins de ne pas l'avoir entendu.

Je sens alors la pointe d'une langue parcourir mon pied… Lequel, par un réflexe digne d'un Zidane des grands soirs, se détend brusquement à travers les airs pour venir fracasser une chose, mi-molle mi-dure : la narine gauche de Jean-Charles.

Sidonie R.

L'avantage de Tinder, c'est la fonction de géolocalisation. Il y a dix ans, avec Meetic, tu te tapais parfois plusieurs heures de train avant de découvrir que ton *crush* sentait mauvais, qu'il mesurait bien dix centimètres de moins que toi, qu'il marchait les pieds en canard ou qu'il s'essuyait le nez du dos de la main toutes les cinq minutes. La géolocalisation n'empêche pas les mauvaises surprises bien sûr, tu connaîtras toujours autant de désillusions qu'avant, ça t'épargne seulement de chialer dans un TGV en te traitant de conne... C'est un net progrès.

Maria S.

Tinder est un pur produit du capitalisme. Il est l'expression même de notre société où il importe de consommer sans cesse de la nouveauté plutôt que d'essayer de réparer ce qui ne fonctionne pas. D'ailleurs, l'indice du moral des Français, dont nous parle le gouvernement, ne se fonde pas sur le bonheur éprouvé mais sur la consommation.

Avec Tinder, c'est pareil : il faut produire de la rencontre, toujours plus, toujours différente, mais au fond toujours la même, et ne surtout pas réparer ce qui ne va pas; mieux vaut passer au suivant et se débarrasser ainsi du problème.

12

— Nooon ?!

— Mais siiiii !

Marc s'étouffe de rire. Faisant fi de toute notion de discrétion, je n'ai pas attendu d'être chez moi pour lui raconter ma dernière soirée, et le chauffeur de taxi a bien du mal à garder lui aussi son sérieux. Je le soupçonne de prolonger à dessein notre course pour ne pas perdre une miette de mon récit. Cette histoire va me coûter cher.

— Et ensuite ? demande Marc en reprenant son souffle.

— Il s'est mis à pisser le sang ! Tout en poussant des petits cris absolument ridicules, je t'assure, on aurait dit un cochon d'Inde coincé dans sa roue.

Marc s'esclaffe de plus belle. Je fonds. Rien que pour ce rire, rien que pour cette complicité partagée, je serais prête à remettre un coup de pied dans le nez de Jean-Charles. Que j'ai laissé avec un plat congelé fait maison, glué au visage (maman n'est pas morte, elle habite deux étages au-dessus et lui prépare ses repas à quatre-vingts ans bien sonnés) et gémissant sur son canapé. Prise de pitié, j'ai même envisagé de lui abandonner mes chaussettes, mais il a alors recouvré quelques forces pour me demander si ça ne m'embêtait pas qu'il prenne mes orteils en photo, pour sa collection ! SA COLLECTION ! Brusquement, les images encadrées ont pris tout leur sens, et j'ai dû retenir un haut-le-cœur qui devait tout autant à son breuvage maison qu'à mon dégoût pour ces pieds « magnifiés » par ses soins. Quelle horreur ! J'aurais trouvé moins perturbant qu'il conserve dans un tiroir secret de sa table de nuit les culottes sales de ses conquêtes[1]. J'ai donc renfilé mes chaussettes d'un geste rageur. Puis mes Ugg.

— Tu es partie en courant ?

— Même pas ! Je l'ai soigné. Mais attends, je t'ai pas encore raconté la meilleure...

Je ris tellement que je suis incapable de continuer. Mon chauffeur a jeté aux orties son devoir de réserve et s'est garé en warning devant un arrêt de bus, sans se soucier du regard noir des futurs passagers dudit bus, dont le passage est annoncé dans quatre minutes. Tourné vers moi, lui aussi attend impatiemment la suite.

— ... c'est quand il m'a demandé de prendre son mouchoir dans la poche de sa veste !

---

1. Je rappelle que cette réflexion magnanime me traverse l'esprit alors que je suis encore sous l'emprise de l'alcool. À jeun, elle me dégoûterait tout autant que le fétichisme de Jean-Charles. Je précise au passage que je n'ai rien, en règle générale, contre les fétichistes... tant qu'ils trouvent d'autres cibles que moi sur lesquelles exercer leur penchant.

Marc se calme, le temps de souffler un :

— Et ?

— Sans m'en rendre compte tout d'abord, j'ai mis la main sur une sorte de carte magnétique…

— Sans doute un pass pour ouvrir la salle des coffres de sa fameuse banque, non ?

— Pas exactement ! Il s'agissait en réalité de la carte d'accès à la cantine de La Poste ! La Poste, tu entends ? Le gars se présente comme bossant pour une espèce de banque tellement *select* qu'il ne peut même pas t'en susurrer le nom à l'oreille, alors qu'en fait, il est conseiller clientèle à la Poste ! Livret A, Codevi et compagnie !

Marc est hilare. Le chauffeur essuie ses larmes en se claquant les cuisses.

Mais quel besoin ont les gens de s'inventer de telles vies ?

J'ai beaucoup moins ri les jours suivants quand Jean-Charles, rendu fou de désir par l'incident, a décidé de me poursuivre de ses assiduités jusqu'au pied de mon immeuble. Je le retrouvais garé devant chez moi, dans une petite Clio grise de troisième main, dont il bondissait dès qu'il apercevait ma silhouette. Son nez avait triplé de volume et présentait des teintes dont une aubergine aurait été jalouse. Des larmes de dépit lui échappaient. Et moi qui ai horreur des scènes, des gens qui se donnent en spectacle, du tapage et du dérangement, je concentrais sur moi les regards de tous, dont le visage passait de l'étonnement au fou-rire.

J'ai presque envisagé de déménager à la cloche de bois, de demander l'asile à Juan et Linda, avant de me reprendre et de glisser à mon adorateur, contre la promesse de ne plus jamais chercher à me revoir, la carte du salon de massage de Solène. Dûment prévenue, celle-ci m'a assuré qu'elle saurait comment se charger de lui. Elle est forte, ma Solène, très forte. Je n'ai plus jamais revu Jean-Charles. Et change de trottoir dès que je m'approche d'un bureau de poste.

John E.

Comme dans un couple il y en a toujours un qui aime plus que l'autre, j'ai essayé de mettre au point une sorte de théorème capable d'identifier celui ou celle qui est le plus amoureux. Eh bien, figurez-vous que j'y suis arrivé ! Pour cela, il m'a suffi d'observer attentivement les photos des couples qui posent côte à côte devant l'objectif, que ce soit un selfie ou bien une photo prise par un tiers. À partir de ce cliché, je prends une règle et je calcule laquelle des deux têtes est la plus inclinée vers l'autre. Le plus amoureux des deux, c'est toujours celui (ou celle) qui incline davantage la tête vers son conjoint ou sa conjointe ! En analysant ainsi des photos de couples sur Instagram ou Facebook, j'ai établi des statistiques très précises : après des centaines d'images passées au crible, je peux vous affirmer que, pour 86 % des couples qui se sont séparés, l'initiative est venue de celui ou celle qui avait la tête la moins penchée vers l'autre !

Stéphane S.

Dans une relation, il y a toujours ce moment-clé où tu glisses de l'extraordinaire à l'ordinaire. C'est par exemple une première soirée à la maison devant un film, ou cette première fois où on se trouve dans la même pièce mais que chacun fait un truc différent : l'un pianote sur son ordi, l'autre lit un livre ou une revue… Ce moment passe généralement inaperçu, il n'est désigné par aucun nom ; il correspond à la normalisation d'une relation, quand on cesse de se regarder exclusivement dans les yeux. Il y a d'ailleurs plein d'étapes dans l'histoire d'un couple qui n'ont pas de nom, ou pas encore…

Luc

Es-tu celui qui doit venir ou devons-nous en attendre un autre ?

Évangile selon saint Luc, 7:19 – 7:20

1

— Vas-y, Emma, on t'écoute.

Mon moment de gloire. Tous les yeux de la rédaction sont rivés sur moi. Curieux, moqueurs, ou empreints d'un léger mépris chez le hipster en charge des pages mode. Jacques, de son côté, en salive d'avance, il sent qu'il aura des choses à raconter à Vincent Dedienne s'il le recroise un jour. Voire la matière nécessaire pour une collaboration lors de l'écriture de son prochain spectacle; Vincent ne pourra pas refuser. Alice fait semblant d'être concentrée sur son portable, comme si les applis pour mettre enfin la main sur la perle rare, ce n'était pas pour elle. Non, en ce qui la concerne, les prétendants prennent un ticket comme à la Sécu pour avoir le plaisir de lui parler. Valérie, quant à elle, pense ventes, stratégie commerciale, buzz, nombre de vues et retweetage. Lilou rêvasse, tout ça, elle s'en fout. Ceux de sa génération considèrent Tinder comme le moyen le plus naturel de faire des rencontres. Sa seule surprise a été de découvrir que les plus de quarante-cinq ans utilisaient aussi l'appli, et non pas uniquement celles jugées comme plus ringardes par ses pairs, type Attractive World, Meetic ou Disons demain.

Je déglutis, souris.

— Ça avance bien. J'ai rassemblé de nombreux témoignages, rencontré de visu plusieurs hommes.

Un sifflement retentit à l'autre bout de la salle de rédaction. Enzo, le coursier. Mais qu'est-ce qu'il fout à une conférence de rédaction, bordel ? Il n'a pas un pli urgent à livrer je ne sais où ? Loin, de préférence ?

— *De visu* ? En slip ou sans, tu veux dire !

Éclat de rire généralisé. Père, pardonne-leur, ils ne savent pas ce qu'ils font... Me clouer ainsi au pilori de leur curiosité malsaine. Quelle honte ! S'imaginaient-ils vraiment que j'allais leur narrer par le détail la magie noire de mes nuits blanches ?

J'adresse un sourire magnanime à Enzo, pauvre enfant qui est sûrement persuadé qu'un rapport sexuel doit durer au moins vingt minutes pour qu'une femme s'accroche aux rideaux, surtout si on la retourne comme une crêpe, deux fois cinq minutes par face. Un jour, il comprendra.

— Plutôt sans, effectivement, Enzo. Et je t'avoue être tombée sur des spécimens « bien montés » ! Voire TBM, comme précisé sur leur profil. De vrais étalons ! Valérie, je ne te remercierai jamais assez de m'avoir confié cette enquête. J'y prends un pied pas possible ! L'autre soir, par exemple, avec Arthur et Arnaud, de vrais jumeaux...

Valérie me coupe aussitôt. Elle me croyait éteinte, une mère de famille un peu usée, en voie de décrépitude, n'ayant pour seul ami mâle qu'un gode sans pile (pour éviter les pannes à l'instant fatidique), et me découvre amazone croquant au p'tit déj' des *sex friends* dont la puberté n'est pas un lointain souvenir. Elle a le front luisant et probablement les mains moites. Quelque chose vient de se fissurer en moi ; je ne renvoie plus l'image de la sage Emma, périmée du bas. *Exit* ce temps-là.

— Oui, oui, bon, on n'est pas là non plus pour parler de ta vie privée, ma chérie. Je voudrais juste avoir un aperçu des grandes lignes de ton enquête.

— Pardon, tu as raison.

Je baisse pudiquement les yeux sur mon dossier, faisant mine de feuilleter les pages pour rassembler mes idées.

— Oui, donc, l'amour au temps des applis. Pour résumer, je dirais qu'elles ne sont que le reflet de notre société de consommation. Comme le résume très bien Florence, une amie d'amies sur Tinder depuis trois ans : « On est face à un paradoxe. Le but de l'appli, c'est que vous l'utilisiez le plus possible. Si deux personnes ont un *crush* et tombent amoureuses, puis désinstallent Tinder, c'est un échec pour les administrateurs. Deux clients de perdus ! En gros, l'appli te promet de trouver l'amour tout en souhaitant que tu ne le trouves pas ! » Je crois que ces mots résument très bien l'idée générale de mon article.

Silence dans la salle. Ils pensaient vraiment que j'allais leur raconter comment je m'étais coincé un ongle dans une perruque ancrée dans le siècle dernier ? Ou qu'on m'avait expliqué avec des trémolos dans la voix que, compte tenu des pigments de ma peau, les phéromones dégagées par mes pieds avaient une puissance telle qu'elles agissaient comme un philtre d'amour que Merlin aurait été incapable de concevoir, sans même parler de cette petite branleuse d'Hermione ? Hein, vraiment ? Que rien qu'à regarder mes orteils s'étirer voluptueusement (oui, ils s'étirent voluptueusement), on entendait le tam-tam retentir dans la brousse et le pas des guerriers massaï heurter le sol ? Car si Jean-Charles a tenu parole et n'a plus croisé mon chemin, je n'avais pas étendu mon bannissement à toute communication écrite et orale (erreur de débutante). Et le bougre ne s'en prive pas.

— Hum, commente un peu froidement Valérie. Oui… D'accord. Mais je te rappelle que c'est un sujet été-sexo ! Il nous faut du léger, un peu de cul, des rencontres torrides… Enfin tu vois le genre. Pas que des frustrés de l'amour !

— Ah, mais je te rassure tout de suite, Val' *(là, je pète sans doute les plombs, jamais je ne me suis permis une telle familiarité avec ma rédac' chef)*, j'ai tout ça en stock ! Écoute : Clémentine, qui est sûrement abonnée à *Santé Magazine* : « J'ai lu que le sexe, ça booste vos défenses immunitaires. Et que c'est bon pour le cœur aussi… Sans parler des endorphines et de tout un tas de trucs qui interagissent dans votre cerveau. C'est ça qui m'a décidé à retrouver un homme après cinq ans de célibat. Et c'est grâce à Tinder que j'ai rencontré Régis. Depuis, on ne déroge pas à ce qui est conseillé par les médecins : douze rapports par mois. Pas un de moins ! Des fois, on n'en a pas forcément envie l'un comme l'autre, mais on essaie de s'y tenir. La santé, ça n'a pas de prix. »

Sous le regard noir d'Alice, Lilou étouffe un rire qu'elle tente de faire passer pour une quinte de toux. Plus rien ne m'arrête désormais.

— J'ai aussi Céline, qui a cessé de se masturber grâce à Tinder, car, explique-t-elle : « Dès que l'envie se fait sentir, je consulte mon appli pour trouver quelqu'un dans le coin. Un rendez-vous dans un café, on va chez lui, et le tour est joué. Je me débrouille toujours pour ne jamais donner mon numéro de portable ni mon mail. Nos échanges se déroulent uniquement *via* la messagerie de l'appli. C'est le meilleur moyen de ne pas être harcelée. Le seul problème, c'est quand il se passe un truc avec le mec. Là, tu as envie de le revoir, de vivre quelque chose avec lui. Dans ce cas, une seule issue : le contre-feu ! Une vieille technique pour éteindre les incendies quand les canadairs n'existaient pas. On allumait un nouveau feu pour empêcher la progression du premier foyer. Avec les hommes, c'est la même chose ! S'il y en a un qui menace de tout chambouler dans ta vie, dépêche-toi d'en rencontrer un autre, puis un autre encore, jusqu'à ce que le souvenir du premier se dissipe. »

Les garçons commencent à faire la gueule. Ben quoi ? Ils pensaient être les seuls à utiliser l'appli pour s'offrir un petit coup rapide, et gratos de surcroît ?

Valérie essaie de conserver un sourire de circonstance, sans vraiment y parvenir.

— Ah oui, je vois que tu n'as pas chômé effectivement. Et de belles histoires, tu as ça en stock ?

— Oui, bien sûr, quelques-unes. Tiens, en voilà une comme tu les aimes ! Celle de Géraldine et Cyprien.

Je prends une petite voix suave d'hôtesse de l'air (ou de barmaid louche) pour lire :

— « Ma rencontre avec Cyprien est une histoire de fou. J'avais un premier rendez-vous avec Alex à la terrasse d'un café de Saint-Germain-des-Prés. Comme il y avait beaucoup de monde, je l'ai cherché du regard, et j'ai fini par apercevoir un type qui a esquissé un geste vers moi. Je me suis approchée et, au moment de m'asseoir à sa table, je lui ai dit qu'il était très différent physiquement sur l'appli ; comme il m'a répondu que je ne ressemblais pas non plus à ma photo de profil, je lui ai demandé s'il était bien Alex. Il m'a regardé en souriant et m'a dit : "Non, et tu n'es pas non plus Caroline, je suppose ?" Qu'est-ce qu'on a ri ! Il était vraiment super. On s'est dépêchés de partir avant qu'arrivent nos vrais rendez-vous respectifs. Ça fait déjà huit mois qu'on est ensemble, et on s'aime comme au premier jour. »

Puis, d'un ton nettement plus agressif, je poursuis :

— Mais, Valérie, il va quand même falloir que tu me dises plus clairement quel axe je privilégie : « Jeu, quête et *matches* ! » ou « Les violons de Tinder » ?

Sur ce, je rassemble mes petites notes et quitte la salle en balançant du popotin presque aussi bien que Gloria[1] dans *Madagascar*.

---

1. Gloria, certes, c'est l'hippopotame, mais je suis prête à parier qu'Audrey Hepburn, si elle l'avait connue, aurait aimé avoir la même souplesse dans la démarche. Et puis, depuis J. Lo. et Beyoncé, les postérieurs de bonne taille ont le vent en poupe, alors bas les masques, reconnaissons que nous rêvons toutes d'être des Gloria !

Agnès L.

Le piège, dans ces applis, c'est que tu ne vois jamais tes concurrentes. Tinder, par exemple, te donne l'impression que tu te trouves dans une soirée au milieu de centaines de mecs et que tu es la seule fille. Bien sûr, tu sais qu'elles existent, mais comme tu n'aperçois jamais leur profil, tu finis par oublier leur présence. C'est l'erreur que j'ai commise un jour en parlant avec mon *crush* : Mickaël. Tout avait bien commencé avec lui : dès nos premiers messages, il s'est vraiment passé quelque chose de fort entre nous, on projetait déjà de se donner rendez-vous le lendemain quand j'ai dû quitter l'appli pour aller voir Jordan, mon fils de cinq ans. Cette nuit-là, il a fait une poussée de fièvre à cause de son otite; j'ai dû appeler SOS Médecins. Quand le docteur est reparti, et que Jordan s'est enfin rendormi, j'ai voulu retrouver Mickaël. Trop tard : il s'était volatilisé... Si je l'avais rencontré dans une soirée, avec des tas de filles parmi les invités, je n'aurais pas agi de la même manière; je lui aurais expliqué la situation, je lui aurais demandé de m'attendre une heure… Là, il a dû penser que j'avais trouvé chaussure à mon pied, et il s'est rabattu sur une autre. Tout va tellement vite sur ces applis que l'une des premières choses que j'ai apprises, c'est que les absents ont toujours tort !

2

Une fois chez moi, je suis beaucoup moins flamboyante. Je supprime trois nouveaux messages de Jean-Charles sans même les lire, vérifie que je n'aurais pas reçu un courrier du collège m'annonçant que Léo est encore une fois collé (« Il a du potentiel votre fils, m'a déclaré sa prof principale la semaine dernière au téléphone – elle ne prend même plus la peine de me recevoir, de peur qu'on finisse par se mettre en coloc au rythme où tombent les convocations –, mais disons qu'il ne déploie pas son intelligence dans la bonne direction »). Je me sers un grand verre de rouge. Sans même lire l'étiquette. Franchement, à ce stade, je m'en fous ; je serais prête à me rincer le gosier avec un litron de La Villageoise. La première gorgée me brûle l'œsophage. La deuxième glisse mieux. La troisième me semble un nectar.

Ce dossier Tinder commence à avoir raison de moi. Je me suis trop investie, mal, de travers, pas assez… En tout cas, ça ne va pas.

Passé l'excitation des premiers *likes*, des premiers *matches*, des premiers *dates*, passé les fous-rires entre copines à la lecture de certains messages, passé les rencontres foireuses et ce fichu coup de cœur pour Marc, que reste-t-il de ces semaines que j'ai vécues le nez rivé sur l'application, de peur de rater… quoi ? L'homme de ma vie ? Le pervers improbable qui me permettra de prétendre à un prix Albert-Londres quelconque, si tant est qu'il existe une catégorie magazine *people* ?

Au troisième verre donc, je décide d'appeler Nina. Elle me répond depuis les vestiaires du stade de Séville. J'ai d'abord cru qu'elle y attendait Ramón, Sanchez et je ne sais qui, avant qu'elle ne me répète avec une patience d'ange que Ramon-Sánchez-P-I-Z-J-U-Á-N était le nom du stade en question, et que ne tarderaient pas à débarquer devant son micro les joueurs suants qui venaient de disputer leur match. John est reparti en Californie, elle a l'air de plutôt bien prendre les choses. Très vite, je me mets à sangloter dans son giron virtuel.

— *No strings attached, my dear*, me souffle-t-elle pour me consoler. C'est le seul moyen de s'en tirer.

— Mais… et pourquoi Marc refuse encore que je vienne le rejoindre un week-end, hein, pourquoi ?

Un soupir.

— Comment veux-tu que je le sache, ma belle ? Pas assez épris ? Échaudé par une relation précédente et rêvant l'amour sans plus jamais vouloir le vivre ? Anticipant déjà les complications à venir, entre toi à Paris et lui dans sa montagne ? Complètement rincé par son burn-out, comme il te l'a dit cent fois ?

— Je m'en fous de ses explications ! Quand on se découvre une telle complicité avec quelqu'un, on ne se détourne pas en demandant poliment à l'autre de passer son chemin, merde ! On se serait arrangés ! Je me serais mise en télétravail, j'aurais passé la moitié du temps chez lui. Et puis, il est en arrêt, il aurait pu venir chez moi… et…

— Arrête, Emma. Tu vis une sorte de romance-amicalo-amoureuse avec un type que tu n'as jamais rencontré, et voilà que tu m'expliques que tu es limite prête à confier la garde exclusive de tes mioches à Linda pour aller cueillir des baies et des champignons au lever du jour, le tout entre deux épisodes du *Bureau des légendes*. Dois-je te rappeler combien, en plus, tu détestes la montagne ? Et puis surtout, tu ne le connais pas, ce mec ! Sa peau, son odeur, ses baisers, ses caresses… Ça compte pas un peu, ça aussi ?

Nina a tellement raison que je ne prends même pas la peine de lui répondre.

— Bon, je te laisse, dis-je, pleine de mauvaise foi, ça va être l'heure de ma série préférée sur Netflix.

Elle éclate de rire.

— C'est ça. Ne rate surtout pas le début, hein ! Je t'embrasse fort, mon Emma chérie. Regarde plutôt un truc genre *Narcos*, ça te changera les idées, va !

Alexandre S.

Tout excès appelle son contraire : au bout d'une quinzaine de partenaires différentes, je ressens toujours le besoin de me poser et de m'accrocher à une fille. Les semaines passent, puis les mois, et on décide de vivre ensemble. Généralement, ça dure quelques années puis l'envie d'autre chose se fait sentir, on se sépare, et je reviens alors vers ce genre d'applis, j'enchaîne les rencontres... et ça repart, jusqu'à ce que j'en aie assez et que je ressente l'envie de me poser un peu. Et ainsi de suite.

Tim C.

Les applis de rencontre, c'est un peu comme l'alcool : si tu sais t'arrêter à temps, c'est parfait. Ça t'empêche pas de boire pendant une fête mais ça doit pas devenir une habitude. Tinder n'est pas mauvais en soi, c'est l'addiction qui pose problème. Moi, j'utilise l'appli pendant quelque temps, puis, que je sois en couple ou non, je la supprime durant plusieurs semaines, plusieurs mois parfois; histoire de remettre les pieds sur terre. Si tu n'es pas capable de débrancher, tu t'engages sans même t'en apercevoir dans une fuite en avant qui te fera perdre contact avec la réalité.

Paola E.

Arrêtez de vous poser toutes ces questions sur le désir, l'amour ! Il vaut mieux ne pas comprendre ; nul ne comprendra jamais d'ailleurs. Laissez-vous porter plutôt ! Un jour ou l'autre, vous me donnerez raison…

3

— S'il y a bien une leçon que j'ai retenue de mon burn-out, m'a dit Marc un soir au téléphone, c'est de ne plus avoir d'objectif mais un idéal.

— Tu m'expliques ?

— Se fixer des objectifs est le pire des pièges. Si tu échoues à atteindre ton but, tu seras malheureuse toute ta vie. En revanche, si tu l'atteins, tu risques de te retrouver démunie, sans plus savoir quoi faire si ce n'est de te fixer un nouvel objectif, et ainsi de suite. Dans les deux cas, tu es perdante. Regarde mon parcours. J'ai souhaité par-dessus tout décrocher ma première étoile Michelin. J'en ai passé des nuits blanches, j'ai travaillé près de cent heures par semaine. Le jour où je l'ai enfin reçue, je n'ai eu qu'une idée en tête : obtenir ma deuxième étoile. Puis ma troisième. Qu'est-ce que j'ai gagné dans cette histoire ? De la fatigue, du stress, un séjour à l'hosto. Depuis, j'ai compris qu'il fallait remplacer « objectif » par « idéal ». Je n'ai plus d'objectif désormais, je me fous d'être un chef étoilé ou pas. Je n'ai rien à prouver. En revanche, j'ai un idéal : donner du plaisir aux clients de mon restaurant, retrouver le bonheur de cuisiner, de marier de nouvelles saveurs et de prendre le temps de goûter à cet art.

Comme j'ai gardé le silence un instant, pour me pénétrer des conseils de Marc, il m'a posé cette question :

— Et toi, Emma, tu as des objectifs ? Tu serais capable d'y renoncer… pour un idéal ?

Quand j'ai raccroché, la question de Marc s'est mise à tourner en boucle dans ma tête. Quels sont mes objectifs ? Avoir des enfants qui réussissent leurs études. Rendre mon article dans les temps. Sélectionner un mec bien sur l'appli et le garder. Mouais. Ce dernier but me fait tiquer. Peut-on planifier une histoire d'amour en cochant des cases sur une liste ? Peut-on poursuivre dans cette fuite en avant, comme Florence, qui n'hésite pas à se lancer à corps perdu dans sa quête, et l'explique si bien dans son témoignage :

Avant l'existence des applis de rencontre, quand j'étais mal avec un mec, je ne me l'avouais pas ; je me persuadais que j'étais heureuse car je ne voulais pas me retrouver seule pendant des mois. Aujourd'hui, en revanche, dès que quelque chose cloche dans mon couple, je pars aussitôt et je relance Tinder dans la foulée. Bien sûr, je me doute que je peux encore tomber sur un homme avec toutes sortes de problèmes, mais au moins, j'arrête de me mentir et de me raconter que je suis amoureuse quand c'est pas le cas !

Que signifie aujourd'hui la notion d'engagement ? Doit-on changer de chéri comme de pull lorsqu'il est mité, et le jeter au lieu de le raccommoder ? Marc a raison. Mes buts sont comme des carottes tendues au bout d'un bâton, ils m'empêchent de voir le chemin, l'horizon. Et si je les jetais enfin aux orties, là, tout de suite ? Si je me foutais des notes de mes enfants, des fringues qu'ils portent, mais souhaitais seulement qu'ils soient heureux et équilibrés ? Si j'arrêtais de penser article après article, rédac' chef, délais, promotion, augmentation, mais que j'essayais simplement d'être une bonne journaliste, la meilleure possible même ? Quant à rechercher un homme qui répondrait à tous mes critères, cet objectif-là aussi je sens qu'il va finir aux oubliettes ; pour être remplacé par un idéal : aimer, être aimée quand cela est possible, sans déterminer à l'avance par qui, quand, comment ni pendant combien de temps.

Pour commencer, je vais supprimer l'appli de mon téléphone. J'ai suffisamment de témoignages comme ça. Et puis, le côté addictif de Tinder m'effraie. Je suis en pleine redescente. Je ne veux pas finir comme tous ces accros qui, face au choix pléthorique de profils, ne supportent plus rien. JP éternue au mauvais moment au théâtre ? Hop, à dégager ! Un type qui souffre d'allergies aux acariens, ça va être une vraie galère, on va vivre accrochés à l'aspi (enfin, madame surtout, puisque monsieur est allergique). Il faudra choisir la literie avec soin, renoncer aux oreillers en plumes d'oie véritables. Ça n'en vaut pas le coup. Qu'importe qu'il soit le roi de la paella, qu'il nous apporte le petit déjeuner au lit et sache changer un joint de culasse. Au suivant ! Aristide, les vacances venues, ne pense qu'à visiter les abbayes cisterciennes de France et de Navarre ? *Next* ! Nous, ce sont les dance-floor qui nous attirent, pas les prie-Dieu ! Pierre ne vit que pour ses missions humanitaires ? Même pas la peine de lui envoyer un SMS d'adieu, sans 4G, il ne le recevra jamais dans le bled frappé par un tremblement de terre, un tsunami, une guerre fratricide. Non, on veut un gars qui s'occupe de nous ! Éric est à la maison tous les soirs à dix-huit heures trente pétantes, qu'il pleuve ou qu'il neige, qu'il vente ou qu'on se liquéfie sous une nouvelle vague de canicule ? Il nous étouffe, bordel ! Aux chiottes, les plateaux sushis du vendredi soir, dont la commande varie moins que l'aiguille de la balance au gré des repas. *Exit*, Éric, sa famille aimante, ses Noël au Touquet, ses désirs de mariage en blanc et d'enfants élevés en école Montessori. Du neuf, de l'éclate, du changement !

Passer notre amour à la machine. Avec Juan, au fil des ans, j'ai confondu silence complice et indifférence polie. Me suis-je pour autant assez battue pour notre couple ? Sûrement pas, puisque, de toute manière, il y avait mieux ailleurs. Et puis, on est à l'époque des *happy fifties*. Cinquante est le nouveau trente. *Orange is the new black*. Je veux tout, comme le chantait une femme-lionne dans une pub pour huile de cuisson. Oui, voilà, on veut tout, et on nous fait croire que c'est possible : si chaque matin on ne part pas au boulot à dos de licorne, il faut aussitôt changer d'écurie.

Dans ma quête de témoignages, j'ai piétiné ma boussole interne. J'ai pris goût à une liberté dont je n'avais jamais été privée. La porte de ma cage était grande ouverte, et je m'escrimais à en frapper les barreaux du bec, enfermée dans un carcan de principes prémâchés, d'idées préconçues, à me gaver des graines de pseudo-sagesse dont on me nourrissait. Je croyais être femme puisque j'étais indépendante et mère. Je pensais que ça suffisait. J'ai découvert que non. Être femme, aujourd'hui, c'était aussi utiliser le corps des hommes comme des objets de plaisir, comme nous avions nous-mêmes été utilisées, nous répète-t-on à l'envi depuis des décennies. Qui, de nos jours, oserait traiter de cougar une femme dont le partenaire aurait quinze ans de moins qu'elle ? Plus personne. J'ai consommé du mâle, de la bite, je suis passée d'un dialogue à un autre, me suis roulée dans des draps qui n'étaient pas les miens pour en ressortir plus ou moins repue. J'ai commandé des sentiments au Uber Eats, et j'ai été livrée en temps et en heure. Merci. Tiens, ton pourboire, bon vent, bonne route.

Grisée par ces nouvelles expériences, je me suis prise pour la reine de l'appli avant de découvrir que je n'étais qu'une Blanche-Neige parmi d'autres. Je me réveille enfin. La question de Marc est violente. Mais il a raison.

Que veux-tu, Emma ? Que cherches-tu ? Quel est ton idéal ? Quels sont les objectifs dont tu dois te débarrasser avant qu'il ne soit trop tard ?

Cécile D.

Quand tu supprimes l'appli sur un coup de tête et que tu la rouvres quelques semaines après, tu remets les compteurs à zéro, et là, tu revois des profils que tu as déjà likés; par jeu, quand je suis tombée sur la photo de Julien avec qui j'avais bu un verre sans donner suite, je l'ai liké, et on a eu un *match*; il m'a alors adressé le même message (mot pour mot!) qu'il m'avait envoyé quelques mois plus tôt. J'ai cru que c'était une sorte de *private joke* entre nous, et je lui ai également fait la même réponse. Là il a poursuivi, me demandant ce que je faisais dans la vie, où j'habitais, bref, le type m'avait complètement oubliée; il devait voir tellement de filles qu'il n'avait plus aucun souvenir de moi... Ça m'a profondément vexée dans un premier temps, mais surtout, ça m'a effrayée. Du coup, j'ai de nouveau supprimé l'appli de mon portable! Ma seconde expérience Tinder aura duré moins d'un quart d'heure!

Fred L.

Beaucoup de choses s'expliquent par l'algorithme. Au début, Tinder te présente les profils qui ont reçu le plus de *likes*. Voilà pourquoi tu découvres les plus belles filles de l'appli au cours des premiers jours. Par la suite, tu vois défiler celles qui récoltent généralement moins de *likes*, puis celles qui n'en reçoivent plus du tout. Mais, pour justifier les abonnements payants, l'algorithme conserve toujours une réserve secrète avec les profils qui te correspondent le plus. Dès que tu paies, tu as aussitôt tout un tas de *crushs* qu'ils gardaient spécialement pour toi... Mais bon, si tu as trop attendu avant de t'abonner, certaines filles ont déjà trouvé chaussure à leur pied.

4

L'esprit encore hanté par ces questions, je suis rentrée à la maison une heure plus tôt qu'à l'ordinaire.

Dans l'entrée, S. et Camille, sa meilleure copine, se roulaient des pelles, les mains de l'une agrippées aux seins de l'autre, en laissant échapper de petits gémissements. Ce n'est que lorsque mon sac de courses est tombé à mes pieds qu'elles se sont séparées dans un bruit de ventouse.

— Heu…

— Bonsoir madame, m'a saluée Camille qui n'a jamais osé m'appeler par mon prénom. J'allais partir.

Elle a collé un dernier smack sur la bouche de ma fille, m'a souri, avant de me contourner et de disparaître dans la cage d'escalier.

J'étais toujours plantée à la même place, comme un nain de jardin abandonné sur une pelouse en friche, quand ma fille a filé dans sa chambre, dont elle a claqué la porte, pour faire bonne mesure.

J'ai fini par me ressaisir. J'ai récupéré les courses (les œufs avaient tenu le choc, un petit miracle, on s'accroche aux signes qu'on peut par les temps qui courent) avant de les ranger dans la cuisine et de me décider à frapper chez S.

— Je peux entrer?

Pas de réponse. Elle a sûrement ses écouteurs vissés aux oreilles.

J'appuie doucement sur la poignée, entrebâille la porte.

S. est allongée sur son lit, écouteurs effectivement fichés dans les tympans. Elle ne se tourne vers moi qu'en sentant mon poids sur son matelas.

Nous nous dévisageons.

Dans son regard, une touche de rébellion, une once de mépris, quelques kilos de défi.

Mes yeux quittent les siens. Pour la première fois, je note qu'elle a maigri, mais que sa poitrine a encore pris de l'ampleur. Ses membres sont fins, élancés. Sa peau *dulce de leche* appelle les caresses. Elle est belle, ma fille, d'autant plus qu'elle est à l'âge où elle n'a pas encore conscience de l'effet que produit son corps sur les autres. Tous les yeux sont fixés sur elle et ses congénères quand elles se déplacent en troupeau, antilopes urbaines méprisant le danger.

Elle est belle, et je n'ai rien compris, à la ranger elle aussi dans des cases bien commodes pour éviter de me poser trop de questions. Je ne sais rien de ses tourments. Rien de ses passions profondes. Et à l'évidence, rien de ses préférences amoureuses.

Et je souris. Submergée par une vague de tendresse comme on n'en éprouve que pour ses enfants.

Je souris. Avant de me jeter sur elle et de la serrer fort contre moi en lui murmurant des «je t'aime» à l'oreille, avant qu'elle ne se débatte en riant, avant une partie de chatouilles comme lorsqu'elle avait cinq ans.

***

Ce soir-là, Léo dort chez un copain. Lovées l'une contre l'autre sur le canapé, chacune dans sa combinaison licorne en pilou, on mange du pop-corn en suivant d'un œil un épisode de *Sex Education*. On se parle sans se regarder, en commentant les déboires du héros de la série.

— T'es pas choquée ? souffle-t-elle.

— Parce que sa mère s'envoie des types qu'elle ne revoit jamais ? Non.

— Elle a bien raison de pas s'emmerder, tu devrais en faire autant, d'ailleurs.

Je préfère ne pas relever. Ma fille reprend.

— Tu l'aimes bien, Camille ?

— Oui, beaucoup. Et puis, vous vous connaissez depuis si longtemps. Tu te souviens quand vous étiez en primaire et que je vous préparais des gaufres après votre cours de danse, le samedi ?

Un petit rire.

— Qu'est-ce qu'on s'empiffrait !

— Le pire, c'était le dimanche ! Quand ton frère et Téo rentraient de leur entraînement de natation, il fallait leur mixer des litres de milk-shake archi-sucrés à la banane.

Un gloussement.

— Ouais, et nous, on restait dans la chambre à te piquer tes soutifs pour les essayer !

À la télé, Gillian Anderson vient de mettre dehors un nouvel amoureux transi. Je la trouve belle.

— Tu sais, Maman, avec Camille, c'est comme ça, c'est tout.

Je ne commente pas. Que pourrais-je dire, demander ? Si ma fille va bien, si elle vit les choses simplement, pourquoi les lui compliquer ? Au nom de quelle pseudo-expérience lui affirmer que jamais le « c'est comme ça, c'est tout » n'est vrai ? Qu'il y en a toujours un ou une pour désirer plus, pour rêver plus fort ? Que le « c'est tout » ne dure pas, que vient systématiquement un temps où l'on reproche à l'autre de petites choses et que l'autre en question se sent mis en accusation, prend conscience qu'il était observé, analysé, disséqué, alors qu'il ne se croyait qu'aimé ?

Je serre ma fille plus fort contre moi. Et si elle avait raison, après tout ?

Je l'aime, c'est tout.

Johan L.

Avec le temps, tu repères facilement les faux profils sur Tinder. Comment ? Eh bien, les filles sont trop belles en quelque sorte, trop parfaites, et il y a un détail qui ne trompe pas : elles ont toujours une bonne excuse pour ne pas te donner un rendez-vous. Et puis, il y a aussi les profils anonymes. Celles-là, je peux les comprendre ; parfois, à cause de ton boulot, tu préfères ne pas afficher ta photo sur une appli, mais pourquoi ne m'adressent-elles pas une photo d'elles sur une boîte mail par la suite ? Parfois, je me demande si ces profils-là ne sont pas des gens comme vous, des filles qui écrivent des articles sur ce genre de sites…

Valentine H.

C'est bien connu : c'est toujours au moment où on n'y croit plus que ça arrive. Alors, pour forcer le cours des choses, je me dis : « Ça y est, j'ai abandonné tout espoir de tomber amoureuse d'un mec bien », puis j'attends… Mais ce n'est pas aussi simple. Pour que ça fonctionne, il faut que ce soit sincère. Alors, je me persuade que j'ai vraiment touché le fond, que je ne croiserai plus jamais quelqu'un qui me plaise... Et pour montrer que je n'y crois plus du tout, je supprime l'appli de mon portable. Puis je sors en ville, je bois un café en terrasse en attendant une rencontre qui ne se produit jamais. Alors je télécharge l'appli de nouveau... Je fais défiler les profils en me disant que l'un d'eux a peut-être totalement abandonné tout espoir et qu'il va tomber sur moi.

5

Allongée sur le ventre, je tripote mon iPhone, passant d'Instagram à Facebook, de la consultation de la météo (pourrie) à celle de mon compte en banque (pas mieux), reculant le moment de supprimer l'icône Tinder parmi cette liste sans fin de petits cubes aux couleurs criardes.

Un soupir. Vas-y, Emma ! Tu as déjà tout ce qu'il faut pour ton article. Que trouveras-tu de plus là-dedans ? Tu t'imaginais quoi ? Que ce serait une sorte de lampe d'Aladdin, qu'un génie grassouillet et sympathique exaucerait trois de tes vœux ?

Et voilà qu'en mon for intérieur, l'enfant naïve, prête à tout, cherche querelle à la quadra usée malgré les crèmes qui ne promettaient rien de moins qu'une jeunesse éternelle.

L'enfant : Pourquoi faudrait-il renoncer à tes rêves ? Qu'y a-t-il de mal à croire au père Noël ou au prince charmant ?

La jeune fille de presque cinquante ans : Tant d'innocence, c'est charmant à sept ans. Après, ça confine à la bêtise, ma chère.

L'enfant, sentencieuse : À ne plus croire en rien, on devient aigrie, méfie-toi.

La future aigrie : À courir après des chimères, on perd son âme et son temps, tu devrais le savoir.

L'enfant, espiègle : Un dernier coup d'œil avant de supprimer l'appli, Emma. Qu'est-ce que cela te coûte ? Rien, et qui sait...

L'aigrie totale : ... tu tomberas peut-être sur un vieux croûton, chirurgien plasticien à la retraite, prêt à te refaire la cuisse gratuitement.

Eh bien non !

J'ai cliqué une dernière fois sur Tinder en effet, et je suis tombée sur... une paire de genoux. Et amoureuse.

Sur la photo de profil, donc : deux genoux.

Un Luc en short tenait un violoncelle entre ses cuisses, tête renversée en arrière, archet levé, et j'entendais son rire venir jusqu'à moi. Si Swann a pu gâcher une partie de sa vie avec une Odette qui n'était même pas son genre, qui étais-je pour lutter contre l'attrait immédiat, fou, violent, que ces genoux firent naître en moi ? La vision de Jean-Charles reniflant mes chaussettes m'a alors traversé l'esprit, et, l'espace d'un instant, j'ai éprouvé une bouffée de tendresse pour cet homme et son fétichisme. Soudain, nous étions des complices, de la même race, lui les pieds, moi les genoux. Je lui pardonnais tout, souhaitant même que son cartilage nasal se remette au plus vite pour qu'il puisse poursuivre ses rêves olfactifs.

Car, avant même de lire la description que Luc donnait de lui-même, avant même de découvrir son visage, la couleur de ses yeux, la forme de ses lèvres, ce sont ses genoux qui ont fait pencher la balance. Aurais-je cru possible de sombrer corps et âme pour cette partie du corps d'un homme? Non! Aurais-je cru possible que Tinder remplisse son office de Cupidon des temps modernes? Diantre, non. Aurais-je imaginé que Luc, à son tour, me trouve à son goût? Non et non, je n'aurais jamais cru à de telles sornettes.

Mais voilà. Au moment où, rincée émotionnellement par la soirée passée avec ma fille, ras-le-bolée par l'amour 2.0 et ses conséquences, je m'apprête à rayer de ma vie tout algorithme vous promettant le bonheur, le sort se rit de moi et m'envoie Luc.

Si tu es autant Satie, Simone, Souchon que « Sea, Sex and Sun », *ma belle excentrique,* « I put a spell on you », *je te promets qu'on taillera la zone.*

Je ferme les yeux. Il a bien écrit Souchon? « Banale song, je sais mais j'en ai rien à faire; banale song, tant pis aux play-boys littéraires. [...] Quel joli discours ces mots sans rien autour. [...] Je t'aime, je t'aime, je t'aime... »

Je serai sa petite marchande de glaces, on ira voir la mer du Nord en hiver, il regardera sous les jupes des filles, on écoutera des paradis parce qu'ils s'écoutent ainsi, main dans la main, dans la foule sentimentale, près de Londres sur Tamise...

Voilà comment je passe une partie de la nuit à bavarder sur une application que je m'étais promis quelques heures plus tôt de supprimer, avec un jeune quinqua, professeur de violoncelle au Conservatoire de Paris, qui se réveille avec des notes de Satie, écoute Nina Simone en voiture quand le trajet excède les vingt minutes, et chantonne du Souchon à n'importe quelle heure du jour.

Souchon, vraiment ?

Pas ton genre sur le plan capillaire ?

Non ☺ En revanche, complètement mon genre pour le reste.

Tes préférées ?

Hum… difficile ! « Le baiser », « Rame », « Banale song » ? Non, attends… « J'aimais mieux quand c'était toi », « Les saisons », « Londres sur Tamise ». Non… Je n'y arrive pas !

Ah, une vraie culture à ce que je vois.

Et toi ?

« Foule sentimentale », « Somerset Maugham », « Sous les jupes des filles ».

Tiens, tiens, les jupes des filles.

L'homme qui prétend ne pas regarder sous les jupes des filles est un menteur, après ça, ne crois plus un mot de tout ce qu'il te dira !

Merci du conseil, je tâcherai de ne pas l'oublier.

Et toi, es-tu du genre à en porter, des jupes ?

Non. Déçu ?

Si un jour on repeint un appartement ensemble, tu verras, tu seras sur l'escabeau, avec une jupette charmante, et je ferai semblant de m'intéresser aux moulures du plafond.

☺ ☺ ☺

Lilas D.

Tôt ou tard, parmi les visages qui défilent sur ton écran, tu vas découvrir quelqu'un que tu connais. Ce sera un parent de l'école où vont tes enfants, un collègue de travail, un voisin… Mais quel que soit l'endroit où tu l'as déjà rencontré, ce profil-là suscitera chez toi des réactions très particulières. Si le mec ne t'attire pas du tout, tu te mets généralement à pouffer en lâchant tout haut : « Tiens, il est là ce con ? » En revanche, si le type te plaît depuis des années et que tu n'as jamais trouvé l'occasion de te retrouver seule avec lui, alors là, tu bondis de ton siège, et ton cœur s'emballe; ce qui semblait si difficile dans la vie réelle devient un jeu d'enfant : un simple mouvement du pouce, et c'est parti… Et si c'est un *match*, tu es déjà sur une autre planète !

Jérôme S.

Tinder marche dans les traces d'Amazon : il s'agit de consommer de la rencontre, de l'amour, du sexe, et nul ne sait où s'arrêtera la marchandisation des individus… Peut-être qu'un jour tu verras apparaître un message du style : « Les internautes qui ont liké Jenny ont aussi liké Laetitia. » Ou alors, pourquoi ne pas imaginer que chaque profil sera bientôt noté d'une à cinq étoiles par les personnes sorties avec elle ou lui ?

6

Il est dix-neuf heures, le surlendemain. Une brasserie, place des Ternes. Le vacarme des bus qui passent. Les fleuristes au milieu du tertre qui ne vont pas tarder à fermer. La foule qui se presse. Gap, Etam, la Fnac. Les commandes qui fusent, de la terrasse chauffée au bar ; une pression, une ! Les tables que l'on dresse pour les premiers dîneurs.

Je tourne ma cuiller dans mon déca. Je porte un pull col en V noir. Un collier en argent. Mon rouge à lèvres le plus pâle. Mon mascara le plus sombre. Mes cheveux tombent en boucles drues sur mes épaules. J'ai ajouté une touche de blush à mes joues. Enfilé un ensemble de lingerie fuchsia que je réserve à l'été, à mon corps devenu chocolat, à la légèreté des soirées sous le ciel de juillet. Dentelles et espérance font bon ménage. Le tout dissimulé sous un jean hors d'âge dont les genoux (décidément !) menacent de se trouer. Une paire de bottines. Noires, elles aussi. Ma veste préférée, achetée à Londres il y a plus de dix ans. Rouge clair. J'ai chaud. J'ai froid. Je suis en avance, c'est ridicule, je n'ose même pas relever la tête. Parce que Luc va arriver et que je serai déçue. Forcément. On ne passe pas la nuit à discuter avec un inconnu sans l'être. Il n'aura jamais le charme que je lui ai prêté après quatre heures d'échanges pendant lesquelles j'ai appris que son sacré de Birmanie s'appelait Le Clou, clin d'œil à Satie qui rencontra Debussy à l'auberge du même nom. Que son fils, après deux années d'histoire de l'art, s'est lancé dans un tour du monde comme bénévole pour l'organisation Sea Shepherd, parce que l'avenir de la planète lui tient à cœur. Que sa fille, elle, a intégré HEC et achève un MBA en Californie après un parcours sans faute, qu'elle souhaite s'orienter vers la finance internationale. Que son ex-femme tient une petite galerie d'art dans le XIIIe arrondissement, où elle expose essentiellement des photographes de guerre, Quidu, Van der Stockt, mais s'entiche parfois du travail d'un autre, comme du Sud-Africain Guy Tillim. Qu'il joue du violoncelle depuis l'adolescence, il trouvait ça plus romantique pour emballer les filles que la guitare et les cheveux gras. Et puis, il était tombé sous le charme de Mme Luniewski, sa professeure, petite trentaine, chevelure blonde tirant sur le blanc dès les premiers soleils d'été, yeux clairs comme une rivière de montagne et poitrine arrondie sous son chemisier blanc. Les vocations tiennent à peu de chose. Il ne devait la sienne qu'à cette échancrure qui lui permettait de deviner une lingerie classique en coton.

J'ai appris qu'il buvait son café noir le matin, sucré à midi, déca passé dix-sept heures. Que son frère était ébéniste d'art, ses parents décédés dans un accident de voiture dix ans plus tôt.

Qu'il préférait se coucher tard pour éviter les matins. Qu'il appréciait la mer l'hiver, la montagne l'été. Qu'il était parti, comme son fils, pour un tour du monde dès le bac en poche. Mais à peine avait-il franchi la frontière italienne qu'il était tombé amoureux d'une cantatrice de vingt ans son aînée. Qu'elle l'avait quitté dix-huit mois plus tard pour un chef d'orchestre d'envergure internationale, qu'il avait alors compris le sens du mot désespoir. Après ça, il s'était enfermé avec son violoncelle, l'intégrale d'Hemingway et une caisse de whisky dans une pièce de l'appartement de ses parents où il avait passé trois semaines à jouer du Bach.

Qu'il aimait l'aligot, les currys de chez Marks & Spencer et les pâtes *al dente*. Qu'il préférait le muscat au rosé. Le gruyère au comté. Casanova à Sade. Camus à Sartre. Dvorak à Brahms.

Qu'il lui arrivait de rester dans sa voiture, une fois arrivé à destination, car on n'interrompt jamais la Callas quand elle chante.

Je ne connais pas encore le son de sa voix, la texture de sa peau. Il me manque donc l'essentiel de lui. Mais ces anecdotes nourrissent ma rêverie, tandis que mon déca refroidit, que mon rouge à lèvres s'efface et qu'un calme étrange m'envahit.

Hier, j'ai ressorti de mes étagères *Fragments d'un discours amoureux*, puis un Sénèque, un Épicure, auxquels j'ai ajouté quelques théories piochées sur Internet à propos de la synchronicité. J'ai cherché dans les livres la confirmation de ce que j'éprouvais. Je me suis dit qu'un homme qui aime Souchon et Satie ne pouvait pas être mauvais. Qu'un homme qui avoue un grand chagrin d'amour était capable d'aimer. Qu'un homme qui joue du violoncelle savait encore rêver. Que chacun de ses mots trouvait une résonance en moi.

J'ai vérifié mon horoscope sur trois sites différents, dont un américain pour faire bonne mesure. J'ai fait un tarot en ligne qui me confirmait que mes planètes étaient plutôt bien alignées. J'ai passé la soirée entre ivresse et angoisse. Luc n'est pas l'un de ces tickets à gratter où l'on mise peu et gagne peu. Là, je suis sur le point de jouer ma vie à quitte ou double. Pour m'en convaincre, je n'ai pas répondu au dernier message de Marc. Il est temps pour moi de tourner la page de cette relation purement virtuelle et de prendre pied dans la réalité. Je comprends enfin son point de vue, cette histoire impossible entre nous.

Marc restera la rencontre me démontrant que j'étais capable d'en vivre une.

Macha C.

Quand je suis seule à une terrasse de café, par jeu, j'observe les couples en train de boire un verre. À leur attitude, je devine si c'est un premier rendez-vous ou bien si ces deux-là sont ensemble depuis une semaine, un mois, un an. Plus le couple est ancien, plus les corps sont avachis dans leur fauteuil. Les portables aussi ont leur importance. Dans le sac ou dans la poche, il s'agit d'un premier rendez-vous. Dans leurs mains, les yeux rivés sur l'écran : le couple à plusieurs mois derrière lui. Mais les signes forts, ce sont les regards, et les dos, les cous surtout ; le port de tête ne ment jamais. Les rires, les sourires sont inversement proportionnels à la durée du couple…

Luce M.

Parfois, il m'arrive de penser qu'on ne tombe jamais amoureux que de soi-même. L'autre nous tend un miroir qui nous offre une version de nous-même nous magnifiant. On s'y trouve beau, séduisant, intéressant. Finalement, tomber amoureux, ce n'est qu'une forme déguisée de narcissisme.

7

Il est dix-neuf heures quinze, et Luc n'est toujours pas là. Le serveur s'impatiente. Il serait bien plus rentable que ma table soit occupée par des consommateurs de steaks-frites. Je repense au témoignage de Johan. Luc serait-il un faux profil ? Mais pour y gagner quoi ? Il n'a pas vingt ans de moins que moi, et merci bien, je n'ai pas encore besoin de payer pour avoir des relations sexuelles, les dernières semaines me l'ont suffisamment prouvé. Un désœuvré insomniaque qui tue le temps en alimentant les rêves de femmes seules ? Une femme, peut-être, qui joue à se travestir derrière son écran ? Comment savoir…

Je suis sur le point de renoncer quand mon téléphone sonne. Luc.

— Allô ?

— Emma ? Pardon, je sais qu'on avait rendez-vous à dix-neuf heures et qu'il n'est que dix-neuf heures quinze, mais… où es-tu ?

Sa voix. Chaude. Grave. Et inquiète.

— Ben, je t'attends !

— Mais… moi aussi !!!

Voilà. On aurait pu aussi bien ne jamais se rencontrer. Une adresse mal notée, un ego mal placé… Il en faut peu, pour rater quelqu'un. Si peu. C'est terrifiant, quand on y pense.

***

D'une simple phrase, Luc amène la soirée à sa conclusion logique.

— On rentre ?

Et ce « on rentre » a le naturel de nos échanges durant le dîner, comme si nous parlions une même langue secrète.

Il habite à deux pas de là, un appartement hérité de sa grand-mère. « La bourgeoisie, la vraie, tu vois », a-t-il commenté un peu plus tôt sans s'étendre davantage là-dessus.

Luc avance à grandes enjambées, mains enfoncées dans les poches, tête baissée, comme s'il ne connaissait pas d'autre rythme que le sien. J'observe son profil à la dérobée ; jusqu'à présent, je ne l'ai connu que de face. Le nez est aquilin, le menton volontaire. La ligne des cheveux recule sur les tempes. L'oreille est petite, bien ourlée. Je trottine à son côté, cherchant à ne pas perdre un mot de ce qu'il dit. Ce sont ces petits riens, ces phrases jetées presque sans y penser sur lesquelles s'ancre un amour naissant. Ce geste qu'il a, pour me retenir quand le petit bonhomme passe au rouge. Cette manière d'attraper mon coude quand nous descendons du trottoir, comme si j'étais une enfant fragile. Son « Tu n'as pas froid, tu es sûre ? » qui révèle une prévenance qui doit peut-être autant à l'éducation qu'à l'intérêt qu'il éprouve pour moi. Ces petits riens, comme tous ces mots qui ont voleté entre nous au cours du repas. Trouvant leur place sans coup férir, leur tonalité. Sonnant juste. Ces concordances, ces « vraiment ? moi aussi ! », ces reconnaissances immédiates. Ces hasards qui n'en sont pas. Ses grands-parents, originaires de Poitiers ; les miens, de Limoges, du côté de ma mère. Son frère, qui a l'âge de ma sœur Lyne, et qui, comme elle, a un faible pour les comédies musicales des années 1960, alors que nous deux les abhorrons. L'épagneul breton qu'il avait enfant, avec sa robe caramel, jumeau de Mimile, la chienne de Maminette. Ses premières vacances seul à l'étranger, un séjour linguistique à Salamanque à seize ans, où il avait surtout appris à gérer sangria et gueule de bois. Deux ans après lui, j'arpentais les mêmes rues, m'accoudais aux mêmes comptoirs, et découvrais combien ce vin sucré-là pouvait se révéler meurtrier. Ses études, au lycée Carnot, qu'il quittait le bac en poche quand j'y entamais ma seconde. Nous nous étions sûrement croisés sur les trottoirs du boulevard Malesherbes, lui se rendant au Conservatoire, moi quittant le bahut. Nous avions les mêmes souvenirs du parc Monceau, et je cherchais dans ma mémoire à le retrouver à dix-huit, vingt ans, m'émerveillant d'être alors passée si près de lui sans l'avoir reconnu.

Mon cœur bat à l'unisson de mes talons sur l'asphalte. J'aimerais ne jamais arriver à destination. Tout en mourant d'impatience d'y être déjà. Qu'y a-t-il de meilleur, dans l'amour ? L'avant, cette lente construction d'une histoire que l'on se raconte seul tout en attendant que l'autre y donne une réplique ? Le moment où tout chavire, où les corps se rencontrent enfin ? Les nuits blanches auxquelles on s'abandonne tant les secondes sont précieuses et semblent comptées ? La découverte d'un nouveau désir ? Ou l'installation des premières habitudes ? La première nuit où l'on se contente de dormir, car demain il faut aller travailler ? Le premier week-end un peu raté, il a mal à la gorge, il est grognon, on est fatigués, les embouteillages ont tout gâché, le restaurant a fini par annuler la réservation, les autres sont fermés, on a faim, il pleut sur Deauville, ce n'est pas romantique, seulement glacial. Puis les anniversaires qui s'empilent, tu te souviens, il y a quatre ans, non cinq, mon Dieu, déjà, quand tu avais... oui, ce jour-là ta fille a dit... et j'ai répondu... comme on avait ri ! Mais est-on encore capable de rire ainsi ? Quand on connaît tout de l'autre, tout ce qu'il veut bien nous donner à voir. Qu'on sait ses insomnies, ses petitesses, ses détails. Ses pourboires un peu rat, sa préférence pour les pizzas surgelées, moins chères que celles que l'on se fait livrer. Sa manie de jeter sa cravate par-dessus son épaule avant de se laver les mains. Son dernier soupir de fatigue en éteignant la lumière quand, d'un vague baiser, il nous souhaite bonne nuit avant de se tourner sur le flanc, nous présentant son dos. Les fleurs qu'il ne manquera pas de nous offrir quand il rentrera de voyage d'affaires. Et si, lui, il perd de sa magie, la nôtre s'effrite aussi. Il aime moins cette cicatrice qu'il trouvait si touchante, si émouvante. Elle le rebute un peu maintenant. La boîte de Tampax qui traîne l'irrite. Il a du mal, avec cette habitude qu'on a de se parler les yeux à peine ouverts, alors qu'il jugeait adorable cette énergie matinale. Il ne supporte plus qu'en silence cette dernière cigarette au lit, lui qui n'y a jamais goûté. Et puis, il y a les enfants, les enfants des autres, ceux qui nous rappellent que l'amoureux transi en a aimé d'autres avant. Avec qui il a vécu. Dormi. À qui parfois il a donné son nom. Ces enfants qui ressemblent toujours tellement au parent absent. Et qu'il faut séduire à leur tour, convaincre que cette famille-là sera mieux que la précédente, promis-juré. Que ce sera comme à la télé, on s'engueulera un peu, on pleurera parfois, mais on s'aimera fort, on se comprendra, on sera complice. *Everything's going to be OK.*

Dans ces moments incertains, nés de rencontres dont on sait qu'elles ont le pouvoir de changer le cours d'une vie, on s'accroche à l'illusion d'un grand bonheur à venir, cherchant à éviter la tristesse de savoir que, comme les précédents, il laissera un jour la place à un doux ronronnement auquel on cessera peu à peu de prêter attention.

Luc s'est arrêté devant une lourde porte d'immeuble. Il tape un code, pousse le linteau de bois, se retourne vers moi, un sourire aux lèvres.

— Je t'en prie, passe devant.

David S.

J'ai été très amoureux de Kate quand elle vivait avec Marcus. L'année suivante, j'ai rencontré Anna. Puis Kate en a eu assez des infidélités de Marcus, et elle a voulu se rapprocher de moi. Mais comme je ne voulais pas tout gâcher avec Anna, et qu'on s'apprêtait à emménager aux États-Unis, il ne s'est rien passé entre nous. Puis l'eau a coulé sous les ponts. Quand on s'est séparés avec Anna, j'ai appelé Kate mais elle vivait un truc fort avec Thomas. Trois ans après, quand Thomas l'a quittée au retour d'un voyage à Madère, elle est revenue vers moi mais je venais de me marier avec Mélanie. Ce n'est que dix ans plus tard, après mon divorce, que j'ai retrouvé Kate sur Tinder alors qu'on s'était perdus de vue. Je l'ai aussitôt likée ! On pouvait enfin être heureux ensemble. Mais, au même moment, elle a eu son accident, puis sa rééducation, rien n'a jamais été simple entre nous, mais il n'y a qu'elle que j'ai vraiment aimée dans la vie. Oui, il n'y a qu'elle.

Gabriel L.

Après un premier rendez-vous, j'ai toujours du mal à faire le premier pas pour qu'on se revoie. C'est peut-être de l'orgueil : j'attends qu'on me rappelle ou qu'on m'envoie un texto plutôt que de prendre l'initiative. Mais je crois surtout que c'est un manque de confiance en moi : j'imagine toujours avoir déçu la fille, et je ne veux surtout pas m'imposer. Dans les heures ou les jours qui suivent un premier *date*, je vis des moments difficiles en regardant mon portable et en attendant un message. J'envisage alors de la relancer, mais j'ai peur d'un refus poli qui m'anéantirait; voilà pourquoi je préfère encore le silence… Puis je finis par me dire qu'elle est peut-être comme moi : qu'elle n'ose pas me rappeler non plus, par orgueil aussi ou par manque de confiance en elle. Du coup, je ne sais plus quoi faire…

8

J'ai tout oublié. Tout.

Et moi qui espérais faire une entrée discrète, je suis surprise en flagrant délit par un Léo qui sort de sa chambre encore tout ébouriffé alors que j'ai à peine mis un pied dans l'appartement. Mais pourquoi ces bestioles-là sont-elles dotées de cet instinct qui les pousse à prendre en faute leurs parents bien-aimés ? Une chèvre lui léchant la plante des pieds ne le réveillerait pas ; comment se fait-il que ce matin entre tous, il soit déjà levé ?

— Maman ? Qu'est-ce que tu fais ?

— Heu…

J'aurais pu prétendre revenir de la boulangerie, mais comme je n'ai aucun sachet de croissants en main mais un suçon au cou, le rimmel éparpillé, les lèvres gonflées, un sourire idiot plaqué sur le visage, ce ne serait pas très crédible.

Suspicieux, mon fils plisse des yeux.

— Ne me dis pas que tu rentres seulement maintenant ! T'as vu l'heure ?

C'est le comble, le monde à l'envers, le voilà qui s'exprime comme moi les jours où il m'arrive de jouer à l'adulte responsable. Et après, quoi ? Il va me supprimer mon argent de poche ? Me confisquer mon portable ?

Je tente de reprendre le contrôle de la situation.

— Oui, justement, j'ai vu. Et si tu continues à traîner comme ça, tu seras en retard au collège ! File prendre ton petit déjeuner et te préparer.

Après avoir jeté veste et sac sur le canapé du salon, je les rejoins, sa sœur et lui, dans la cuisine. S. m'adresse un clin d'œil complice.

— Bien dormi, Maman ?

— Oui, oui, très bien. En fait, je suis passée chez Nina, puis on a un peu trop bu, et je ne sais pas... je me suis endormie sur le canapé. Désolée.

Ma progéniture trouve plus sage d'accepter mon excuse bidon que de se lancer dans un débat philosophique sur l'importance de la vérité, socle de la confiance réciproque. Discours que je leur sers et ressers à longueur d'année, et que, comme tout adolescent qui se respecte, ils approuvent en opinant du bonnet pour n'en faire ensuite qu'à leur tête.

Je les embrasse plus tendrement à leur départ pour les cours, manière de me faire pardonner. Ma fille me rend mon étreinte et me murmure un « je t'aime, mamounette » à l'oreille. Mon fils se tortille pour échapper à mes bras.

Une nouvelle tasse de café serré, une douche express, des vêtements enfilés à la va-vite, et je sors à mon tour.

Dans le métro, je me laisse porter par le flux de passagers. Je flotte en apesanteur, absente à tout ce qui m'entoure.

Je me repasse le film de notre soirée, de notre nuit.

Luc m'a ouvert la porte sur un appartement haussmannien, au deuxième étage d'un immeuble donnant sur le boulevard de Courcelles. Un double living, aux moulures exceptionnelles où les angelots jouaient de la trompette, le sexe recouvert d'une feuille de vigne. Un long couloir desservant chambres et cuisine, cette dernière reléguée à son extrémité ; il n'était pas de bon ton que le personnel soit trop proche de la table des maîtres de maison, il y a des secrets de famille qu'il serait malséant d'exposer au grand jour.

Un piano à queue jouxtait la fenêtre du salon. Un violoncelle reposait à ses côtés. Deux profonds canapés en velours, aux accoudoirs striés par les griffes de Clou qui, très vite, avait snobé ma présence. Des étagères partout. Un système audio dernier cri. Des disques vinyles, des CD, empilés dans tous les coins. Quelques magazines d'art. Des tableaux au mur représentant des voiliers d'un autre siècle dans la tempête. Un plancher qui craque, de lourds tapis aux tons bordeaux. Un savant mélange de classicisme et de modernité.

— Je t'offre quelque chose à boire ?

J'étais encore plantée au milieu de la pièce, prenant la mesure de mon environnement. Appuyé contre le chambranle de la porte à double battant ouvrant sur le couloir, Luc souriait, me laissant apprivoiser les lieux.

— Oui, avec plaisir.

J'ai refoulé un rire nerveux en espérant qu'il n'allait pas me proposer un vin doux de fabrication familiale. Le charme aurait été rompu aussitôt !

— Alcool ? Eau gazeuse ? Jus de fruit ? Café ? Infusion ?

— Eau gazeuse, c'est parfait.

Son pas a résonné le long du couloir jusqu'à s'éteindre, et je me suis demandé si je le reverrai un jour.

J'avais envie de plus, j'avais envie de lui. J'avais envie qu'il m'embrasse, mais aussi qu'il ne m'embrasse pas, pour prolonger cette attente douloureusement enivrante. Une torture à la saveur inégalée. Malgré mon ivresse, je savais que je lui plaisais. À sa gêne quand nous avions franchi son seuil, à sa maladresse à table, un peu plus tôt, quand nos doigts s'étaient effleurés au-dessus de la corbeille à pain. Quand l'autre ne fait naître aucune émotion en nous, il est tellement plus facile de donner le change, de jouer son rôle sans que le trac nous asphyxie au beau milieu d'une tirade.

Il est revenu en portant un plateau. Un Coca light pour lui, qu'il ne prit pas la peine de verser dans un verre. Dans le mien nageaient quelques glaçons et une rondelle de citron, ballottée par les bulles du Perrier. On s'est regardés par-dessus nos boissons. On souriait. On n'était pas dupes.

Il m'a retiré le verre des mains, l'a posé sur la table basse. Puis, très délicatement, a pris mon visage en coupe. Ses doigts étaient froids, légèrement humides de la condensation. J'ai frissonné à son contact.

— Emma…

Une interrogation dans son regard.

J'ai fermé les yeux. Senti son souffle sur mes lèvres. Puis la chaleur de son baiser.

C'est dans ses bras, accrochée à son cou, que j'ai franchi le seuil de sa chambre. Il m'a posée doucement sur son lit, sans cesser de m'embrasser. De temps à autre, il chuchotait mon prénom, je lui répondais par un soupir.

La nuit semblait être trop courte et trop longue à la fois. Nous prenions notre temps, alors que l'impatience nous rongeait.

Et puis, nous avons été nus l'un contre l'autre, nous faisant face.

On ne devrait jamais faire l'amour qu'ainsi, collée au corps de son amant, au plus près de son désir, du nôtre. À égalité. Sans que sa volonté de nous donner du plaisir dissimule un sentiment de domination. Sans que notre quête de jouissance fasse de lui un outil au service de notre égoïsme.

Mais, comme nous sommes des enfants sages, nous nous sommes contentés de caresses, de baisers, d'effleurements. À lui, j'ai raconté la vérité sur ma cicatrice. En riant, il m'a avoué un abcès à la fesse gauche, dû à une piqûre de moustique qui s'était infectée quand il avait onze ans, laissant là une fossette que le temps n'avait jamais comblée.

Dans une demi-obscurité, on murmurait des mots doux, des phrases délicates, on se racontait des histoires, on partageait des souvenirs. Lui, évoquant Satie, me conseillant le merveilleux *Pêcheurs d'étoiles* de

Jean-Paul Delfino. Je lui parlais alors des romans de Conrad, et puis de la Barbade, des poissons-chats, qu'on appelait *dolphins*, mangés crus sous un filet de citron vert. Lui, soufflant quelques mots d'italien dont je souhaitais ne surtout pas connaître le sens. Moi, m'abandonnant à l'anglais, langue de mes émotions les plus vives. Lui, jouant du piano sur mon dos. Moi, imitant à son oreille le chant du ressac sur la plage de Bathsheba.

Ivres de désir, saoulés par le manque de sommeil, nous sombrions par instants dans une courte somnolence, dont nous émergions comme d'un cauchemar, celui d'avoir perdu quelques minutes de la présence de l'autre.

Les notes de son réveil nous ont ramenés à la réalité. Il n'était pas deux ou trois heures du matin, comme je l'avais supposé, mais six heures et demie.

Je m'étais précipitée hors de l'appartement, Cendrillon quittant le bal, espérant (souhait qui s'était révélé vain) retrouver le foyer familial avant le lever des enfants.

Il est neuf heures. Je suis en retard. Je suis perdue. Je vacille, prise de vertiges à la sortie du métro. Il est impossible que ce décor n'ait pas changé lui aussi quand plus rien en moi ne me ressemble.

J'arrime un sourire à mes lèvres, bombe le torse et m'apprête à affronter une journée bien remplie.

Mon téléphone bipe.

Ce soir ?

Oui.

Mon sourire s'étire.

Fabien D.

Une femme pourra tout te cacher, sauf qu'un homme lui plaît. Quand tu la connais bien, tu remarques aussitôt cette manière si particulière qu'elle a de se comporter avec tel ou tel mec. Elle aura beau jurer ses grands dieux que le type ne lui fait pas plus d'effet qu'un sénateur en bonnet de nuit, ce sera parfaitement inutile. Tout son corps parle pour elle : son sourire, sa voix, ses yeux, les vêtements qu'elle choisit d'enfiler dès qu'on lui dit qu'il sera là, lui aussi, à l'anniversaire d'un ami. C'est tellement évident que sa naïveté en devient touchante. Parfois, elle fait des efforts pour ne rien laisser paraître. Et là, c'est pire encore : l'homme qui lui plaît vraiment dans cette soirée, c'est précisément celui auquel elle s'adresse le moins… tout en jetant des regards furtifs pour voir à qui il parle…

Chris H.

Il n'y a qu'une chose à faire pour savoir si on éprouve de l'amour ou du désir pour une femme : coucher avec elle.

Si, après l'amour, tu te demandes ce que tu vas bien pouvoir faire du corps, ce n'était que du désir. Rien de plus. Il n'y a pas de meilleur test : mais attention, il faut se poser la question aussitôt après l'acte; si tu attends un peu trop, une résurgence de désir t'induirait en erreur et tu pourrais croire un instant à de l'amour.

9

Et c'est comme ça que, sans crier gare, ma schizophrénie de maman-solo-femme-célibataire a pris fin. Je n'étais plus célibataire. Je ne gérais plus les semaines avec enfants en mettant le reste du monde entre parenthèses.

Léo et Sybille (cette dernière acceptant enfin de se laisser appeler par son prénom) rentraient de leurs établissements respectifs. J'arrivais à mon tour à la maison, prenais une douche, cuisinais leur repas. Et souvent repartais vers le XVIIe après les avoir envoyés au lit, sur un dernier baiser.

Je retrouvais toujours le nid familial avant leur réveil. Le petit déjeuner devenait un moment joyeux, drôle, et les miettes des croissants tapissaient la table de la cuisine à leur départ. Je souriais davantage, ils gloussaient. Je riais, ils s'esclaffaient. On ne parlait plus de Linda, on parlait de nous. En rencontrant Luc, j'avais renoué avec mes enfants, ces enfants dont j'ignorais qu'à trop vouloir bien faire, je les avais eux aussi perdus en route.

Mon dossier pour le journal prenait forme. J'ouvrais parfois Tinder pour valider un témoignage ou avoir la confirmation d'une idée qui m'avait traversé l'esprit. Valérie était contente, et je ne m'étais plus autorisée à l'appeler Val', que ce soit dans les couloirs du journal ou lors d'une conférence de rédaction. On avait décroché une interview exclusive de Virginie Grimaldi pour la sortie de son dernier roman, et, le temps d'un numéro, elle avait accepté de devenir la rédactrice en chef de nos pages *real life*. L'ensemble était très réussi. Le printemps, lui aussi, se mettait enfin de la partie. Les soirées rallongeaient, la douceur s'installait, Paris redevenait Paris, celui des cartes postales, du bonheur, de l'amour.

Le temps filait, les semaines défilaient, Luc était merveilleux. Il me jouait du Nina Simone au piano, osant parfois quelques paroles d'une voix grave qui me donnait des frissons. « *It's a new day, It's a new life…* », appuyée contre le Pleyel, je l'observais, attentive à ne pas rater ce moment magique où, chez lui, la musique l'emportait sur tout le reste… « *It's a new dawn, It's a new day, It's a new life for me, And I'm feeling good…* » Il pénétrait alors dans un nouvel espace-temps, où lui seul avait accès, les yeux hantant des rêves que je ne partagerais pas, qui lui appartenaient en propre, et cette transformation me le rendait plus cher encore.

Il m'avait fait découvrir Schubert, son compositeur préféré, puis Paganini. Alors que j'étais nue, roulée dans ses draps, il interprétait pour moi seule le *Mouvement perpétuel*, un morceau hypnotique, ou le *Caprice n° 24*, deux œuvres qui requerraient une incroyable virtuosité.

Et parce que c'était moi, m'avait-il glissé dans un sourire, il avait accepté de jouer vêtu d'une simple serviette autour de la taille, ce qu'il n'avait jamais osé auparavant par respect pour son instrument, qui avait franchi deux siècles pour trouver aujourd'hui sa place entre ses bras. Si je lui avais avoué l'effet qu'avait eu sur moi sa photo de profil, je ne lui avais toutefois jamais révélé avoir été séduite par ses genoux ! Je suis persuadée que, dans un couple, chacun doit conserver ses petits secrets.

Luc maniait donc l'archet, un sourire aux lèvres, emporté, là aussi, par la beauté des notes. Je mourais d'envie de prendre en main son instrument (celui à cordes !) mais la seule fois où je m'étais approchée de son violoncelle, il s'était récrié comme une pucelle que le fou du roi aurait voulu trousser. Je dois bien reconnaître que son cri m'avait, à parts égales, glacé les sangs et rendue prête à rompre. Un homme capable d'émettre de tels sons était plus inquiétant qu'Hannibal Lecter. Puis il m'avait expliqué le rapport si particulier qu'un musicien entretenait avec son instrument. Celui-ci avait été fabriqué à Crémone, en 1798. Luc s'était endetté sur quinze ans pour pouvoir se l'offrir.

— C'est sensuel, tu sais, ce qui nous lie, ce violoncelle et moi. Ce sont des heures à s'apprivoiser, à se toucher, à tirer le meilleur de chacun de nous. Il n'y a que moi qui suis autorisé à le prendre dans mes bras.

La seule fidélité dont un homme soit capable seraitelle donc celle qui le relie à un violon, à une queue de billard, à un marteau-piqueur, à un tracteur ?

Comme cet inconnu croisé dans un TGV, où nous partagions un carré, qui expliquait avec tout le sérieux du monde à son frère que sa vie avait changé depuis qu'il avait découvert la visseuse électrique ? Trônait-elle, tout comme le violoncelle de Luc, sur un trépied ? Il est des mystères qu'il vaut mieux ne jamais chercher à percer.

Luc jouait. Je vivais.

Les enfants partis chez leur père, je mettais Nostalgie à fond, et, cuiller en bois devant la bouche, persuadée qu'il s'agissait d'un micro, je m'époumonais sur Goldman, Cabrel ou Michel Berger, passant de « Là-bas » à « L'encre de tes yeux », pour finir dans « Les paradis blancs ». Je me trémoussais en nettoyant le plan de travail. J'écoutais les Stones sous la douche. Et filais au bureau, Nina Simone dans les oreilles, parce que si j'étais incollable sur la chanson française, mes bases étaient nettement moins assurées en jazz.

À la rédac', on me trouvait pétillante (enfin, pas Jacques, pour qui ce mot devrait être exclu de tout dictionnaire digne de ce nom), drôle, épanouie, rajeunie, en un mot, superbe. Lilou m'avait même offert ma dernière commande de sushis (et je n'avais pas eu le cœur de lui faire remarquer que je ne mangeais plus d'algues depuis mon aventure avec l'un de leurs producteurs, l'odeur étant vraiment trop tenace.)

À l'horizon se profilait un premier week-end en amoureux.

Sandrine C.

J'ai lu qu'à Seattle, après des années de recherche, des chercheurs ont établi un petit test pour savoir si votre couple va durer. Vous vous demandez si votre *crush* peut devenir l'homme ou la femme de votre vie ? Il vous suffit simplement de répondre très honnêtement *oui* à ces trois questions (et qu'il ou elle y réponde aussi bien entendu !) :

1) Aimeriez-vous avoir cette personne comme ami(e) ? (Donc hors relation sexuelle.)

2) Respectez-vous cette personne dans sa manière d'être au monde, ses valeurs ? (Indépendamment de ce qu'elle vous apporte personnellement, et qui ne durera peut-être pas toujours, aimez-vous ses choix de vie ?)

3) Êtes-vous prêt(e) à accepter que ses défauts ne changent jamais ?

Voilà, trois *oui* vous ouvrent les portes de l'avenir à deux, mais attention, deux grands *oui* et un seul petit *non* peuvent faire tout capoter…

Corinne D.

L'homme qui te dit qu'il ne regarde jamais aucune femme à part toi est soit un menteur, soit un idiot. La véritable fidélité (soit l'amour véritable qu'on attend de lui), ce n'est pas qu'il ne remarque aucune femme ; qu'il les regarde au contraire, autant qu'il veut même, mais que tu restes celle qu'il préfère, celle à qui il reste fidèle.

10

— Alors, ce week-end ? me demande Nina, un sourire mi-tendre, mi-ironique aux lèvres.

Il faut dire que j'ai raté quelques dimanches soir entre filles, et elle n'est pas dupe. Et puis, j'ai troqué mes jeans trop larges pour un skinny que je ne quitte plus, je me tiens droite, je suis légèrement maquillée. J'ai tout de la femme assurée, bien dans ses Nike, désirée. J'ai même recommencé à écouter Conch Country, une radio découverte lors d'un séjour dans les Keys dont j'ai gardé une brûlante nostalgie, et que j'ai infligée à tout mon entourage pendant des mois. La station diffuse essentiellement de la country, genre ô combien méprisé sur cette rive de la Seine. Qui n'a jamais écouté Montgomery Gentry sur l'US1, entre Atlantique et golfe du Mexique, ne peut me comprendre.

— Super.

Je me demande seulement pourquoi nous avons pris la peine d'abandonner le boulevard de Courcelles, où, sûrement, on livre des plateaux de fruits de mer. Car, à part la dégustation de l'un d'eux dans une brasserie non loin du marché de Honfleur, nous n'avons pas quitté notre chambre d'hôtel. Ah, si, bien sûr ! Je me souviens de la raison de cette escapade : le room-service !

— C'est tout ?

— Ben… Je ne sais pas trop quoi te raconter d'autre.

Nina éclate de rire, déplie ses longues jambes du canapé avant de se pencher sur son sac à main et d'y farfouiller un bon moment.

— De mon côté, je t'ai apporté un petit quelque chose pour ton article.

Je crains le pire. Un nouveau genre de sex-toys deux en un ? Un homme gonflable pour les soirs de disette et qui se replierait discrètement au fond d'une trousse à maquillage ?

— Ah !

Triomphante, elle extrait de son capharnaüm deux coupures de presse en piteux état. Mon amie rentre tout juste du Var où elle a couvert une régate.

Homme retraité, allure jeune, sportif, généreux, recherche sur Cannes fille 18 à 50 ans, mince, pour rompre solitude, échange textos, balades scooter. Photo souhaitée. Écrire au journal.

Je manque m'étouffer. Nina est hilare.

— Non, mais WTF ??!! C'est pas un *fake*, ton truc ?

— Non, non, chantonne-t-elle, savourant sa minute de gloire. Pas mal, non ?

— Jamais rien lu de pareil sur Tinder, marmonné-je. Attends, analysons ce texte en profondeur. Donc, le type est retraité, soit, à moins qu'il ne sorte de l'armée, âgé d'au moins soixante ans.

— Correct.

— Il bande encore, ce que nous apprend l'utilisation de l'adjectif « sportif ».

— Correct.

— Le « généreux » indique qu'il est prêt à rémunérer les services demandés. Compte tenu de l'âge, on aurait pu imaginer qu'il venait de se refaire la hanche et recherchait une dame de compagnie.

Je me lève, tel un *district attorney* de série américaine en plein réquisitoire, histoire de donner plus de poids à mon propos.

— Mais, disais-je, l'annonce n'est pas publiée dans la rubrique des offres d'emploi, et de plus, le requérant a bien précisé qu'il était « en forme ». Que doit-on en conclure, messieurs et mesdames les jurés ? Hein ? Oui, nous avons bien affaire à un gros porc, le dernier peut-être depuis #metoo et qui a réussi à se faufiler à travers les mailles du filet. Ce type, donc, n'hésite pas à exiger de celle qui le contactera qu'elle soit mince, jeune et qu'elle aime faire du scooter en plus !

Nina est écroulée de rire sur son canapé. On ne m'arrête plus. Non, mais vraiment ! Le type veut une photo, mais y en a une de lui sur l'annonce ? Bien sûr que non ! Je serais curieuse de savoir à quoi il ressemble !

— Et tu n'as pas tout vu, hoquette Nina en me collant une nouvelle coupure sous le nez.

Cette fois, c'est un encadré qui retient mon attention. Le propriétaire d'une chèvre marron et noire la recherche activement, la bestiole est maigre et pucée à l'oreille. Ça se puce, les chèvres ? Vraiment ? Et ça se perd ?

— Ça, dis-je en pointant l'annonce du doigt, je suis sûre que c'est un message codé entre trafiquants. Regarde, si on sait lire entre les lignes, ça donne : « Perdu mule transportant cannabis et blanche. Géolocalisez son portable fissa. »

Nina n'arrive même plus à respirer.

— Mais où vas-tu chercher tout ça ?

Je lui jette un regard hautain.

— Je suis journaliste d'investigation, cocotte. C'est pas parce que j'ai laissé tomber les faits divers pour me concentrer sur les *people* que j'ai perdu mon flair légendaire.

Elle a l'air dubitative (après tout, je n'ai fait qu'un stage de trois mois dans cette rubrique au *Parisien* il y a plus de vingt ans) mais ne relève pas.

— Avec cette histoire de chèvre, tu as raté l'autre annonce.

Cette fois-ci, l'homme ne laisse planer aucun mystère sur son âge (soixante ans), et je me demande bien pourquoi il choisit de passer par la presse écrite. À cet âge-là, on sait se servir d'un ordinateur, non ? Il dispose lui aussi de revenus confortables (mais contrairement à son compère cannois, il n'est pas à la retraite) et a besoin d'une compagne mince. Côté âge, il vise jusqu'à soixante-quinze ans. En revanche, fumeuse s'abstenir. Mais c'est la dernière ligne de l'annonce qui provoque mon fou rire.

Délocalisable si affinités.

Qu'en termes choisis ces choses-là sont dites ! « Délocalisable », comme une usine de fabrication de filtres à piscine. C'est tellement romantique !

Je ne remercierai jamais assez Nina de m'initier au charme des petites annonces façon *Chasseur français* et me dis que finalement, Tinder, c'est la classe.

Carla O.

Pierre, je l'ai aimé, je l'ai voulu de toutes mes forces, je pensais à lui en me couchant toute seule dans mon lit, je fantasmais comme une folle sur son corps... Et puis, quand nous avons fait l'amour pour la première fois, j'ai eu du mal à prendre du plaisir, je n'arrivais pas à lâcher prise, vous comprenez ? ... Non, je n'étais pas déçue, c'est pas ça, j'étais toujours très amoureuse de lui, au contraire, mais en fermant les yeux, je me suis surprise à penser à un autre, comme si la réalité ne serait jamais suffisante. C'est quoi mon problème ? Vous pouvez me le dire ? ... Oui, vous avez raison, j'ai probablement trop pris l'habitude d'aimer dans mes rêves. J'ai des difficultés à jouir de la vraie vie ; même parfaite, elle ne me suffit pas.

Valérie H.

L'absence de communication dans un couple mène à la séparation, pense-t-on généralement. En fait, c'est plus souvent le contraire. C'est parce qu'on ne se dit pas tout, dans les moindres détails, soit le fond de notre pensée, que ça tient encore. Si je disais ses quatre vérités à Jérémy, que je l'ai déjà trompé trois fois, que je ne supporte pas ceci et cela chez lui, il partirait aussi sec. Je ne serais pas davantage capable d'entendre ce qu'il pense de moi, les raisons pour lesquelles il n'a presque plus envie de me toucher… C'est sur les secrets, les silences, que tient un couple. La communication absolue signerait la fin de milliers de mariages.

11

La soirée a tourné court quand mon amie m'a fait remarquer qu'entre le jeune retraité et moi, il n'y avait pas tant de différences que ça, au fond : après tout, j'avais bien couché avec Sylvain, non ? Il n'avait plus dix-huit ans, et je n'avais pas payé ses services (ni même envisagé une balade à scooter avec lui, ai-je lancé d'un ton légèrement aigre) mais ça mis à part… J'avais utilisé le biais des petites annonces pour combler un désir, une pulsion, un besoin, tout comme ces sexagénaires.

Je m'étais récriée : tout cela n'avait rien à voir ! Pour commencer, Sylvain était celui qui avait lancé l'hameçon, et comme elle le soulignait si justement, la grosse différence était que je n'avais pas eu recours à une transaction commerciale à peine déguisée. Elle avait fini par mettre un terme au débat d'un haussement d'épaules dubitatif.

Bringuebalée de droite et de gauche sur une ligne de métro, je ressasse maintenant ce qu'elle m'a dit.

Il y a un point sur lequel elle n'a pas entièrement tort : la rencontre avec Sylvain m'a quand même laissé un drôle de goût dans la bouche. C'était la première fois que je m'abandonnais ainsi à mes pulsions sexuelles. Bien sûr, il m'était arrivé de coucher avec des types qui me plaisaient moyennement, mais jamais avec quelqu'un qui me rebutait autant moralement. Non seulement je n'avais aucun atome crochu avec Sylvain, mais, en plus, ses opinions me révulsaient, sans parler de sa façon d'évoquer ses patientes en surpoids. Ce qui aurait dû m'arrêter, malgré l'attrait que représentaient des abdos aussi bien dessinés. Alors, pourquoi lui avais-je cédé ?

Quand je rejoins Luc chez lui, je n'ai toujours pas de réponse à cette question, ou plutôt, celle qui me vient me renvoie une telle image de moi-même que je préfère l'ignorer. Ai-je perdu tout amour-propre dans cette quête effrénée de rencontres, jusqu'à me conduire moi aussi comme une truie ? Car Nina n'a pas tort : quelle différence y a-t-il entre moi, ce soir-là, et un vieux beau bavant sur une nymphette ?

Luc m'ouvre. Je me jette à son cou, cherche à épouser au plus près les contours de son corps, lui demandant à ma manière pardon pour une chose dont il ne sait même pas que je me suis rendue coupable. Je n'aime pas la médiocrité, qu'elle vienne de moi ou des autres.

Il m'embrasse, avec sa tendresse habituelle. Repousse une boucle venue me barrer le front. Me prend par la main et m'entraîne à sa suite dans le salon, où il m'abandonne sur le canapé avant de se diriger vers son violoncelle.

L'honnêteté m'oblige à reconnaître que, dans l'état d'esprit qui est le mien à cet instant, je serais prête à foutre le feu à son putain d'instrument sensuel, complice, hors de prix, venu d'Italie, bla, bla, bla.

Mais le voilà qui s'en saisit, s'installe et joue.

Et les notes enivrantes du *Mouvement perpétuel* balaient ma mauvaise humeur, mes regrets, mes doutes et mes rancœurs. Il ne reste plus qu'une plage lisse sur laquelle un doigt maladroit a écrit un «je t'aime» dans le sable humide.

Ferdinand A.

Tout le monde sait comment dire « je t'aime » en cinq ou six langues au moins. Mais, dans sa propre langue, sait-on vraiment ce que ça signifie ? Dire « je t'aime », c'est en fait décliner plusieurs formes grammaticales en une seule (pardonnez-moi ce prosaïsme). La forme interrogative, d'abord : chaque « je t'aime » cache un « m'aimes-tu également ? » Il attend, en tout cas, une réponse. C'est aussi une forme exclamative. « Je t'aime ! », c'est un cri, une pulsion, un appel. Mais c'est tout autant une forme affirmative ; un « je t'aime » didactique : je t'informe que je suis amoureux de toi, fais-en ce que tu en veux, accepte-le ou pas, mais c'est comme ça et pas autrement. Enfin, il y a les « je t'aime » de ponctuation, ce sont ceux des couples établis qui scandent ainsi leurs conversations au téléphone, un « je t'aime » apaisant pour l'un comme pour l'autre, une sorte de points de suspension rassurants en fin d'appel.

Dany D.

Dire pour la première fois à quelqu'un qu'on l'aime, c'est avant tout une question de timing. Un « je t'aime » a le plus souvent été ressenti bien avant d'être prononcé. Il a été retenu par simple pudeur, mais aussi pour montrer que ces trois mots, et le sentiment qui l'accompagne, ont été suffisamment mûris, qu'ils ne proviennent pas d'une exaltation soudaine qui risque de s'envoler dans les vingt-quatre heures. Pourtant, si personne n'ose jamais dire « je t'aime » une heure après avoir fait la connaissance de quelqu'un, combien sont tombés amoureux en moins de temps que cela ? Beaucoup ! Ça nous est tous arrivé au moins une fois dans notre vie…

Jean

Celui qui n'aime pas habite la mort.
Évangile selon saint Jean, 3:14

1

Sous le pont Mirabeau coule la Seine
Et nos amours
Faut-il qu'il m'en souvienne
La joie venait toujours après la peine
[...]

Je ne sais pourquoi j'ai ce poème d'Apollinaire en tête. Dans mes souvenirs, il est porteur d'une gaieté étrange. Probablement parce que s'y trouve un vers sur des mains enlacées. Et cette image est, pour moi, celle de l'amour. Je franchis le pont en chantonnant un air de ma composition, le soleil dans les yeux, l'eau qui miroite sous mes pieds, le bonheur au bout des doigts.

J'ai rendez-vous avec mon violoncelliste préféré à une terrasse de café au Châtelet. L'un de ses élèves y avait une audition ce jour-là, et il tenait à lui prodiguer d'ultimes conseils.

Je t'aime, je t'aime, je t'aime... Mots qui envahissent mon esprit et m'effleurent les lèvres sans que je ne les prononce.

Ma relation avec Luc a pris un nouveau tour, après la tempête d'émotions qui nous a bouleversés les tout premiers temps. Nous nous créons des habitudes, un cadre, nous sommes plus détendus, naturels, en présence l'un de l'autre. J'ai laissé à sa demande une brosse à dents dans sa salle de bains, un déo ; rangé quelques vêtements dans son armoire. Pour autant, même si mes enfants sont au courant de notre relation, nous avons jugé utile de différer les présentations. D'abord, parce qu'égoïstement, je tiens à ces heures où Luc m'appartient, où il ne voit en moi qu'une femme. Il sera face à la mère bien assez tôt. J'ai eu envie qu'on respire dans une bulle rien qu'à nous, avant d'y inviter nos proches.

Luc était d'accord. Luc est toujours d'accord, d'ailleurs. Je n'ai pas souvenir d'un sujet où nous ne l'aurions pas été. Il n'y a peut-être que sur le degré de cuisson d'une viande rouge que nos avis divergent. Il l'aime bleue, moi bien cuite. Nous ne comprenons pas plus l'un que l'autre ce choix gustatif chez notre partenaire. Et cette première dissonance ne m'a rendu mon violoncelliste que plus précieux. Enfin un point sur lequel nous achoppions !

Je m'installe en terrasse, offre un sourire éblouissant au serveur grognon, commande un Perrier rondelle, et sors sans y penser mon téléphone de mon sac.

Tiens, une notification Tinder.

N'ayant rien de mieux à faire, j'ouvre l'application. Je ne l'ai toujours pas supprimée, j'en ai encore besoin pour le boulot, tout du moins, je m'en persuade. Car… je l'avoue, c'est flatteur tous ces *matches*, ces messages pour me dire qu'on a envie d'en savoir plus sur Mimi69, qui n'est pas vraiment moi, bien sûr, mais un peu quand même. Un temps, l'idée m'a effleurée d'améliorer mon profil, et de le rendre plus proche de la réalité, puis j'ai renoncé. Après tout, j'avais beaucoup de succès avec celui-ci, pourquoi me compliquer la vie ? À mes heures perdues, il m'arrive même d'échanger quelques mots avec de nouveaux *matches*. Par jeu, par simple amitié avec ces êtres qui croisent un instant mon chemin, et puis je n'ai jamais assez de ces petits détails pêchés sur l'appli qui enrichissent mon article, dont je viens d'ailleurs de pondre une première mouture. Valérie a bien ri en découvrant notamment le témoignage de Régina :

Oui, c'est vrai, on cherche toutes un mec doté d'un bon sens de l'humour. Mais, ce qu'on dit moins, c'est qu'on préfère toutes un type impossible à dérider que celui qui se croit drôle, sans l'être cependant. Bruno, par exemple, à chaque repas ou presque, glissait avec un rire gras : « Je préfère le vin d'ici que l'eau de là. » De la même manière, si je me penchais pour ramasser quelque chose, j'avais aussitôt droit à une bonne tape sur les fesses, accompagnée d'un « Tout cul tendu mérite son dû ». Une sentence suivie du même rire gras, il va sans dire. Alors, un homme avec de l'humour, oui, mais attention, il y a humour et humour.

Le message que je découvre sur Tinder m'amuse.

Jean, cinquante-sept ans, DRH dans une grosse boîte de com', me demande comment je parviens à concilier cocooning-bière-foot-bar-à-vin-lecture-sports et si, par hasard, je ne serais pas la réincarnation de Shiva, aux pouvoirs amoureux exceptionnels. Auquel cas, je suis sa femme idéale.

Comment ne pas répondre ? On parlait d'humour, ce genre-là me plaît.

Je suis sur le point d'envoyer un « Shiva a complètement usurpé sa réputation, je suis beaucoup plus intéressante qu'elle » quand j'aperçois Luc en train de traverser la rue.

Je fourre mon téléphone dans mon sac et lui fais signe de la main. Il accélère le pas.

Oui, je l'aime.

Celia C.

Il faudrait faire appel à des coachs Tinder. Des individus, hommes et femmes, qui répondraient à ta place pour maximiser tes chances. Les hommes choisiraient une femme pour répondre aux femmes, les femmes choisiraient des hommes pour répondre aux hommes. On multiplierait alors par dix le nombre de *dates*. Après, une fois l'un en face de l'autre, ils n'auraient plus qu'à s'aimer... Et à se taire surtout, avant que ne surviennent les premiers malentendus.

Sébastien E.

Je n'avais jamais fait attention à Maud, ma chef de service (enfin, je n'ai jamais fait attention à elle comme une femme avec qui j'aimerais avoir une aventure), mais quand j'ai appris que la plupart des hommes de la boîte fantasmaient sur elle, j'ai commencé à avoir envie d'elle à mon tour. Mais ça m'a fait réfléchir. J'en suis arrivé à la conclusion que nous ne désirons pas nécessairement ce qui est désirable à nos yeux... Nous trouvons plutôt désirable ce qui est désiré.

2

Luc est très pris. Des récitals d'élèves. Des répétitions d'orchestre. Des amis de passage dans la capitale, avec qui je ne désire pas particulièrement dîner. Notre cocon est l'univers qui me convient pour le moment, celui que j'ai envie d'arpenter. Et même si je suis très heureuse qu'il me propose chaque fois de me joindre à lui, je décline ses invitations d'autant plus facilement que les enfants sont à la maison cette semaine-là.

Ce soir, on s'est fait livrer des pizzas (bolo pour Léo, végétarienne pour Sybille) et on a regardé *Certains l'aiment chaud*. Contre toute attente, le film a même amusé mon fils. J'ai passé une belle soirée, drôle et complice. Et je trouve ma vie parfaite. Un boulot qui me plaît, des enfants merveilleux, un amant fantastique... Que demander de plus ? Tout semble avoir atteint son point d'équilibre, tout me menait à cet instant. Le bonheur, c'est assez facile quand on y pense. Ou plutôt dès qu'on cesse de courir après.

Luc a évoqué à demi-mot les vacances d'été. Pourquoi pas louer un truc quelque part ? Avec les enfants. Léo pourrait inviter un ami à lui et Sybille venir avec Camille (même si je ne suis pas tout à fait prête à voir, de bon matin, quelqu'un sortir du lit de ma fille – quel que soit le sexe du quelqu'un en question, d'ailleurs). Mais ça semble être une bonne idée, en effet. L'année dernière, nous sommes allés à la Barbade, alors cette année, de toute manière, il était prévu de rester en France. J'apprécie surtout la délicatesse avec laquelle Luc a abordé le sujet. Après tout, il ne connaît pas mes enfants, et le rôle de beau-père n'est pas de ceux qui font rêver les hommes. Je nous imagine dans une maison avec vue sur les collines environnantes. Il y aurait des vélos, une table de ping-pong, une piscine. Luc et moi partirions à la découverte des villages alentour. Les enfants chahuteraient sur le plongeoir, joueraient au volley dans l'eau. On se rejoindrait le soir autour d'un barbecue. Des amis qui auraient loué non loin passeraient pour l'apéritif. Resteraient dîner. Les soirées se prolongeraient sans que personne ne s'inquiète de l'heure. La fraîcheur du soir ferait frissonner les plus frileuses. Les hommes leur tendraient un pull, une étole, leurs bras. Les conversations s'alanguiraient, les silences gagneraient en profondeur. On finirait par se séparer, sous les étoiles, les pieds nus sur l'herbe déjà humide, en se promettant de se revoir très vite, ici ou à Paris. Puis il y aurait l'amour avec Luc. Les nuits de nouveau trop courtes. Cette fatigue si particulière des mois d'été, savant dosage de canicule, d'abandon et de corps moites qui se retrouvent et se livrent. Il y aurait de la musique aussi. Quelques romans aux pages cornées égarés sur les tables basses près de la piscine, que l'humidité nocturne aurait fripés aux entournures. Oui, ce serait un bel été.

J'allume mon ordinateur, commence à passer en revue quelques sites de location de maisons. On pourrait aussi envisager un échange ; nos appartements respectifs sont assez grands, surtout celui de Luc. L'idée ne m'a pas plus tôt effleurée que je grommelle intérieurement. Jamais il ne laissera les clés de chez lui à qui que ce soit, avec son précieux violoncelle à l'intérieur ! Il ne va pas le prendre avec nous, si ? J'imagine qu'une beauté pareille craint les variations de température. Sans parler du trajet. Je ne vois pas la chose être bringuebalée en TGV ou balancée sans ménagement dans le coffre d'une voiture. Mais peut-être que Luc ne peut s'en passer et choisit ses lieux de villégiature en fonction de son instrument ? Il faudra que je lui pose la question. Les soirées s'achèveraient par un concert privé. Je souris, me représentant une fois de plus mon homme comme il m'est apparu la première fois sur sa photo de profil. Mon Dieu, ces genoux !

Un bip.

Jean, de Tinder.

Il me fait rire. Puis il est beau mec, ce qui ne gâche rien. On s'écrit depuis une dizaine de jours, rien de très suivi, mais chaque fois, je finis par rire aux éclats. Il a toujours une anecdote rigolote à raconter, sur son boulot, ses voisins, son quotidien. On s'est aussi découvert une passion commune pour la confiture de griottes. Je n'aime cette variété de cerises qu'étalée sur une biscotte ou une tranche de pain grillé. On a échangé des recettes, nos marques préférées. Et nos petites méthodes de grand-mère pour en faire disparaître les taches.

Notre relation ressemble un peu à celle qui s'était instaurée avec Marc, le désir en moins – en ce qui me concerne, en tout cas. Jean n'insiste pas d'ailleurs pour que nous nous rencontrions ; nos discussions ont l'air de lui suffire, et si je mets quelques jours à lui répondre, il ne se vexe pas. Pour autant, nous avons décidé d'un commun accord implicite de ne pas évoquer nos ex, ou nos histoires en cours. Ce qui permet à une petite touche de mystère, à un zeste de flirt de planer sur nos échanges. Tout ça reste en somme très innocent.

Ce soir, je me laisse un peu emporter, et ce n'est qu'à minuit passé que je mets fin à notre discussion virtuelle. Luc m'a depuis un moment envoyé un SMS pour me souhaiter bonne nuit. J'ai répondu d'un émoji.

Au moment de couper mon portable, je reçois un message qui me semble provenir d'une autre époque. C'est Marc. Il s'étonne de ne plus avoir de mes nouvelles. Comme toujours, il navigue entre deux eaux : il garde ses distances, jouant sa partition sur le ton de l'amitié, ce qui ne l'empêche pas de glisser que je lui manque. Il ajoute qu'il vient de regarder mes photos, qu'il a imaginé toutes sortes de choses entre nous. Bref, il n'a pas changé. Moi si. J'envisage un instant de ne pas même lui répondre, puis, très sûre de moi, je lui écris pour le remercier du temps qu'il m'a consacré, pour ses conseils, pour avoir été là, tout simplement, quand j'ai eu besoin de lui. Alors, sans aucune animosité, sans la moindre amertume à l'égard de son indécision, de ses ambiguïtés, j'achève mon texto en lui disant que j'ai tourné la page. Je ne lui parle même pas de Luc. Je lui dis que je l'ai trop attendu et qu'il est inutile de revenir vers moi.

Il y a des moments comme ça, dans la vie, assez rares finalement, où l'on a brusquement l'impression d'occuper enfin la place qui nous était destinée. Et d'avoir atteint le savant point d'équilibre entre la fragilité gracile de l'enfance et la force toute féminine de la maturité.

J'éteins, un sourire aux lèvres. Invincible.

Raphaël N.

C'est rare qu'un homme pense à une autre femme en faisant l'amour. Chez nous, tout se joue à travers la vue; on préfère le réel à l'imaginaire. Pourtant, à une époque, ça m'est arrivé. Au travail, dans l'open space, je passais toutes mes journées à moins de deux mètres d'Anne-Claire. Et cette présence a fini par m'obséder. Sexuellement parlant, je veux dire. Pourtant, Anne-Claire n'était pas spécialement belle, ni particulièrement sexy. Mais à force de vivre côte à côte trente-cinq heures par semaine, onze mois sur douze, il s'est créé une tension sexuelle intense entre nous. Car je suis sûr que c'était partagé. Ça doit être une question de phéromones, de trucs volatiles qu'on finissait par ressentir. Voilà comment je me suis mis à fantasmer sur elle en faisant l'amour. Il n'y avait plus qu'elle, dans ma tête, dans ces moments-là. Une fille qui ne me plaisait même pas à la base, mais la posséder me hantait…

Élisabeth L.

On nous dit que c'est juste du sexe. Non, c'est de l'amour ; seulement, ça ne dure pas, c'est tout. Mais l'amour dure-t-il, de toute façon ? L'homme que je viens de rencontrer, je lui suis totalement fidèle, je veux dire en pensée, je n'en imagine pas un autre pendant que je suis dans ses bras. En revanche, après des années de mariage, même si tu es fidèle, tu es forcément infidèle en pensée… Alors qu'est-ce qui est préférable ? D'être à 100 % avec un amant d'un soir, ou bien à 50 %, ou même à 5 % avec un mari ? Je vous pose la question mais je n'ai aucune intention d'y répondre… Je vis ma vie, je ne la décortique plus désormais.

3

Axelle, la fille aînée de Luc, est là pour le weekend. Il a un peu tourné autour du pot, puis il a fini par m'avouer qu'il aimerait me la présenter. Mais que, bien sûr, si je trouvais que c'était trop tôt…

Il était tellement emprunté et maladroit, il avait visiblement si envie que je la rencontre qu'une vague de tendresse m'a poussée dans ses bras. Pendue à son cou, je l'ai embrassé à en perdre le souffle. Je ne l'aime jamais autant que dans ses fragilités.

Bien sûr que je serais ravie de connaître Axelle.

Notre histoire franchissait un nouveau cap, ce seuil effrayant de l'officialisation auprès de la famille, et, alors que j'avais tout fait pour retarder ce moment, je découvrais que j'en étais profondément heureuse.

Il a été convenu que je les rejoigne pour un déjeuner tardif au Drugstore des Champs-Élysées. Enfant, j'adorais cet endroit qui me semblait le summum de la sophistication. Les caissières avaient la froideur des grands de ce monde. On y trouvait aussi bien des pinces à épiler que des livres, des montres que des bagages. Les serveurs s'affairaient, débordés. C'était chic.

Même si la décoration a été refaite il y a quelques années, ça l'est toujours autant. En ce dimanche midi, les lieux sont combles, le brunch réputé.

Je repère Luc à travers la vitre, en compagnie d'une très belle jeune femme. Sa fille. Je les observe avant qu'ils ne me remarquent. Têtes penchées l'un vers l'autre, ils conversent avec une grande complicité, preuve d'un respect réciproque. Axelle a le nez de son père, de longs cheveux châtains tirant sur le blond vénitien. On la devine sûre d'elle. D'un mouvement de la main, elle appuie son propos. Le geste est féminin, porteur d'une élégance naturelle. Les attaches fines, les doigts longs. Je me demande si son père lui a enseigné le piano.

Je m'approche enfin. Luc se lève en me voyant arriver.

Il me salue d'un rapide baiser à la commissure des lèvres.

— Emma ! Je te présente Axelle.

La fierté paternelle suinte à travers tous ses pores.

Axelle me sourit, ne fait pas mine de m'embrasser ou de me serrer la main. Très bien. Je ne suis peut-être pas la première qu'elle subit ainsi lors de l'un de ses passages éclair à Paris. Luc ne s'est pas étendu sur sa vie depuis son divorce. Des histoires, oui, a-t-il reconnu. Aucune qui n'ait vraiment compté. Je n'ai pas cherché à en savoir plus. Pour quoi faire ? Nourrir une jalousie rétrospective ? Me délecter du fait qu'aucune ne m'arrivait à la cheville ? Quel intérêt ?

Je m'installe, quelque peu mal à l'aise. Je n'aurais jamais dû enfiler cette robe, qui ne me ressemble pas. J'ai l'air d'une vieille rombière, c'est atroce. Et je suis en nage de surcroît. Mes ampoules me font mal aux pieds. Ma paire de New Balance usée aurait été plus appropriée. Intérieurement, je sanglote tant me manquent jean et vieux pull, culotte en coton et débardeur hors d'âge.

Sous la table, la main de Luc vient effleurer ma cuisse. Et je reprends aussitôt confiance en moi. Je ne suis pas là pour passer un grand oral, ni pour être recrutée ou simplement validée par sa fille. Je suis là parce qu'il le souhaite, parce qu'il m'aime, parce qu'il me fait entrer un peu plus encore dans sa vie. Une vie bien réelle qui s'étend au-delà de son salon, de son lit, de sa salle de cours au Conservatoire. Une vie durant laquelle il a aimé d'autres femmes. Où il a cajolé celle qui me fait face, alors enfant, l'a consolée de ses premiers chagrins, lui a chanté ses premières berceuses.

— Papa m'a raconté que tu écrivais un article sur l'amour à l'heure du virtuel, me lance Axelle. Je suppose que tu as déjà pas mal de matériel, mais si ça t'intéresse, j'aurais quelques anecdotes à te raconter.

Devant l'air horrifié de son père, elle éclate de rire.

— Papa ! Enfin ! Ce sont surtout des histoires qui m'ont été rapportées. Tu imagines bien que je ne suis jamais allée sur ce genre d'applis.

Et tout en m'adressant un clin d'œil complice, elle engloutit une bonne part de pancakes dégoulinants de sirop d'érable.

***

Axelle nous a dit au revoir devant la bouche de métro, me serrant cette fois-ci contre elle dans un *hug* très américain, de ceux qui vous font croire le temps de leur durée que vous êtes la personne la plus chère au monde aux yeux de celui qui vous étreint.

Sous un soleil généreux, main dans la main, Luc et moi descendons l'avenue de Wagram vers la place des Ternes. J'en oublie mon mal aux pieds, mon ventre gonflé de brioches, de pains aux raisins et de muesli aux fruits rouges.

— Alors ? demande le père, déjà prêt à défendre sa progéniture.

— Alors, ta fille est très chouette.

Il se détend imperceptiblement, un sourire de fierté paternelle aux lèvres.

— N'est-ce pas ? Bon, je dois avouer que ses choix professionnels me laissent un peu dubitatifs, on est loin de l'éducation artistique qu'elle a reçue, mais que veux-tu… Elle a la réussite chevillée au corps, et ça, sans aucun doute, elle le tient de nous.

Ce « nous » qui n'est pas nous me hérisse légèrement. Je ne supporte pas ces couples divorcés qui réussissent si bien leur séparation qu'ils deviennent, une fois chacun chez eux, les meilleurs amis du monde, au point que leur entourage en vient à se demander pourquoi ils ont pris la peine d'officialiser leur désamour devant un juge. Ils passent leur Noël ensemble, parfois avec leur nouveau conjoint qui ne sait sur quel pied danser, tant les souvenirs, la langue commune, de l'ancien couple prennent le pas sur toute discussion. Atroce.

Ce n'est pas le cas de Luc et Cécile. Ils n'échangent que le strict minimum et toujours au sujet des enfants. J'ai appris de la bouche de Luc que c'était lui qui avait mis fin à leur mariage, quand elle lui avait avoué une infidélité avec un photographe tout juste rentré d'Indonésie après le tsunami. Luc a cette intransigeance des passionnés et de la plupart des artistes. Les mots ont un sens. On ne les galvaude pas. On respecte les contrats ; autrement, on les rompt. Il ne tolère aucune fausse note, pas davantage en jouant Bach que dans la vie, et c'est cette exigence qui m'attire aussi chez lui, alors que mon tempérament des îles me pousse souvent vers plus de facilité et de compromis. « Tout, plutôt qu'une scène », pourrait être ma devise. Tant pis si ce « tout » requiert une bonne dose de lâcheté. Les petits arrangements me conviennent parfois mieux que de trancher dans le vif.

— Axelle est très belle.

Le papa se rengorge.

— Oui, c'est vrai.

Nous poursuivons notre route, discutant de tout et de rien. La qualité du brunch, les convives des tables alentour. La météo parfaite, c'est si rare. Les ponts du mois de mai. Si on repartait en week-end ? Fontainebleau ? La Rochelle, en train, c'est facile. Marseille ? Londres ? Les choix sont infinis.

Ce n'est que plus tard, dans son lit, que nous nous décidons. Ce sera Paris, dans un hôtel proche de

Saint-Germain-des-Prés. Il est si agréable de jouer au touriste dans sa propre ville.

Mon téléphone n'a cessé de vibrer. Jean semble en mal de discussion.

Silvio T.

C'est encore plus compliqué que ce que vous croyez... Au début, avec les femmes, j'étais toujours prêt à rendre service, je disais oui à tout, je ne les contredisais jamais et je faisais l'essentiel du ménage et des courses à la maison. Le problème, c'est qu'elles en demandaient toujours plus. Je ne leur jette pas la pierre, vous savez, c'est naturel, mais à force d'être docile, serviable, on finit par manquer de caractère, je dirais presque de virilité, et elles finissent par ne plus être du tout amoureuses de ce genre d'hommes. Après ça, j'ai retenu la leçon : je n'en faisais plus qu'à ma tête et je ne levais pratiquement jamais le petit doigt quand j'étais avec une femme, afin d'éviter de passer pour le mec trop gentil, sans véritable personnalité. Et, pour le coup, elles finissaient par en avoir assez de mon attitude et me foutaient dehors un jour ou l'autre.

Thierry M.

J'entends souvent dire qu'il faut à tout prix fuir la routine dans un couple. Enfin, un couple qui vit sous le même toit. Vous trouverez d'ailleurs un million de personnes pour vous faire la leçon et vous assurer qu'il faut se réinventer à tout moment, avoir des idées, surprendre l'autre, sortir, rencontrer de nouveaux amis, découvrir de nouveaux lieux, de nouveaux pays, bref, qu'il faut faire des efforts pour entretenir la flamme. Mais toutes ces choses nous sont parfaitement naturelles quand on est amoureux : on ne se force jamais à sortir, à faire la fête, à fuir la routine, on ne s'oblige pas non plus à faire l'amour n'importe où, n'importe quand, ou à inventer sans arrêt des trucs de dingue. Alors, dans un mariage, lorsqu'on se dit qu'il faut faire des efforts pour fuir la routine, eh bien, c'est trop tard : la lumière a déjà pâli. Après, bien sûr, on peut toujours s'obliger à inventer de nouvelles sorties et chercher à surprendre l'autre, mais au lieu d'être portés par l'enthousiasme, ces actes sont dictés par le devoir de faire durer le couple à tout prix. Mais, croyez-moi, ce n'est plus vraiment la même chose. Bien sûr, on s'amuse quand même, on profite des soirées, on se chuchote qu'on s'aime, mais personne n'est tout à fait dupe : comme on n'est plus transportés par un feu intérieur, on fait juste des efforts pour jouer au couple modèle.

4

Luc m'a réservé une magnifique surprise. Non seulement l'hôtel qu'il a dégotté, près d'Odéon, est merveilleux, mais en plus, nous avons des places pour l'opéra : une représentation de *Don Giovanni*, mon préféré. Quand je le lui avais avoué, il s'était gentiment moqué de moi. Il trouvait ce choix peu féminin. À ses yeux, j'aurais dû plutôt me consumer pour *La Traviata*, ou encore *Carmen* (qui m'indispose, trop entendu dans des pubs pour liquide vaisselle ! Insupportable). Je l'avais traité de vieux macho du siècle avant-dernier, il avait ri avant de me soulever pour me balancer sans aucune délicatesse sur son épaule en me disant qu'il allait me montrer comment se comportaient les hommes des cavernes. Je n'avais pas été déçue et avais promis de ne plus jamais quitter sa grotte, cachée sous les toits, aurait ajouté Cabrel, qui aurait alors proposé à Luc de clouer des notes à ses sabots de bois, une expression dont le chanteur était sûrement le seul au monde à comprendre le sens.

Nous voilà donc à Bastille. Accrochée à son bras, je sautille comme une enfant impatiente avant son tour de manège. Les gens s'apostrophent, heureux de se retrouver. Des mélomanes commentent les dernières interprétations auxquelles ils ont assisté. Des adolescents traînent leurs baskets et leur ennui, nez rivé sur leur smartphone, dans le sillage de parents prêts à tout pour les initier à la grande musique et regrettant déjà leur entêtement à éduquer ces petits monstres récalcitrants. Il en allait de même à la maison, et je souris en voyant ces ados désabusés et revenus de tout. Quand Lyne et moi étions petites, ma mère tentait à tout prix de nous inculquer une « culture ». Elle nous lisait Racine sans y mettre le ton, passait des disques de Verdi le dimanche après-midi, que nous étions priées d'écouter religieusement sur le canapé, sans piper mot, et nous obligeait à mettre en scène des *Fables* de la Fontaine à chaque vacances. Un cauchemar. Mais elle-même avait souffert de ces manques, une fois à Paris, jeune diplômée, et elle comptait nous éviter le même sort. Mon père, quant à lui, se riait de tout ça, et se contentait de nous raconter les années 1960, Londres, les Beatles, Woodstock et que sais-je encore, passant sous silence la ségrégation raciale aux États-Unis, la misère des Noirs débarquant en Grande-Bretagne depuis les Caraïbes, les townships d'Afrique du Sud. Le jour où nous avions interprété à un Noël de famille une version rasta et slamée avant l'heure du « Lion et le moucheron », où Lyne, en insecte zélé, tournait autour de moi en me menaçant d'une pique à brochettes et en imitant le moustique à la perfection, risquant plus d'une fois de me crever l'œil, ma mère avait considéré sa tâche accomplie. Nous avions abandonné opéra, grande littérature et Histoire pour découvrir « Dallas » et « Champs-Élysées » les samedis soir, sans que personne, au bout du compte, s'en plaigne vraiment. Et c'est donc en fredonnant l'air de la célèbre émission de variétés que je franchis les portes de l'opéra Bastille.

Une fois que nous nous sommes installés à nos places, Luc prend ma main dans la sienne. L'orchestre s'accorde et… la scène s'éclaire.

***

Lorsque le rideau retombe à la fin du premier acte, je reste clouée à mon siège tandis que les spectateurs commencent à se lever en ordre dispersé. C'était beau, puissant, féerique. Luc n'a pas lâché ma main. Je reprends lentement mes esprits. Lui, mieux que personne, connaît ce genre d'émotion qu'il convient de laisser infuser en soi le temps nécessaire.

Nous finissons par nous diriger vers la buvette, à la recherche d'un rafraîchissement.

— Je ne te demande pas si tu as aimé, me dit-il en me caressant le dos.

Il m'attire contre lui (emporté par la foule, me susurre à l'oreille Édith Piaf en personne) et se penche pour m'embrasser quand quelque chose, ou plutôt quelqu'un, le retient.

— Luc !

Il se retourne, avant d'éclater de rire.

— Jean ! Quelle surprise.

Si la statue du Commandeur s'était avancée vers moi de son pas lourd et menaçant, je n'aurais pas été plus pétrifiée.

Édouard M.

Il y a deux sortes de coups de foudre. Celui que tout le monde connaît, l'amour au premier regard quoi, et puis l'autre, le coup de foudre à l'envers. C'est parfois un détail, un tout petit truc qui fait que tu cesses d'être amoureux d'une seconde à l'autre. Mais c'est aussi violent dans les deux sens. Et on est toujours à la merci de l'un comme de l'autre.

Brice V.

Si je n'ai aucun mal à séduire les femmes, j'ai toutes les peines du monde à les quitter. Chaque fois, ce sont des dizaines d'appels que j'endure à toute heure du jour et de la nuit, sans compter les textos. Puis ce sont les insultes, les pleurs, des scènes devant chez moi. C'est un cauchemar, et ça dure parfois des mois ! C'est avec cette idée en tête désormais que j'entreprends de nouvelles filles : je combats mon naturel pour être moins attentionné, moins sensuel, plus froid en toutes circonstances. Même pendant l'amour, j'essaie de me montrer à mon désavantage.

Je reconnais que ça me gâche un peu le plaisir, mais, du coup, quand je parle de séparation, ça se passe beaucoup mieux... Vous trouvez que je suis tordu ? Oui, sans doute, mais je vis mieux ainsi.

5

J'aurais aimé disparaître. Remonter le fil des dernières minutes de manière à arriver au buffet de l'opéra quinze secondes plus tard ou plus tôt. Ce qui aurait suffi à éviter la collision, le drame, le sang, la mort.

Mais comme tout corps précipité d'un quinzième étage ne manquera pas de s'écraser au sol, il était écrit que nous devions tomber sur Jean ce soir-là.

Jean, dont j'allais apprendre d'un instant à l'autre qu'il était l'ex-beau-frère de Luc.

Luc, qui allait bientôt découvrir que je flirtais depuis des semaines avec Jean. Et que cela soit virtuel ne tempéra en rien son amertume, son sentiment de trahison et le dégoût qu'il éprouva à mon égard. Tout aussi prompt qu'il avait été à m'aimer, il le fut à me quitter.

Je reconnus Jean à la seconde même où il me sourit. « Emma ? C'est bien toi ? Que le monde est petit, je ne pensais pas que notre première rencontre hors algorithme se déroulerait autour de Mozart ! » Devant mon air égaré, alors que j'avais maladroitement tenté de me cacher derrière Luc, son visage se referma.

Il fit de son mieux pour se rattraper, mais les quelques mots qu'il m'avait adressés avaient provoqué des dégâts aussi irréparables que ce foutu iceberg dans la coque du *Titanic.*

Luc s'était pétrifié, le teint blême. J'avais compris, avant même qu'il ne prononce un mot, que tout était fini. Définitivement.

Il avait réussi à maintenir tant bien que mal les apparences devant un Jean des plus gênés, avant de me prendre par la main pour se diriger vers la sortie de l'opéra, où je devinais déjà que, quoi que la vie me réserve, je ne remettrais jamais plus les pieds. Tout comme je ne pourrais plus écouter *Don Giovanni* sans pleurer.

Là ci darem la mano... Andiam, andiam, mio bene, a ristorar le pene d'un innocente amor...

Ses doigts glacés enserraient les miens sans aucune tendresse. On était si loin de ce passage de *Bel Ami* qui, hier encore, m'avait touché au cœur : « Il n'y a pas de bonheur comparable à la première pression des mains, quand l'un demande : "M'aimez-vous ?" et quand l'autre répond : "Oui, je t'aime". » Mots que Luc n'avait jamais prononcés tout en me prouvant de mille manières les sentiments qu'il nourrissait à mon égard. Mots que je n'entendrais jamais franchir ses lèvres.

Le spectacle, en ce qui nous concernait, se poursuivrait dans la rue, où Luc, perdant toute maîtrise de lui-même, me fit une scène qui n'avait rien à envier aux tragédies grecques. L'homme qu'il devint alors m'était inconnu. Blessé, trahi, il déversait dans les caniveaux un flot d'invectives plus virulentes les unes que les autres, se reprochant avant tout à lui-même d'avoir été assez naïf pour croire à une belle histoire sous prétexte que je connaissais par cœur toutes les chansons de Souchon et que je préparais les meilleurs cafés au lait qu'il lui ait été donné de boire. Il gesticulait, éructait, tempêtait, sa colère ne parvenant pas à dissimuler l'étendue de sa peine. En un mot, il souffrait. Il n'était pas stupide. Si mes échanges avec Jean avaient été si innocents que ça, je lui en aurais parlé, tout comme j'avais mentionné Brice, Édouard et les autres, dont nous avions disséqué les propos au fil des semaines.

Face à lui, le visage sillonné de larmes, les bras ballants, je ne me défendais pas, incapable de prononcer le moindre mot. Déjà, ma mémoire, cette hydre sans pitié, me repassait chaque scène d'amour, chaque dialogue murmuré au creux de la nuit, les embellissant, m'empoisonnant le sang plus sûrement que si elle m'avait obligée à avaler la ciguë pour me punir de ma conduite.

Sans même me rendre compte que je jouais, j'avais pourtant joué et j'avais perdu. Tout. Tout ce qui m'importait, tout ce qui me rendait belle, équilibrée, douce, tendre, intelligente, drôle. Tout ce que j'aimais. L'idée de ne plus voir Luc caresser son violoncelle, ce violoncelle dont j'avais été si jalouse, me noua le ventre. J'étais anéantie. Rien ne pourrait réparer ce coup de canif dans le contrat qui nous liait implicitement.

Car, si Luc savait très bien que j'allais encore sur Tinder pour parfaire mon article, il allait de soi, pour lui, que je n'y entretenais plus aucune conversation personnelle. Il était un homme d'engagement. Quel besoin aurais-je eu de poursuivre des conversations avec des inconnus dont le seul but était, au bout du compte, de me glisser dans leur lit ?

Quant à moi, j'aurais eu bien du mal à me faire passer pour une oie blanche. Mes dialogues avec Jean flattaient mon ego et, si j'avais péché, ce n'était que par orgueil. Ça n'en demeurait pas moins condamnable, orgueil et luxure étant tous deux inscrits sur la liste des péchés capitaux. Je méritais les feux de l'enfer, et ce fut sur ce trottoir parisien qu'ils mordirent mes chairs.

La sentence de Luc me sembla-t-elle disproportionnée, alors que j'allais chercher le lendemain matin mon sac abandonné dans cet hôtel où nous n'avions pas passé la nuit ? Non. J'avais trahi sa confiance et je n'avais plus l'âge de croire que ces plaies-là cicatrisaient. Même si Luc acceptait de m'écouter, même si je me traînais à ses pieds, m'arrachais les cheveux, griffais ma poitrine devant lui dans une tentative d'expiation, il se détournerait de moi. Il lui serait impossible de me faire encore confiance. Comme il lui avait été impossible de ne pas rompre avec sa femme une fois qu'elle lui eut avoué son infidélité passagère.

Je n'avais pas embrassé Jean, je ne l'avais même jamais vu avant cette soirée à l'opéra, mais qu'il soit justement le frère de l'épouse qui l'avait bafoué ne pouvait que renforcer Luc dans sa décision.

C'était terminé. Mon bel amour, je l'avais perdu, et pour quoi ? Quelques messages échangés dans une rame de métro ? Un compliment bien tourné venant d'un homme dont je n'avais même pas envie ?

C'en était si ridicule que j'en aurais ri, si je n'avais été anéantie.

Sous un soleil insolent de santé qui se moquait de ma tristesse abyssale, j'ai repris le chemin de chez moi, sac à l'épaule, yeux bouffis par les larmes dissimulés derrière mes lunettes noires, un sentiment de fin du monde me poussant au bord de la nausée.

J'avais osé l'amour, je m'étais lâchée des deux mains, j'avais plongé les yeux fermés dans cette histoire et je touchais maintenant le fond de la piscine, sans le petit pull marine de Luc.

Un nouveau sanglot m'a serré la gorge. Je n'écouterais plus Satie le matin au réveil. Mon mouvement perpétuel était rompu. Il ne restait que le silence. Et la douleur. Un ricanement amer m'échappa en pensant à Matthieu, qui m'avait tant blessée lorsque j'avais remarqué la petite bille verte sur Tinder prouvant qu'il était connecté. Nina et moi l'avions piégé, et, par un retour de bâton aussi violent qu'inattendu, je m'étais à mon tour piégée toute seule.

Arrivée à la hauteur du pont Mirabeau, j'ai remarqué un grand type décharné, dreadlocks au vent. Les lèvres collées contre un micro relié à un petit ampli posé à ses pieds, il slamait d'une voix grave les maux du quotidien. Je me suis arrêtée un instant pour l'écouter. Rien ne me pressait plus. Personne ne m'attendait. Ses vers, ponctués par une rythmique enregistrée et le son du djembé qu'il tenait entre ses jambes, firent écho à ma peine. Le sort se riait décidément de moi, cet homme n'était pas là par hasard. Mais cette synchronicité-là, je m'en serais bien passée.

Chanson « Le pont Mirabeau » ou « La complainte de Tinder »

Guillaume Apollinaire
Faut-il qu'il t'en souvienne
Sur le pont Mirabeau
Elle m'a fait une scène !

Rencontrée sur Tinder
Elle disait *carpe diem*
Et surtout qu'elle aimait
Les restos, le ciné
Et les gens spontanés
Putain, où allait-elle
Chercher des trucs pareils ?

Elle maniait tour à tour
L'adage, le postulat
Et comparaît l'amour
Aux boîtes de chocolats
Elle critiquait son ex
Ses lubies, ses hormones,
Et ses clics sur YouPorn

Guillaume Apollinaire
Faut-il qu'il t'en souvienne
Sur le pont Mirabeau
Elle m'a fait une scène !

Elle avait une maîtrise
Elle faisait quatre bises
Kiffait Andy Warhol
Et Jorge Luis Borgès
Elle parlait de nuits folles,
Sur la Costa del sol
Gijón et Cadaqués

Mais moins d'un mois plus tard
Le bol de tisane bio
Chassait le mojito
Puis elle s'endormait cash
En disant Mon amour
Pas le temps pour l'amour
Demain j'suis à l'arrache

Guillaume Apollinaire
Faut-il qu'il t'en souvienne
Sur le pont Mirabeau
Elle m'a fait une scène !

Un jour, pont Mirabeau
On faisait des selfies
Quand un foutu texto
Sema la zizanie
Tigresse326
Me donnait rendez-vous
Au centre Pompidou

Alors elle m'engueula
Comme une truite avariée
Comme un saumon pourri
Sur ce pont de Paris
Elle avait tant de haine
Qu'un couple de Slovènes
En eut des acouphènes

Puis elle me balança
Mes quatre vérités
Mit des points sur mes i
Et des barres à mes t
Elle dit qu'j'valais pas mieux
Que son con d'ex-mari
Et Strauss-Kahn réunis

6

> Tes affaires sont à la loge de Mme Carnero. Tu peux passer les prendre aux heures ouvrables. Je souhaite ne plus jamais te revoir.

Le SMS est arrivé hier soir. Les derniers mots de Luc.

Hagarde, je traîne dans l'appartement. Je ne me suis pas lavée depuis mon retour hier. J'ai mal dormi. J'alterne café noir et mojito bien tassé, achevant la bouteille de rhum offerte par mon père l'année dernière.

Une petite voix me murmure par vagues que Luc exagère, qu'il fait preuve d'une dureté que rien ne justifie. Une autre me conseille de m'interroger plutôt sur les raisons qui m'ont poussée à poursuivre ce dialogue avec Jean. Pourquoi n'ai-je pas immédiatement annoncé que j'étais en couple, et heureuse, mais qu'en tant que journaliste, je serais ravie de discuter avec lui sur l'appli ? Et rien de plus ! L'Espoir me souffle de laisser un peu de temps à Luc, qu'il reviendra, qu'on ne renonce pas ainsi au plus bel amour du monde. La Vengeance me suggère de le jeter comme un malpropre le jour où il réapparaîtra, que ce type est violent, il me rend service finalement, mieux vaut découvrir son vrai visage aujourd'hui que dans deux mois, au bord de notre piscine quand il aurait balancé une claque à Léo parce que ce dernier l'aurait éclaboussé en plongeant. L'enfant en moi déchire à coups de cutter sa robe de mariée blanche, vaincue. La presque quinqua me prendrait en pitié si elle était capable d'en éprouver. Mon cœur se vide de ses dernières gouttes de sang. Mon cerveau tente de réorganiser mon emploi du temps des jours à venir.

Tous deux se contredisent une fois encore. S'emportent. On se croirait dans les années 1980 sur le plateau de « Droit de réponse », la fumée des cigarettes en moins. J'ai mal au crâne, mal au cœur. Je lance *Gilmore girls* sur Netflix. Impossible de suivre un épisode sans me remettre à sangloter.

J'appelle Nina. Elle ne décroche pas.

Une notification Tinder.

Jean, forcément. Il n'y a plus qu'avec lui que je corresponds ici.

J'agrippe mon portable, prête à le fracasser en le balançant par la fenêtre. Puis me ravise.

Emma, je suis désolé pour l'autre soir, si j'avais su... Luc ne prend pas mes appels. J'espère que vous êtes encore ensemble.

Luc ne prend pas ses appels. Luc doublement trahi. Luc qui souffre. Luc qui ne quitte plus son violoncelle. Luc qui brise son archet de rage. Luc, pieds nus sur son parquet. Luc, le visage enfoui dans les poils du Clou. Luc, Luc, Luc…

Je supprime Tinder. J'éteins mon téléphone.

Cécilia E.

Mon ex est un grand malade. Un manipulateur hors pair. Comme il a réussi à me dégoûter des hommes, j'ai signé un contrat avec Gaël, mon meilleur ami : je m'engage à lui verser cinq mille euros si j'emménage de nouveau avec un mec. Bien sûr, je pourrai avoir des aventures, mais finie la vie sous un même toit ! Gaël également a connu un divorce difficile, alors il m'a dit : « Très bonne idée ! Moi aussi je te signe le même contrat : si une fille vient un jour s'installer chez moi, je te verserai cinq mille euros. Comme ça, j'y réfléchirai à deux fois avant de faire une connerie. » Mais maintenant que j'y pense, il faudrait ajouter une clause à nos contrats respectifs, car si j'emménageais un jour chez Gaël, ou lui chez moi, je devrais lui verser cinq mille euros, mais comme lui aussi devrait me remettre la même somme, ça s'annulerait… Une seule solution : ajoutons une clause au contrat; si on vit un jour sous le même toit, on devra verser cinq mille euros chacun à notre ex-belle-mère.

Fiona K.

Grâce à son comité d'entreprise, Justin pouvait profiter d'un voyage aux États-Unis. Il m'a annoncé ça au moment même où je voulais le quitter. Pour le coup, je ne lui ai rien dit... J'ai toujours rêvé d'aller en Amérique! Alors, pendant les mois qui ont suivi, j'ai pris sur moi pour le supporter. C'était difficile, je n'éprouvais plus rien pour lui. Et puis ses petites manies m'horripilaient : sa façon de se brosser les dents les yeux rivés sur le chronomètre de son portable pour respecter les trois minutes préconisées, pas une seconde de moins, sa manière de ranger ses paires de chaussettes par couleur ou de se raser en s'observant avec une loupe... Mais j'ai fait un effort pour ne rien laisser paraître. Puis le grand jour est venu, on est parti trois semaines en Californie et dans le Nevada. Tout s'est très bien passé. Les paysages étaient grandioses. On a adoré. Le seul truc qui me gênait, c'est que Justin n'arrêtait pas de me répéter que ce voyage, c'était ce dont notre couple avait besoin pour redémarrer. Au retour, comme je me l'étais promis, je l'ai quitté. Il n'a jamais vraiment compris que ses petites manies m'insupporteraient pareillement à New York, à Moscou ou sur la Lune.

Maud F.

Comme Paul trouvait que je cédais toujours face à mon ex-mari, il n'arrêtait pas de me dire : « Il faut t'affirmer », ou alors « Ne te laisse pas faire! », « Tape du poing sur la table ». Alors, je me suis remise en question. J'ai suivi les conseils de Paul, et j'ai gagné en autorité. Peu à peu, j'ai réussi à imposer ma volonté à mon ex-mari. Au début, Paul m'a félicitée, mais, dès qu'il a commencé à se comporter comme un petit chef avec moi, j'ai aussitôt mis le holà. Il était comme dingue, il hurlait, il était dans tous ses états… J'ai fini par le quitter. Il ne s'en est jamais vraiment remis…

7

Il a bien fallu reprendre le boulot. Et m'intéresser aux ruptures. Des autres. Un dossier sur l'amour ne saurait être complet sans en parler. Mais bordel, que ça fait mal.

Souvent, les femmes comme les hommes déclarent qu'ils sont tombés sur des malades, des dingues, des pervers narcissiques. S'il y a un coupable, c'est toujours l'autre. Personne ne cherche en soi la raison de l'échec de la relation. On rompt parce qu'on ne supporte plus les petites manies de notre amoureux. Parce que le regard qu'il porte sur nous est moins flatteur. Parce qu'on a envie d'ailleurs. Il reste tellement de choix, encore, sur l'application. Pourquoi se prendre la tête ? Tant pis pour celui qui est incapable de reconnaître nos qualités, il n'a aucune idée de ce qu'il perd. Au suivant !

— T'as l'air fatiguée, ma chérie.

Je sursaute. Perdue dans mes pensées, je n'ai pas entendu Jacques approcher.

— Oui, tu sais, en cette saison, mes allergies me rendent dingue.

À ma connaissance, à cette période de l'année, on est surtout allergique aux hordes de touristes qui commencent à investir la capitale.

— Hum, hum.

Il me tend un Kleenex, mes larmes se remettant à couler.

— Pleure pas, ma belle, l'amour, c'est comme une cigarette, chantonne-t-il.

— Ça brûle et ça monte à la tête, enchaîné-je d'une voix tremblotante.

Et nous reprenons en chœur :

— Quand on ne peut plus s'en passer, tout ça s'envole en fumée.

Jacques me serre contre lui, alors que j'ignore si je ris ou je sanglote.

***

Jean a fait des pieds et des mains, se métamorphosant en super Inspecteur Gadget, pour me retrouver. Il avait fini par comprendre que j'étais cette journaliste dont Luc lui avait parlé, sans jamais mentionner mon nom. Ils étaient restés en contact depuis le divorce, discutaient de temps à autre au téléphone, prenant des nouvelles de leurs proches. Lors du passage d'Axelle à Paris, ils s'étaient revus, la mère de celle-ci ayant organisé un pot à sa galerie en l'honneur de sa fille. Luc lui avait alors dit qu'il avait rencontré quelqu'un. Il avait simplement évoqué une femme drôle. Belle.

Il n'avait pas eu besoin d'en dire plus pour que son ex-beau-frère comprenne qu'il en était épris.

Jamais Jean n'aurait imaginé que cette femme mystérieuse et celle avec qui il conversait sur Tinder, sous le pseudo de Mimi69, n'étaient qu'une seule et même personne. Je n'étais pas Shiva, mais Janus, conclut-il sur une malheureuse tentative d'humour.

Il m'explique tout cela dans la brasserie, déserte à cette heure-là, où la rédaction a pour habitude de donner ses rendez-vous.

— Il m'a suffi d'appeler tous les hebdos un peu en vue et te demander. Au cinquième, j'ai fait mouche.

Je souris tristement.

— Quoi ? Notre titre n'était pas le premier sur ta liste ?

Il évite de répondre en avalant une gorgée de Coca. Light, lui aussi.

— Emma, je suis vraiment désolé.

Je hausse les épaules.

— Tu n'y es pour rien. D'ailleurs, tu pourrais toi aussi être en colère et m'en vouloir d'avoir joué avec toi.

À son tour de hausser les épaules.

— Sincèrement, ça ne m'a pas effleuré. J'aimais nos échanges parce qu'ils étaient légers, que tu ne me demandais rien, que tu ne faisais pas de fautes d'orthographe et que tu avais un sacré sens de l'humour. Je me doutais bien que tu n'étais pas vraiment libre. Il t'arrivait de laisser passer plusieurs jours avant de me répondre. Bref, cette soupape était bienvenue, sans que je nourrisse pour autant des attentes démesurées.

— J'ai déconné. Je ne comprends pas pourquoi j'ai continué à t'écrire alors qu'au fond de moi, je savais que Luc en serait blessé. Pour preuve, je ne lui en ai jamais touché un mot.

— Tu sais, je vais sur ces sites depuis des années. Ils ont un côté addictif qui explique leur succès. Une fois qu'on y a goûté, difficile de raccrocher. C'est un peu comme avec les sites de recherche de biens immobiliers. Tu as beau avoir trouvé la maison de tes rêves, tu n'annules pas les alertes, tu ouvres les annonces, en te disant qu'il y a peut-être encore mieux.

— Peut-être. Mais j'aurais dû être plus fine que ça.

— Et Luc se montrer moins intransigeant.

— Il ne te parle toujours plus ?

— J'ai fini par le coincer un soir à la sortie du Conservatoire, avoue Jean.

Brusquement, je me demande si, au lieu de me morfondre, je ne ferais pas mieux d'agir de même.

Mon intention doit se lire sur mon visage, car Jean lève la main, comme pour m'arrêter.

— N'y pense même pas. Il ne s'est pas remis de l'esclandre qu'il t'a fait devant l'opéra. Il préférerait se jeter sous un bus que de vivre ça devant son lieu de travail.

Un peu violent comme image, mais efficace.

Jean poursuit.

— Emma, je connais Luc depuis des années. Il est entier, au point parfois d'en devenir psychorigide. Il a été blessé. Dans ses sentiments et dans son ego. Je suis désolé, mais je ne crois pas qu'il reviendra sur sa décision. Il est bien trop fier pour t'accorder une seconde chance… ou simplement la possibilité de lui donner une explication.

Je tourne ma cuiller dans mon déca. J'y ai ajouté trois sucres. Je ne mange plus assez, j'ai des vertiges en fin de journée.

— Merci, Jean, d'avoir pris le temps de venir me voir.

Il serre ma main libre entre les siennes.

— Emma, je suis vraiment désolé, répète-t-il.

Au même moment, un accord de guitare surpuissant résonne en moi. Puis une voix se met à chanter, en anglais bien sûr, la langue de mon père : « *If we'd go again; All the way from the start; I would try to change; The things that killed our love.* » Le monde entier connaît ce refrain, a dansé dessus en tenant quelqu'un dans ses bras. Pour la première fois, ces paroles prennent tout leur sens. « *Pride has built a wall, so strong; That I can't get through.* » C'est sur ces notes que j'enterre mon amour pendant que Jean n'a pas lâché mes doigts. Quoi de mieux que le célèbre slow des Scorpions pour accompagner cette cérémonie funèbre ? Et je ne peux que reprendre en chœur, intérieurement : « *I'm still loving you* »…

Fernando S.

Pourquoi ne progresse-t-on pas dans nos relations avec les femmes ? Eh bien parce qu'il n'y en a pas deux pareilles dans le monde. Je vous prends un exemple : j'avais 19 ans, j'avais invité Julie au resto avant de la ramener chez moi. Une fois à la maison, on est allés dans la chambre, et le moment venu, j'ai saisi le préservatif que j'avais préparé sur ma table de nuit. Après l'amour, elle m'a reproché sèchement d'avoir « tout prévu » pour coucher avec elle ce soir-là, sans spontanéité, le préservatif à portée de main. J'avoue que je n'ai pas tout compris mais, quelque temps plus tard, quand on s'est quittés et que j'ai eu un nouveau rendez-vous avec une fille, je n'ai rien préparé, et, le moment venu, je me suis levé, j'ai quitté la chambre et j'ai trifouillé un moment dans l'armoire de la salle de bains pour en rapporter un préservatif. Ça n'a pas manqué : après l'amour, la fille m'a reproché de n'avoir pas anticipé, et d'avoir fait retomber son excitation en allant chercher la capote. Bref, la vérité de l'une n'est pas toujours celle de l'autre. Chaque fois, tu repars à zéro…

Fanny L.

La plupart des mecs te disent qu'ils ne recherchent qu'une partenaire sexuelle. Rien de plus. Surtout rien de plus. Ah, tu ne veux que du sexe ? Eh bien, tu n'auras que du sexe. Quand M. est arrivé à la maison, il a commencé par dire quelques mots à propos de mon appart, la déco, la vue… Alors, je lui ai dit de se taire. On est là pour le sexe, non ? Je l'ai considéré comme une marchandise, un corps, rien de plus, jusqu'à ce qu'il en soit humilié. Aussitôt fini, je lui ai montré la porte. Il m'a demandé s'il pouvait me revoir, je lui ai glissé : « Appelle-moi, on verra », sans même le regarder. Il est revenu. Je ne lui ai jamais rien raconté à propos de ma vie. J'étais si mystérieuse qu'il a voulu savoir qui j'étais. C'est devenu une obsession. C'est lui qui a craqué et m'a proposé de venir le rejoindre en ville, dans un café, pour qu'on parle, qu'on apprenne à se connaître… Il avait fini par tomber amoureux de moi, ce con…

Paola Z.

Ça fait plus de deux ans que je suis sur Tinder. J'avoue que je n'ai aucun mal à séduire les hommes, aussi bien sur photo qu'à une terrasse de café. Quand j'ai rencontré Julien à ma pause déjeuner, tout s'est bien passé, et j'ai pensé qu'il me rappellerait très vite à la fin de ma journée de travail. Mais rien n'est venu. Pas même un SMS ! J'ai fini par lui envoyer un message, et il m'a répondu que oui, ce serait sympa de se revoir, mais en restant évasif. C'était la première fois que ça m'arrivait. Je me suis repassé cent fois notre entretien sans comprendre d'où venait le problème. D'habitude, les mecs me courent après comme des fous… Oui, j'avoue que j'ai été très vexée. Je me suis regardée dans la glace pour vérifier si je n'avais pas vieilli, ou grossi. Puis j'ai mis ça sur le compte de la robe que je portais ce jour-là, en demandant aux copines comment elles la trouvaient. Du coup, je fantasme comme une malade sur lui, mais j'ai trop d'orgueil pour le rappeler, alors je like de temps à autre ses photos Instagram, et j'essaie toujours de comprendre d'où vient le problème… De lui ou de moi ?

8

Je me traîne. J'ai annulé le dîner filles. Pas d'humeur. Nina est passée en coup de vent à la maison avant de s'y rendre. On a discuté un moment. Elle, les chagrins d'amour, elle a décidé d'y renoncer en 2003, quand Arthur l'a quittée. Ils étaient ensemble depuis trois ans. Elle venait de faire une fausse couche. Il lui a alors dit : «Je viens de me rendre compte que je n'étais pas prêt pour la paternité, c'était cool et fun entre nous, mais tu n'es pas la femme de ma vie.» Elle en a été anéantie. Elle s'est reconstruite, physiquement dans un premier temps, puis, comme un joueur sur Minecraft, en dressant des murs indestructibles tout autour d'elle, en inventant un monde dont elle seule avait la clé et le pouvoir de l'amender, l'améliorer ou le détruire. Depuis, je ne l'ai plus jamais vue amoureuse. Et on n'a plus jamais prononcé le nom d'Arthur.

Nina ne m'a pas servi des platitudes de type : «il ne mérite pas que tu souffres», «laisse faire le temps» ou «tu ne le connaissais pas depuis si longtemps».

Elle s'est contentée de me servir un verre d'eau, jugeant que j'avais déjà assez d'alcool dans les veines. Elle n'a pas fait non plus de commentaires à propos de mon apparence déplorable ou de mon manque d'hygiène, qui commençait à se faire sentir. Elle a lancé la bande-son de nos premières vacances ensemble, soit de la variété des années 1980, et s'est affalée dans le canapé à côté de moi. On a siroté nos verres en silence. Elle me tendait des Kleenex de temps à autre. Puis elle est partie en annonçant qu'elle repasserait le lendemain.

Incapable de dormir, je me replonge dans le boulot, même si c'est par Tinder que tout est arrivé, le meilleur comme le pire. Mais l'application n'y est pour rien. J'avais mon libre arbitre. Ce serait bien trop facile de l'accuser de tous mes maux.

En feuilletant mes notes, je m'aperçois que le sujet est assez complet. On y parle amour, bien sûr, mais aussi désir, pratiques sexuelles, fidélité (à notre partenaire ou à l'application). Il me manque malgré tout un élément qui permettrait de prendre un peu de hauteur par rapport à tout ça. Le témoignage d'un psy serait bienvenu. De quoi faire un bel encadré.

Je lance une recherche. Il me faudrait de préférence une femme. Et qui n'aurait pas été interviewée plus d'un million de fois. Les lecteurs ne sont pas stupides : le réchauffé, ils le repèrent en moins de trente secondes chrono.

Les pages de résultat défilent sur mon écran. Je limite ma recherche à Paris, autant la rencontrer directement, les interviews n'en sont que meilleures. Une thérapeute donc, exerçant à Paris…

Bientôt, la perle rare me saute au nez : Elsa Levant. Psy *et* auteure, elle sera sans doute ravie qu'on parle de son livre dans nos pages. D'autant que ce dernier porte sur… un dominateur cruel, un pervers narcissique de la pire espèce, qui chasse sur les applis de rencontre, et vient consulter une psy. Cette dernière, dans le but de venger les femmes d'un tel prédateur, va s'inscrire à son tour sur le site qu'il fréquente afin de le traquer, menant ainsi un double jeu sulfureux.

Le jour même, je me précipite dans une librairie.

Chloé R.

Comme je n'ai jamais eu de chance en amour, j'ai décidé de prendre les choses en main et de me renseigner sur la question avant de m'inscrire sur un site de rencontre. J'ai lu des trucs sur le meilleur moyen d'être en accord avec soi-même, d'être égoïste sans pour autant piétiner les autres, de ne pas négliger ses propres désirs. J'ai appris des quantités de choses sur les hommes et les femmes, les rapports amoureux, la manière de s'affirmer dans son couple. Bref, je me pensais armée. Mais ça n'a pas raté, je me suis fait de nouveau avoir par un mec, et le premier avec qui j'ai matché ! Pourtant, j'avais sagement attendu la deuxième rencontre pour coucher, afin qu'il ne me prenne pas pour une fille facile. Eh bien, on était à peine au lit qu'il recevait un SMS, d'une certaine Valérie, et qu'il me proposait un plan à trois...

Julien V.

J'ai rencontré Sylvie à une terrasse de café, un midi. Elle m'a bien plu, on a échangé nos numéros. Mais, je ne sais pas, j'ai tout de suite senti qu'elle était partante, et du coup, ça m'a refroidi. En fait, je crois que ce qui me plaît, c'est la chasse. Une fois la proie ferrée, ça ne m'intéresse plus tant que ça…

9

Je m'installe à la terrasse des Deux Amis en guettant l'arrivée d'Elsa Levant. Comme je n'ai trouvé aucune photo d'elle sur le Net (excepté une image de dos sur sa page auteure Facebook), j'ai apporté son roman, que j'ai posé en évidence sur la table. Je n'ai pas longtemps à attendre avant qu'une jeune femme d'une trentaine d'années ne se dirige vers moi. Je me lève tandis qu'elle me tend la main avec un sourire franc.

— Bonjour Emma, me lance-t-elle d'une voix assurée.

Elle s'installe, et je commence par lui parler de son livre. Elle m'écoute en silence, quelque peu gênée de m'entendre lui dire que je l'ai presque lu d'une traite. Je lui demande alors quelle est la part d'autobiographie dans cette histoire. « Aucune ! » répond-elle aussitôt, surprise que je puisse imaginer un instant qu'elle serait capable de jouer avec l'un de ses patients en se cachant derrière le faux profil d'un site de rencontre. Puis Elsa me questionne à son tour sur mon métier avant d'évoquer son intention de quitter Paris pour s'installer dans le Sud. Ce n'est qu'après avoir passé commande que je reviens sur le sujet qui m'intéresse.

— Une première question pour mes lecteurs : qu'est-ce qui vous a donné l'idée d'un thriller psychologique qui s'articule autour d'un site de rencontre ? Votre propre expérience, peut-être ? Enfin, si ce n'est pas indiscret…

— En réalité, j'ai assez peu utilisé ce genre d'applications. En revanche, on en parle de plus en plus souvent chez un psy.

— Dois-je comprendre que Tinder et autres Meetic seraient plus néfastes que bénéfiques à l'équilibre ?

— Je n'irais pas jusque-là, certains y entament de belles histoires, mais d'autres en effet se laissent aspirer dans un puits sans fond.

— Pour quelles raisons ?

— Eh bien, parce qu'ils exposent au grand jour une image idéale d'eux-mêmes. Nous, les psys, voyons tous les jours des patients en détresse car ils aimeraient ressembler au personnage rêvé qu'ils se sont forgé. Leurs succès dans un monde virtuel leur donnent un instant l'illusion de s'en approcher, mais, très vite, ces *likes* peuvent se transformer en un rejet dans la réalité. Le patient risque alors de se dévaloriser, car son image est corrompue par cette notion de perfection.

— Je vois, *nobody's perfect*, quoi ! À commencer par nous-mêmes, voilà ce qu'il faut se dire.

— C'est tout à fait ça. Dans le phénomène du deuil, les proches rappellent souvent avec tendresse les défauts du défunt. Ces imperfections sont précisément ce qui nous différencie les uns des autres pour former notre véritable image. Malgré cela, les sites de rencontre persistent à mettre en scène des êtres parfaits. C'est sur ce paradoxe que se construisent les échecs.

— Mais dites-moi, Elsa, la déception vient aussi – je dirais même surtout – des personnes que l'on rencontre, non ?

— Oui, bien sûr, c'est vrai qu'on a toutes des histoires rocambolesques à raconter à ce sujet, reconnaît-elle dans un petit rire.

Elle avale une gorgée de thé, puis poursuit plus sérieusement :

— Pour autant, si certaines personnes ne tombent que sur des salauds ou des foldingues, selon leurs dires, c'est parce qu'elles manquent de recul sur leurs attentes. Elles reproduisent généralement un schéma de vie en se tournant toujours vers un partenaire absent, froid, manipulateur… Et le problème, c'est qu'elles fuient vers le prochain *crush* au lieu de prendre le temps de la réflexion.

Elsa ménage une pause afin de me permettre de noter tout ça. D'un sourire, je la remercie de sa patience. Après m'être relue, je demande encore :

— Une toute dernière chose : nous n'avons pas encore évoqué l'addiction… Je crois qu'il s'agit d'un phénomène courant avec ces applis de rencontre ? Comment s'explique-t-elle ?

Un infime sourire étire les lèvres d'Elsa. Sans doute le ton de ma question est-il devenu trop personnel. A-t-elle compris que ce sujet préoccupait davantage la femme que la journaliste ? Si tel est le cas, mon interlocutrice ne laisse rien paraître. Elle se saisit délicatement de la théière, remplit de nouveau sa tasse. Durant le court silence qui s'installe entre nous, je suis à deux doigts de m'effondrer. Je crève d'envie de lui parler de Luc, de me mettre à pleurer comme une madeleine. La gorge serrée, les lèvres pincées, je me retiens toutefois, prenant conscience que je ne suis pas dans son cabinet mais à la terrasse d'un café, dans mes habits de journaliste.

— Vous savez, poursuit Elsa, l'être humain est avide de contrôle. Et les sites de rencontre nous donnent habilement l'illusion de maîtriser les différents paramètres de notre existence.

— Je vois, en consacrant beaucoup de temps à nos recherches par exemple, ou en sélectionnant des individus selon des critères précis…

Je m'aperçois, tandis que je viens d'évoquer les utilisateurs de Tinder, que j'ai dit *nos recherches* au lieu de *leurs recherches.* Trop tard cependant pour me reprendre. De toute façon, Elsa n'est sûrement pas dupe. Imaginer que je puisse manipuler une psy serait stupide de ma part… À ce stade de notre conversation, nous savons toutes les deux que je suis moi-même en détresse et que mon article n'est qu'un prétexte à cette rencontre.

— Oui, mais vous avez beau trier les profils suivant leur physique, leur âge, leur profession, leur couleur de peau, au bout du compte, c'est toujours le destin qui tranche. On ne tombe pas amoureux de quelqu'un parce qu'il mesure exactement un mètre quatre-vingts et pèse quatre-vingts kilos. C'est bien plus complexe. L'addiction cache souvent un refus d'accepter sa propre vulnérabilité.

Je reste suspendue aux lèvres d'Elsa. Je me rends compte que j'ai cessé de prendre des notes.

— L'addiction, poursuit-elle, apparaît lorsqu'un individu est incapable de supporter l'émergence de certaines angoisses. L'appli devient alors l'objet externe que l'on sollicite pour apaiser un état interne douloureux. Et ce, même chez quelqu'un d'amoureux, et de fidèle aussi.

— Et comment en sort-on ?

— Voilà la question à un million de dollars, s'amuse tout à coup Elsa. Si je prêchais pour ma paroisse, je dirais qu'une psychothérapie s'impose ; mais il y a toutes sortes de moyens de se libérer de ce genre de dépendances, comme se dédier à l'art par exemple, une forme de sublimation des angoisses, ou à la méditation, ou encore faire l'expérience d'une retraite spirituelle pour affronter ses peurs et constater que, même si elles nous perturbent, elles ne sont pas dangereuses en tant que telles. Bref, tout ce que vous voudrez, pourvu que le temps de la consommation cède la place au temps de la réflexion.

***

Elsa est repartie. Elle n'avait qu'une demi-heure à m'accorder avant de recevoir son prochain patient. Si elle avait été cynique ou vénale, elle ne se serait pas contentée de se laisser inviter mais elle m'aurait demandé le prix d'une consultation. Car je prends conscience que mon article est loin de moi à cet instant. Tout comme je sais qu'Elsa Levant n'existe pas, qu'il s'agit seulement d'un pseudonyme pour protéger sa profession.

Je n'ai pas bougé de la terrasse. La bruine vient de descendre sur la ville, elle densifie l'air ; mon regard se perd un instant parmi les passants, ces centaines d'individus dont certains partagent peut-être mes doutes, ma détresse. Je finis alors mon café auquel je n'avais presque pas touché, je relis mes notes et je me promets de prendre une décision radicale. Sans plus attendre.

Une vingtaine de minutes plus tard, je me lève enfin en m'accrochant non pas à une mais à deux résolutions. 1) Boucler au plus tôt la rédaction de cette foutue enquête. 2) Me mettre aux abonnés absents. Confier les enfants à Juan et m'en aller très loin. Sans appli. Sans portable. Sans wifi. Ma destination ne fait aucun doute dans mon esprit.

Et, pour la première fois depuis cette soirée maudite à l'opéra, je souris.

Le livre de la révélation

Écris donc les choses que tu as vues, et celles qui sont, et celles qui doivent arriver après elles.

Apocalypse, 1:19

1

En débarquant, j'ai retrouvé le brouhaha du carrousel à bagages, la lente danse des porteurs. Ronnie, l'un d'eux, m'a reconnue avant de venir m'embrasser. On a échangé quelques mots. Il venait d'être à nouveau papa, m'a-t-il annoncé en avalant une poignée de Skittles, son péché mignon. Je l'ai félicité, ai accepté qu'il se charge de mon sac qui tournait en compagnie des autres, et on est sortis pour retrouver le parfum si particulier de l'île, porté par les alizés.

Voilà longtemps déjà que mon père ne fait plus le déplacement jusqu'à l'aéroport, tout comme il snobe Bridgetown, la capitale ; trop de monde, trop de bruit, trop de futilités. Il n'a plus de temps à perdre avec ces bêtises, la plage et ses sculptures lui suffisent. C'est la raison pour laquelle il m'a envoyé George, son frère.

Nouvelles embrassades. Je suis montée en voiture, j'ai baissé la vitre au mépris des exclamations outrées de mon oncle qui préférait, et de loin, la climatisation de sa nouvelle Audi de dix ans d'âge, et on est partis pour Bathsheba.

Quand je suis arrivée, la maison était vide. Puis j'ai fini par discerner la silhouette de mon père, plus loin sur la grève. J'ai pris le temps de faire le tour des lieux. L'odeur n'avait pas changé : huile de térébenthine, peinture, varech. La petite pièce qui lui servait de salon présentait son aspect désordonné habituel. Des livres en pagaille, des tasses vides, avec leur traînée de sucre collée le long de leur émail, des carnets à croquis éparpillés. Il y faisait sombre derrière les rideaux tirés, mais c'était à ce prix-là qu'il parvenait à conserver un peu de fraîcheur. Lyne rouspétait à chacun de ses séjours. On était trop serrés maintenant, quand nous venions tous ensemble. Les dangers qui attendaient les enfants en bas âge étaient innombrables. Pa aurait pu se soucier de faire installer la clim, ou au moins des ventilateurs au plafond. Or Pa ne souffrait jamais de la chaleur, et craignait le mouvement des pales qui aurait envoyé aux quatre vents mémo, feuilles à dessin et autres factures.

Je suis passée dans son atelier. Là aussi, tout était pareil, et cette permanence avait quelque chose de rassurant. Je n'ai touché à rien, me contentant de sourire face à cet univers si particulier dans lequel mon père avait choisi de vivre depuis plus de quinze ans.

À la mort de ma mère, il avait rejoint la Barbade, son île natale. Sur la plage de Bathsheba, l'une des plus sauvages, il avait acquis un cottage en piteux état, qu'il avait peu à peu retapé. Une fois le strict nécessaire installé, il s'était consacré à sa peinture et à ses sculptures, délaissant alors la glaise pour le bois flotté. Il vivait là en reclus, davantage qu'en ermite, car il ne refusait jamais aux jeunes surfeurs venus s'entraîner ici un conseil, un verre de rhum, une anecdote. Pas de téléphone, pas de wifi, évidemment, un groupe électrogène pour l'électricité, une vieille citerne d'eau de pluie… La douche se prenait à l'extérieur, dans une cabanette aux frêles parois de bambou.

Contrairement à Lyne, j'avais toujours aimé cet endroit. Nous venions une année sur deux avec les enfants, redevenant pour l'occasion de parfaits petits Robinson. Léo et sa sœur surfaient, mangeaient des mangues cueillies du matin, vivaient pieds nus et oubliaient tout ce que le monde avait de virtuel.

J'ai abandonné mes baskets près de l'entrée et suis partie rejoindre mon père.

***

— Tu as fait bon voyage ?

Je réponds d'un hochement de tête. Le même mal au cœur qu'à chacune de mes arrivées me retourne légèrement l'estomac. Subtil dosage de manque de sommeil, de café au lait de compagnie aérienne, de décalage horaire ; il se dissipera dans la journée, après une sieste, un bain, un filet de *dolphin* frais.

Pa est installé à califourchon sur une vieille souche de palmier. Son attention concentrée sur la mer, il ne m'a adressé qu'un bref regard. D'aussi loin que je m'en souvienne, il a toujours été un homme de peu de mots. Mais chacun de ceux qui franchissent ses lèvres compte. Ils ont une saveur particulière, qui doit autant à la lenteur de son élocution qu'à ce léger accent dont il ne s'est jamais débarrassé quand il s'exprime en français.

Le couple qu'il formait avec maman est resté un mystère pour moi. Ils se sont rencontrés à la gare Victoria, à Londres. Lui venait de débarquer en Grande-Bretagne, comme de nombreuses familles originaires des Caraïbes à cette époque-là. Elle, s'apprêtait à rentrer en France après un week-end d'agrément dans la capitale britannique. Elle attendait l'express pour Gatwick, le nez rivé sur le tableau d'affichage. Elle était belle. Il s'était approché d'elle. Ils n'en avaient jamais raconté beaucoup plus, quand nous avions atteint, ma sœur et moi, l'âge de nous interroger sur la pérennité de l'amour (enfin, surtout moi, Lyne ne se posait pas autant de questions).

La main noire de mon père, aux veines saillantes, parcheminée de rides, se pose sur mon genou.

— Raconte.

Et je raconte. Tinder, Matthieu, Marc, Luc et Jean. Luc, surtout. Je raconte, et mon père se tait, tête légèrement inclinée vers moi, comme pour mieux m'entendre. À cette occasion, je retrouve notre dialecte personnel, où des mots d'anglais viennent ponctuer mon récit, des mots dont je n'ai jamais trouvé l'équivalent en français.

Je dis mon amour. Je dis mon incompréhension de moi-même. Je dis ma douleur, surtout. Que Luc était l'homme de ma vie.

Mon père ne m'interrompt pas.

Enfin, je me tais. Épuisée. Vidée. Et déjà légèrement apaisée.

— Tu confonds tout, ma fille. Tu imagines que c'est au prince de t'éveiller, que c'est son baiser qui mettra un terme à ton sommeil infini. Mais c'est là le plus gros mensonge des contes de fées. La princesse doit ouvrir les yeux seule ; ce n'est qu'ainsi elle sera capable de voir son prince. Tu attends de l'autre qu'il te tende la main et t'aide à te lever. Et, quand il la retire, tu tombes. Bien sûr que se mettre debout tout seul est difficile, douloureux parfois. C'est pourtant l'unique façon de parvenir à marcher sur ses deux jambes, crois-moi. C'est d'ailleurs comme ça que tu as appris, toute petite, mais tu as oublié. C'est dommage.

Sur ces mots, il m'abandonne pour rejoindre son petit cottage.

Face à la mer, je laisse couler mes larmes.

2

Le rhum tient ses promesses. Le poisson cru aussi. C'est James, notre plus proche voisin, qui est venu le déposer quand il a appris que j'étais de retour. Les nouvelles circulent vite sur l'île et plus encore dans ce petit coin de Bathsheba.

Pa a mis un vieux CD de Nina Simone. « *Oh I'm just a soul whose intentions are good; Oh Lord, please, don't let me be misunderstood.* » Paradoxalement, la voix de la chanteuse qui bouleversait tant Luc me rassure et me console.

J'ai retrouvé ma vieille chemise de plage, celle que je laisse ici depuis des années et que le sel a raidie, qu'importe le nombre de fois où je la lave. On l'avait achetée un jour de marché à Bridgetown. Ses couleurs vives m'avaient plu. Lyne s'était moquée de moi, disant que je ressemblais à un cacatoès. J'avais rétorqué que ça valait toujours mieux que d'avoir le cul rouge des singes verts, qui prolifèrent sur l'île. Malheur aux touristes qui cherchent l'ombre des palmiers sur la plage de Sandy Lane : il n'était pas rare qu'une noix de coco vienne s'écraser à leurs pieds, lancée par un singe indélicat. Le jour de la chemise, on s'était arrêtés chez Chefette, la chaîne de fast-food local, pour un milk-shake à la banane. J'en ai toujours raffolé. C'est peut-être d'en avoir tant bu durant ma grossesse qui a rendu mon fils accro à la boisson quand il était enfant.

Pa s'active dans le coin cuisine tandis que je me laisse bercer par le bruit du vent dans les palmes, la légère ivresse du rhum et des souvenirs qui se mêlent à la musique. « *I live alone; That hasn't always been easy to do; But just a single woman; Some times as night the walls talk back to me…* »

— Tu confonds tout, ma fille, reprend mon père à mi-voix, couvrant à peine celle de Nina Simone à laquelle s'entrelace la mélodie de ses phrases. Tu veux posséder. Que l'autre t'appartienne. Qu'il soit à toi. Mais il n'y a que dans la liberté que le couple peut vivre et s'épanouir. Liberté offerte et consentie. L'homme de ta vie, tsss-tsss. Qu'est-ce que c'est que cette expression ? Tu crois que pour ta mère j'étais l'homme de sa vie ? Non, j'étais l'amant de sa vie. Et elle, l'amante de la mienne. *Love, lover, do you get it ?*

Je me ressers un verre de rhum et opine. Oui, je crois que je commence à comprendre, un peu.

La liberté.

Mon père poursuit, tout en essuyant sa vaisselle dépareillée d'un torchon qui menace de tomber en lambeaux.

— On ne possède rien ici-bas, Emma. On se berce d'illusions si on s'imagine que c'est le cas. On ne possède rien ni personne. Mais là où tu vis, comme tu vis, la possession est devenue le but de l'existence. Un joli appartement, une belle voiture, des bijoux, des enfants, un mari. À nous. Quelle erreur ! On adopte une posture. On s'affiche. On se vend. On se perd. Ce sont nos fissures, justement, qui font notre valeur. Mais, au lieu de les montrer, on les camoufle. On ment, et on finit par se mentir à soi-même.

Il s'installe dans son vieux rocking-chair, allume un joint. La ganja est forte sur l'île. Son arôme puissant. J'ai le sentiment de quitter mon propre corps, bercée par les mots de mon père, leur rythme immuable, comme celui des vagues. Je n'écoute plus vraiment, laisse ses phrases me pénétrer. Analyser, calculer, gérer, projeter. Rien de tout cela n'a sa place ici.

Je ferme les yeux, dodeline.

Pa me dit maintenant son amour pour ma mère. Que, volontairement, ils ne se sont jamais mariés. Que les liens sont faits pour être rompus, et eux ne voulaient pas être séparés. Que chaque jour, ils s'émerveillaient de la présence de l'autre, qu'il soit là, encore, et n'ait pas choisi de partir dans la nuit. Que la naissance des enfants n'y a jamais rien changé.

— La main de ta mère sur mon torse, le matin, au réveil, c'était le plus beau cadeau que la journée puisse me faire.

Je revois cette main blanche et fine sur ce torse noir et velu. Contraste des couleurs, des cultures, des habitudes. Ils s'étaient créé un monde à eux, sans règle autre que d'être soi-même. Ils parlaient peu, les mots sont si trompeurs. D'autant plus quand on ne partage pas la même langue. Ils deviennent traîtres, attendant patiemment de vous faire tomber dans leurs chausse-trappes.

Alors, que reste-t-il dans ces cas-là ?

— Le corps, Emma. Le corps. Un regard, un geste, une caresse. Tu penses que c'est l'esprit qui compte, qui a le dernier mot ? Tu crois vraiment que l'amour s'analyse, s'explique, comme une formule chimique parfaite pour élaborer le parfum qui séduira un certain genre de femmes ? Ma fille…

Il soupire, hoche la tête, désabusé. Tire de nouveau sur son joint.

Nina Simone s'est tue après les dernières notes de « Beautiful land » ; me lever pour relancer la musique est au-dessus de mes forces. Je ne bouge pas. Respire lentement. Me concentre sur la mélodie de la vie nocturne au-delà des murs de notre bungalow.

— Le corps, Emma. Le toucher. Le frisson au contact de la peau de l'autre. Son odeur, le matin au réveil, le soir au coucher, après l'amour. Ses cicatrices. Ses rides. Un amant se reconnaît dans le noir non pas à sa voix, mais à toutes ces sensations qu'il fait naître en nous. Le corps ne ment pas, Emma. Jamais.

3

Dix jours déjà que je suis là. Dix jours à vivre en maillot sur la plage, dans ma vieille chemise. Deux incursions à Oistins. Trois au bar non loin, où un wifi anorexique et hoquetant m'a assuré une liaison fragile avec les enfants. Du poisson frais. Du surf. Des discussions avec James.

Le silence tendre de mon père.

Mes mains revivent. Je touche à tout, mange avec les doigts, farte ma planche, caresse les bois flottés de mon père. J'égrène le sable, presse le citron vert, plonge la main dans une mangue trop mûre. Je me barbouille d'eau de coco. Lèche le goût des embruns sur mes lèvres.

Mes cheveux sont secs, ma peau nourrie d'aloe vera. Elle prend une teinte ébène, un ton en dessous de celle de mon père.

J'ai abandonné mes oripeaux de femme active/mère parfaite. Pa vit débraillé. Nous marchons pieds nus. Je conduis ainsi sa vieille Jeep, au risque de me brûler la plante des pieds sur les pédales.

Des clients, qui ont entendu parler de lui à l'hôtel d'à côté, passent à la maison. Je fuis le bruit de leurs voix, leurs exclamations en découvrant les sculptures. Tout cela leur semble si typique, si exotique ! Comme ils ne savent rien de nous ! Comme ils se régalent de poster leurs photos sur Instagram avec les # de circonstance ! Et comme je respire mieux de n'en rien faire.

J'ai sympathisé avec Rudy, un jeune surfeur des Landes, venu là pour découvrir de nouvelles vagues. Sa carte du monde n'est faite que de petits points symbolisant des plages face à un bleu immense. Jamais il ne s'aventure loin des côtes. J'ai rencontré Mary, qui ne surfe pas, elle, mais reste fascinée par le mode de vie de ces sportifs, qu'elle suit comme une groupie de rockstars à travers les continents.

J'ai mangé des travers de porc, des burgers de chez Chefette. J'ai bu des tonnes de café au lait sucré. Des mojitos.

J'ai renoué avec mon sabir familial. J'ai dormi, beaucoup.

Chaque jour, je comprends mieux ce que mon père a voulu me dire le soir de mon arrivée. Contrairement à ce qu'affirmait Saint-Exupéry, avec son « on ne voit bien qu'avec le cœur », Pa est convaincu qu'on ne voit bien qu'avec l'odorat, l'ouïe, le toucher, tout ce qui fait défaut aux rencontres en ligne. Qu'à trop préparer la course, on la perd. Que c'est notre instinct, notre corps qui nous guident mieux que tout.

Et qu'il faut d'abord savoir se tenir debout, seul, avant de donner sa main à quelqu'un.

— Pense à cette expression que tu aimes tant : « l'homme de ma vie », m'a-t-il répété hier, après le dîner.

Il fumait tranquillement, je regardais la danse lente du rhum dans mon verre que j'inclinais doucement de droite et de gauche. Billie Holiday, cette fois, nous tenait compagnie.

— Elle ne veut rien dire, ma fille. Si tu dois absolument chercher quelqu'un, alors, cherche un homme que tu choisiras librement d'aimer, jour après jour. Sans chaîne. En confiance. Avec qui tu partageras ce que tu as envie de partager. Tout cadre trop rigide incite l'autre à vouloir le détruire. Tu te souviens, quand tu avais quatorze ans et voulais sortir le soir ? Qu'avons-nous dit, avec ta mère ?

— Que vous étiez d'accord.

— Et qu'as-tu fait ?

— Je suis restée à la maison.

Il sourit, laisse échapper un petit gloussement.

— Voilà. C'est pareil. Un homme te rendra heureuse le jour où tu n'auras pas besoin de lui pour l'être. Pas besoin d'être belle parce qu'il te regarde. D'être forte parce qu'il t'affirme que tu l'es. D'être douce parce qu'il le désire.

Il est parti se coucher en traînant un peu les pieds. Je me suis allongée sur le canapé, méditant ses paroles. Je m'étais crue invincible parce que Luc me renvoyait une image de moi positive. Il était peut-être temps de découvrir celle que j'étais vraiment, seule face à moi-même.

***

Il y a peu de choses que je sais faire convenablement. La confiture de griottes. Le mojito. Le gâteau au yaourt.

Et écrire.

Le vent fouette le cottage. La mer est trop formée pour que je m'y risque.

Sous le porche, j'ai installé une table de camping branlante sur laquelle trône mon ordinateur. Ma tasse à portée de main, pour la première fois de ma vie, je commence l'écriture d'un livre.

L'idée s'est imposée à moi cette nuit en entendant l'océan rouler sur la côte. Rien de tel qu'une rumeur hypnotique pour laisser libre cours à l'imaginaire. J'ai d'abord voulu débuter par le témoignage d'Agnès H. :

Au commencement, il n'y a pas de verbe. C'est le plus souvent un *Salut*, voire un *Cc* ; parfois, tu auras droit à un *Sa va* ?

Ces mots m'avaient fait sourire. Mais, pour entrer dans une narration, j'ai trouvé ça un peu froid. J'ai alors eu l'idée d'évoquer le profil de Luc, attaquer l'histoire par la fin en quelque sorte. Mais cette amorce-là n'avait aucun sens si je ne racontais pas comment j'en étais venue à tomber amoureuse de lui.

Et ce matin, face à l'océan, l'évidence m'apparaît. Aussi clairement que si une voix me l'avait chuchoté à l'oreille. Qui d'autre que ma meilleure amie pouvait ouvrir ce roman ? Aussitôt, les mots coulent d'eux-mêmes sous mes doigts :

On a toutes une meilleure amie comme Nina. Ou on devrait toutes en avoir une. Se la faire prescrire sur ordonnance pour les jours sans, comme pour les jours avec. Nina est aussi indispensable qu'un tube de rouge à lèvres dans un sac à main, qu'une fouta l'été à la plage, qu'une paire de Ugg l'hiver, qu'une crème hydratante tous les jours que Dieu fait.

Nina, c'est la copine qui ne change pas. Qu'importent les années qui passent, elle reste cette fille libre, drôle, dans son jean et ses baskets, la clope au bec. Qui cumule les aventures, les amants, les week-ends romantiques, les éclats de rire et les gueules de bois. Qui vit dans un désordre qui donnerait des sueurs froides à Marie Kondo. Qui se nourrit de Hugh Grant et de Nirvana. Qui fait du vélo en ville et roule en décapotable à la campagne.

Me voilà donc en chemin vers chez elle parce que là, il s'agit d'une urgence quasi vitale, un truc qu'aucun toubib, aussi doué soit-il, n'est apte à régler. Nina sera mon salut.

Son nom s'est imprimé dans mon esprit en néon clignotant de vieux peep-show dès que ma rédactrice en chef m'a collé sur le dos LE sujet que je ne voulais pas traiter : l'amour à l'heure de la rencontre virtuelle. Merci bien…

Remerciements

Avant tout, merci à Delphine et à Noëlle, aux éditions Robert Laffont, pour l'enthousiasme dont elles ont fait preuve quand nous avons évoqué ce livre la première fois ensemble. Comme le dit si bien Job, vous avez été pleines de confiance, et votre attente n'a pas été vaine.

Merci à Jean-Paul Delfino, d'avoir joué les *matchmakers* et de nous avoir unis dans cette entreprise qui nous a prouvé, si besoin était, combien s'aimer les uns les autres est primordial.

Vous tous, qui avez accepté de vous mettre à nu entre ces pages, de partager vos joies, vos échecs, vos analyses, vos amours, un peu de vous-même, vous êtes le sel de ce roman, la lumière du monde.

Elsa Levant, pour avoir accepté de devenir un personnage de roman.

Annie, Régine et Constance, des bêta-lectrices de tout premier ordre.

Enfin, nous tenons à préciser à nos chers lecteurs qui, après la lecture de ce roman, n'auraient toujours rien compris à l'amour, qu'il en est de même pour nous car, pour paraphraser Ésaïe, toute la révélation est à nos yeux comme les mots d'un livre cacheté que l'on donne à un homme qui sait lire, en disant : « Lis donc cela ! » Et qui répond : « Je ne le puis, car il est cacheté. » (Ésaïe, 29 : 11.)

Table

La photocomposition de cet ouvrage
a été réalisée par
GRAPHIC HAINAUT
30, rue Pierre Mathieu
59410 Anzin

MIXTE
Papier
FSC FSC® C003309

L'éditeur de cet ouvrage s'engage dans une démarche
de certification FSC® qui contribue à la préservation
des forêts pour les générations futures.

Pour en savoir plus :
www.editis.com/engagement-rse/

Imprimé en France par CPI
en mai 2021

N° d'édition : 61845/01
N° d'impression : 162883